Mᵐᵉ DE WITT, NÉE GUIZOT

PÈRE ET FILS

LES ROIS DE LA MER

NOUVELLES

ILLUSTRÉES DE 44 GRAVURES D'APRÈS H. VOGEL

PARIS

LIBRAIRIE HACHETTE ET Cᴵᴱ

79, BOULEVARD SAINT-GERMAIN, 79

—

1896

PÈRE ET FILS

LES ROIS DE LA-MER

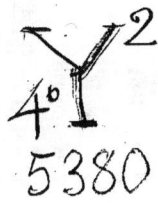

Jacques d'Artevelde

Mme DE WITT, NÉE GUIZOT

PÈRE ET FILS

LES ROIS DE LA MER

NOUVELLES ILLUSTRÉES DE 44 GRAVURES D'APRÈS H. VOGEL

PARIS

LIBRAIRIE HACHETTE ET Cie

79, BOULEVARD SAINT-GERMAIN, 79

1896

PÈRE ET FILS

JACQUES ET PHILIPPE D'ARTEVELDE

1335-1382

CHAPITRE I

JACQUES D'ARTEVELDE ORGANISE LA LUTTE DES BOURGEOIS DE GAND
CONTRE LE COMTE DE FLANDRE.

La maison était belle et riche, parée de telles commodités
et rares tapisseries que ne connaissaient dans les royaumes
de France et d'Angleterre, ni par tout l'Empire, les palais et
châteaux des princes et plus grands seigneurs. Les meubles
incrustés d'ivoire et d'ébène, les tentures aux douces et riantes
couleurs, les curiosités de tout genre venues de lointains pays
et rapportées dans sa demeure par le maître du lieu, au
retour de ses fréquents voyages, indiquaient un grand état et
de grosses richesses, remarquables jusques dans la somptueuse
ville de Gand, la plus populeuse et la plus célèbre parmi ces
grandes villes de Flandre dont on parlait au XIV° siècle dans
le monde entier, et que les peuples opprimés, souvent et souvent révoltés, avaient coutume de se donner les uns aux autres

1

en exemple. « Courageux comme les Gantois ! » disait-on à
Paris, à Rouen, dans le Beauvaisis et la Normandie, comme
dans plus d'une commune d'Angleterre, et les seigneurs du
temps haïssaient d'une grande haine ces bourgeois remuants
et indisciplinés qui non seulement n'avaient jamais su laisser
de repos au comte de Flandre, leur seigneur, mais qui étaient
constamment en désaccord parmi eux, et en grande agitation et
désordre jusques dans l'intérieur de leur ville.

Le maître du lieu était assis à sa table en face des livres
de son commerce qu'il avait ouverts devant lui pour examiner
les comptes du mois passé, mais il ne se servait pas de la
plume qu'il tenait entre ses doigts, et la page du registre
restait blanche sous sa main, car il avait appuyé son coude
sur le bois précieux de son bureau, et son front reposait entre
ses deux mains. Jacques d'Artevelde repassait dans sa mémoire
les événements de sa vie aventureuse et les orages plus graves
encore qui avaient battu le pays de Flandre depuis sa première
jeunesse.

C'était une lutte déjà ancienne que celle des bourgeois de
Gand, Ypres, Bruges, Courtrai, contre leur seigneur, le comte
de Flandre, et elle s'était renouvelée bien des fois, de génération en génération. Le roi de France Philippe le Bel en avait
fait l'épreuve à l'aide du comte de Flandre, et celui-ci n'avait
pas voulu pousser à bout ses sujets révoltés, vainqueurs de la
brillante armée des chevaliers français devant Courtrai. La paix
avait régné quelque temps dans le pays à la suite de cette violente revendication de leurs libertés par les villes flamandes,

mais ce n'était qu'une paix douteuse, un bon accord apparent qui n'avait pas tardé à se troubler de nouveau. « Paix ne sera point durable en Flandre tant que serons soumis à la puissance des rois de France à l'aide de notre seigneur, » pensait à cette heure le bourgeois assis dans le fauteuil de cuir de Cordoue qu'il avait attiré auprès de sa table pour écrire, « et la ville de Gand devra être la tête et maîtresse des affaires qui se préparent pour fonder nos anciens privilèges sur des bases plus solides que nous n'avons encore su trouver jusqu'à ce jour, à savoir la jalousie et rivalité des grands princes auxquels nous pourrons donner aide et appui. »

Jacques d'Artevelde ne le disait pas tout haut ; à peine s'en rendait-il compte lui-même dans le fond secret de sa pensée, mais il était bien résolu, si la ville de Gand était reine et maîtresse des grands événements qu'il prévoyait, d'être chef et maître de la ville de Gand et, par elle, de la Flandre tout entière.

L'aspect des affaires en Flandre était sombre et menaçant. Dès que le jeune comte, Louis de Nevers, avait succédé, à dix-huit ans, en 1322, à son grand-père Robert III, il avait usé avec rigueur et dureté d'une puissance qu'il s'indignait de trouver moins absolue et plus contestée qu'elle n'était en nul autre lieu que tînt seigneur de son temps. Les bourgeois et jusqu'aux laboureurs de sa terre osaient partout lui résister, à lui et à ses chevaliers, et depuis six ans la lutte continuait, avec des alternatives cruelles pour le comte et pour ses sujets révoltés, lorsque, le roi Charles le Bel étant mort sans héritier

mâle de son corps, le royaume de France échut, non sans conteste, à son cousin Philippe de Valois.

Dans la cathédrale de Reims, au grand appareil du sacre,
la voix des hérauts s'éleva dans le chœur : « Comte de Flandre,
si vous êtes céans, faites votre devoir ! » C'était le privilège
antique des comtes de Flandre de porter l'épée du sacre devant
le nouveau souverain du noble royaume de France, et par
trois fois les hérauts répétèrent leur appel. Le comte était là
avec quatre-vingt-six de ses chevaliers, mais il ne mit pied en
avant et ne répondit par aucun signe à la sommation royale.
L'épée fut placée aux mains d'un autre pair.

A la sortie de la cathédrale et comme le roi rentrait en son
logis pour se dévêtir des robes de son sacre, le comte de
Flandre se présenta devant lui. Le front de Philippe de Valois
était sombre ; jamais souverain ne fut moins disposé à laisser
omettre les devoirs que lui devaient ses vassaux. « Où donc
étiez-vous à l'heure passée, comte ? dit-il ; mes gens vous ont
appelé en vain pour porter l'épée. Étiez-vous mort ou endormi ? Vous eussiez mieux fait de ne vous point relever avant
de partir pour votre pays de Flandre. »

Le comte plia le genou devant le monarque : « Sire, dit-il,
votre héraut a sommé le comte de Flandre, et non Louis de
Nevers. »

Le roi fut si surpris qu'il s'arrêta dans sa marche, laissant
tomber de sa main les longs plis de son manteau brodé d'or.
« Eh quoi ! reprit-il, n'êtes-vous pas le comte de Flandre ? »

Louis de Nevers souriait amèrement. « Les hommes m'appellent de ce nom, dit-il, mais je n'en possède en aucune manière l'autorité; depuis six ans que monseigneur mon grand-père, dont Dieu ait l'âme! repose dans son tombeau, je bataille contre mes gens qui me disputent pied à pied les droits de mon héritage. Déjà les bourgeois de Bruges, d'Ypres et de Cassel m'ont mis hors de ma terre. Il n'y a que la ville de Gand où j'ose encore me montrer, et ce ne sera peut-être pas chose longue; ces manants sont si fort enrichis, qu'il n'y a puissance ni autorité dont ils aient crainte et respect. »

Le roi Philippe frappa de sa main sur l'épée qu'il portait : « Par l'huile sainte qui a coulé aujourd'hui sur notre front, mon beau cousin, dit-il, nous ne rentrerons pas dans notre bonne ville de Paris sans vous avoir remis en paisible possession de votre comté de Flandre, au détriment de vos insolents bourgeois! »

Louis de Nevers remercia le roi; mais autour de lui s'étaient amassés les barons du cortège, étonnés de se voir arrêtés dans leur marche vers le logis royal. « Le temps n'est pas bien propre pour chevaucher dans un pays de pluie et brouillards par cette saison d'automne, » murmuraient quelques-uns des meilleurs chevaliers et des plus accoutumés à grandement guerroyer. L'un d'eux, vieux et déjà cassé par les fatigues de la guerre, ajouta dans sa barbe blanche : « Voici treize ans passés que j'étais avec monseigneur Louis, dit le Hutin, alors roi de France, lorsqu'il fut obligé de quitter le comté de Flandre par le fait du mauvais temps,... comme de la puissance et grand entêtement des bourgeois!... »

Le nouveau monarque n'aimait pas à être contredit; il se tourna vers messire Gauthier de Châtillon, debout tout près de lui, ainsi que le voulait son état de connétable : « Qu'en dites-vous, messire Gauthier? demanda-t-il. Nul plus que vous n'a longtemps servi les rois de France! » Gauthier de Châtillon découvrit sa tête blanche et repartit, le feu dans les yeux, comme un jeune chevalier, prompt à s'armer : « Qui a bon cœur à batailler, trouve toujours le temps convenable! — Eh bien! dit le roi en l'embrassant, qui m'aime me suive! »

Sans le respect dû à la présence des souverains et le poids des habits de fête, auxquels ils étaient pour la plupart moins accoutumés qu'à leurs armures, bien des barons eussent volontiers haussé les épaules au dit du connétable. « Combattre ces manants sous la pluie! » pensaient-ils.

Le roi Philippe n'attendit pas longtemps à faire son mandement, car tous les chefs de son armée étaient déjà réunis autour de lui à l'occasion du sacre; mais les bourgeois flamands n'avaient pas tardé plus que lui, et comme il entrait en Flandre, marchant vers la ville révoltée de Cassel, il trouva la place défendue par seize mille hommes en armes, commandés par Nicolas Zannequin de Furnes, l'un des plus ardents et des plus habiles parmi les bourgeois assiégés, et si riche, disait-on, que lui-même ne savait pas le chiffre des florins amassés dans ses coffres.

Le comte Louis de Nevers marchait aux côtés du roi depuis que l'armée avait pénétré sur la terre de Flandre. Comme ils arrivaient au pied de la montagne sur laquelle Cassel était bâtie, le comte, levant les yeux, aperçut, auprès de la bannière de la ville fièrement arborée sur la plus grosse tour des remparts, un étendard nouveau dont il ne connaissait pas les couleurs. « Les insolentes gens ! » marmotta-t-il, en regardant fixement la bannière ; puis se tournant vers le roi : « Vous ne savez pas le flamand, sire, dit-il, et vos yeux ne sont d'aventure pas aussi perçants que les miens. Savez-vous ce qu'il y a écrit sur cette loque de soie là-haut, au-dessous de la figure d'un coq ?

> Quand ce coq-ci chanté aura,
> Le roi *trouvé* ci entrera ! »

Philippe de Valois était facile à irriter sur le fait de sa succession disputée au trône de France, en vertu de la loi salique. « Ah ! le roi *trouvé* ! s'écria-t-il : le nom est joli et fait honneur à l'esprit lourd de vos Flamands ; ils trouveront bientôt dans leurs murs le roi trouvé, dussé-je prendre les ailes de leur coq pour y entrer ! »

Tout en parlant, Philippe regardait autour de lui ses barons bardés de fer comme leurs chevaux, et la pensée lui vint que point ne serait si aisé de gravir la montagne de Cassel.

Pendant cinq jours, en effet, le roi se trouva arrêté au pied de l'éminence, faisant brûler et piller les nombreux villages des environs, sans que les défenseurs de Cassel parussent s'en émouvoir, ni fissent aucun mouvement à l'entour de la place, lorsque le soir du sixième jour, comme les barons du roi de France allaient et venaient dans leur camp, tout désarmés et s'ébattant ensemble pour se faire voir leurs belles robes, et que les autres s'amusaient à ce jeu de dés qui excitait de si nombreuses querelles parmi les seigneurs comme parmi les manants, un frère dominicain, confesseur du roi Philippe, et qui se trouvait pour lors dans sa tente, s'écria tout à coup : « Alerte, seigneur ! Voici les Flamands qui attaquent le camp ! »

Le roi sommeillait, appuyé sur les peaux d'ours dont ses serviteurs avaient recouvert sa couche; mais il était trop bon chevalier pour ne pas tressaillir aussitôt à la voix du frère. Une seconde, il écouta lui-même à l'ouverture de la tente, un peu jaloux de la finesse extraordinaire de l'ouïe du moine. « Si je n'avais pas été alourdi par le vin de Chypre de mon oncle Charles de Valois, pensa-t-il, j'aurais bien entendu ce hutin avant frère Manuel ! » Mais, tout en réfléchissant ainsi, il avait commencé à s'armer, bouclant en toute hâte sa cuirasse et couvrant sa tête de l'armet doré qui reposait à côté de son lit. Frère Manuel l'aidait de son mieux, appelant en même temps de toutes ses forces les chevaliers de garde qui s'étaient pour la plupart éloignés. « Belles sentinelles et vigilantes pour le roi de France ! » disait Philippe de Valois, qui point n'était encore bien accoutumé à l'appareil royal et n'avait point cessé d'y prendre plaisir.

Cependant une grande clameur commençait à s'émouvoir par tout le camp, et les chevaliers revenaient tout courant à leur poste, s'armant de leur mieux et très imparfaitement. Il était plus que temps, car déjà les Flamands étaient bien avant près des tentes et s'en allaient attaquer le logis du roi,

lorsque les maréchaux, qui tout le jour avaient chevauché le
pays, pillant et brûlant les villages, se trouvèrent tout à coup
en face d'eux, non encore tout à fait désarmés, et bientôt vint à
leur aide messire Robert de Flandre, avec tout ce qu'il avait pu
rassembler de sa bataille, ce qui fit arrêter les Flamands, qui

Alerte, seigneur ! Voici les Flamands !

se rapprochèrent les uns des autres et se mirent en état de combattre, car si bien avaient-ils pris leur temps et machiné leur
surprise, qu'à peine à deux traits d'arcs se trouvaient-ils du
roi de France, lorsqu'ils s'élancèrent sur les barons et en bles-
sèrent et navrèrent plusieurs avant que ceux-ci eussent eu
le temps de résister.

Au moment même où devenait plus fort le « poughis » aux

alentours de la tente royale, sire Philippe de Valois sortit tout couvert de ses armes blanches, et bondissant sur le cheval que ses gens lui tenaient préparé, il s'élança au plus épais de la mêlée, tandis qu'on criait autour de lui de toutes parts : « Le roi se combat ! Le roi se combat ! »

L'ordre renaissait parmi les barons et les hommes d'armes. Le camp avait été attaqué de trois côtés à la fois, mais partout l'assaut avait été repoussé, et, tout à côté du roi, messire Miles de Noyers portait en sa main la bannière de l'oriflamme que Philippe de Valois avait prise à l'abbaye de Saint-Denis, de « satin vermeil, à ganse de gonfanon à trois queues, avec à l'entour houppes de verte soie », et ainsi allait contre les ennemis.

Les Flamands étaient gens de cœur, et si entêtés à combattre lorsqu'ils se trouvaient sur le champ de bataille, que pas un ne recula d'une semelle, en sorte que, la nuit venue et la victoire demeurée au roi et à ses barons, ils furent tous trouvés « morts en trois monceaux l'un sur l'autre », à l'endroit même où la lutte avait commencé. Alors le roi fit mettre le feu à la ville de Cassel, désarmant tous ceux qui s'y trouvaient encore et abattant la cloche du beffroi ; puis il retourna en France, laissant le comte Louis maître de sa terre, et lui disant au départ : « Comte, j'ai travaillé pour vous à mes dépens et à ceux de mes barons ; je vous rends votre terre acquise et en paix ; or faites tant que justice y soit gardée, et que par votre faute il n'y ait nécessité que j'y revienne, car si j'y revenais, ce serait à mon profit et à votre dommage. »

Le comte Louis de Nevers n'avait en aucune manière suivi les sages conseils du roi de France, ainsi que se repensait Jacques d'Artevelde enfermé dans sa chambre en la bonne ville de Gand, mais au contraire toujours avait-il eu en vouloir haine et vengeance contre les villes qui lui avaient été rebelles. Gand n'était pas du nombre, et toujours sagement et prudemment s'était comportée jusqu'alors vis-à-vis de son seigneur ; mais Jacques était un homme prévoyant et qui regardait les choses de loin. « Si les bourgeois de Bruges ont été contraints d'aller à genoux au-devant du comte dans son château de Mâle, et que les remparts d'Ypres, de Bruges et de Courtrai aient été démolis, comme la ville de Cassel brûlée, à l'aide de monseigneur le roi, ci ne faudra-t-il pas grand émoi à Gand pour qu'il en soit de même pour nous, et ne serviront guère les bons faits du temps passé. C'est ailleurs qu'il nous faudra chercher appui pour tenir Flandre en prospérité et en joie. Bien suis-je assuré de trouver toujours gens pour mes affaires, car buveurs boiront toujours, et ceux d'un goût délicat recherchent l'hydromel que si habilement brasse mon beau-père Sohier de Courtrai. Mais là n'est point le grand commerce de Flandre, et si ce que racontent les espies est véritable, et que notre seigneur le comte pense à bannir les marchands anglais de ses États, bien serons-nous obligés de demander secours par delà mer et faire alliance avec les ennemis de notre seigneur, car sur draperie est fondée la Flandre, et sans laine ne saurait-on draper. »

Au même moment, et comme messire Jacques réfléchissait ainsi la tête dans ses mains, sa dame de femme entra dans la

chambre, portant un verre du plus fin hydromel dans un léger
cristal de Venise et, sur un plat d'argent, des couques fraîchement cuites de ses propres mains. Tandis que son mari faisait
collation en souriant aux deux petites filles de cinq et trois ans
accrochées à la robe de leur mère, celle-ci disait d'une voix
douce comme le roucoulement d'une colombe en face de sa
compagne : « Mon père vient de passer céans s'en allant à la
maison de ville. Sur le Marché du Vendredi, la nouvelle venait
de lui être rendue par l'un de ses acheteurs de miel que tous
les marchands anglais étaient arrêtés et mis en prison par le
comté, dans les villes et campagnes.

— De par saint Bavon, dit Jacques, ce sont nouvelles qui
porteront leurs fruits, ma mie, et ceux de nos parents et
amis qui en Angleterre ont passé pour leur commerce, seront
assurément mis en geôle par représailles, sans compter que la
laine pourra bien manquer à plus d'un métier, et les pauvres
gens sans travail et sans pain. »

Dame Marie d'Artevelde avait le cœur tendre à l'égard des
malheureux, et les larmes jaillirent tout à coup dans ses yeux
bleus ; ce que voyant, ses deux petites filles se mirent aussi à
pleurer, en sorte que leur mère fut contrainte d'oublier sa tristesse et les sombres perspectives de la destinée des Flandres
pour essuyer les frais petits visages et consoler les enfants
désolées. Jacques d'Artevelde regardait ses filles d'un air grave.
« Bien d'autres pleureront sous peu de temps, pensait-il, qui
à cette heure ne sont occupés qu'à gaiement travailler avec
navette et fuseau. »

Les tisseurs de laine flamands eussent peut-être longuement attendu le retour de la prospérité détruite, car le jeune roi Édouard III d'Angleterre, après avoir défendu l'exportation des laines de son royaume, était parti pour une grande chevauchée au royaume d'Écosse et point n'avait le temps de prêter l'oreille aux réclamations des Flamands, bien qu'elles fussent souvent appuyées auprès de lui par sa reine nouvellement épousée, Philippine de Hainaut, bien informée par son père des troubles et désolations de ce comté de Flandre. « Qu'ils s'en prennent à leur comte, avait dit le roi Édouard; s'il n'avait fait tort à mes Anglais sans raison, point n'aurais-je vexé leurs trafiquants flamands. C'est le roi Philippe de France qui soutient les tyrannies et rudesses du comte de Flandre envers ses sujets, comme il fait à l'égard de moi pour les Écossais. Il en fera tant, que je finirai par écouter le comte Robert.

Philippine de Hainaut, toute jeune qu'elle fût, avait beaucoup de bon sens et de justice, et point n'aimait le comte Robert d'Artois, pour spirituel et galant qu'il pût être et grandement empressé auprès des dames. Le roi Philippe pouvait lui avoir fait injure en refusant de le mettre en possession du comté d'Artois, bien qu'il eût épousé sa sœur; mais il courait de si vilaines histoires sur les moyens employés par le comte Robert et une certaine dame de Divion pour donner à croire que la terre d'Artois lui revenait par droit d'héritage, que la princesse avait peur de le regarder en face, craignant toujours de lire sur son visage la trace des meurtres qu'il avait complotés ou ordonnés. C'était donc pour elle un grand chagrin de voir l'influence que

Robert d'Artois prenait de plus en plus sur le roi son mari,
lorsqu'il lui répétait, en courant les bruyères solitaires de
l'aride terre d'Écosse : « Quittez donc ce pauvre pays, messire,
et pensez au noble royaume de France, qui est votre héritage
comme le comté d'Artois est à moi. » Édouard III commençait
sérieusement à le croire.

Il était à cette heure question, en Europe, d'un nouveau
voyage d'outre-mer, et que les rois de France et d'Angleterre
s'en allassent de compagnie en Terre Sainte pour reconquérir
la sépulture de Notre-Seigneur, en la cité de Jérusalem. Deux
fois les papes qui s'étaient succédé sur le saint-siège, Jean XXII
et Benoît XII, avaient voulu accommoder les différends des deux
monarques et diriger vers la croisade leur humeur guerrière ;
mais point n'avaient-ils réussi, et le roi d'Angleterre avait
envoyé auprès de son beau-père, le comte de Hainaut, des gens
de sa chambre et de son plus intime conseil pour solliciter ses
avis et son appui.

Le comte de Hainaut avait épousé la comtesse Jeanne de
Valois, sœur du roi de France, et grandement il l'aimait, car
elle était bonne et sage, de même que sa fille la reine d'Angleterre ; mais depuis que Philippe de Valois siégeait sur les fleurs
de lis, il avait joué plus d'un tour perfide à son beau-père, qui
lui en gardait rancune, en sorte qu'il accueillit volontiers
Croizier de Lincoln et ses compagnons, quand ils lui vinrent
parler des intentions de leur maître à l' « égard de la couronne
de France ». « Si le roi y peut réussir, leur dit le comte, j'en
aurai grande joie ; on peut bien penser que je l'ai à cœur, lui

qui a ma fille, plus que le roi Philippe, bien que j'aie épousé sa sœur ; car il m'a dérobé le mariage du jeune duc de Brabant qui devait épouser ma fille Isabelle, et il l'a retenu pour une sienne fille. Aussi aiderai-je mon cher et aimé fils le roi d'Angleterre, à mon loyal pouvoir. Mais il lui faudrait avoir bien plus forte aide que la nôtre, car Hainaut est un petit pays en regard du royaume de France, et l'Angleterre est trop loin pour nous secourir. — Cher sire, dirent les envoyés, conseillez-nous de quels seigneurs le roi notre sire se pourrait le mieux aider, et auxquels il se devrait fier. — Sur mon âme, dit le comte, je ne saurais indiquer seigneurs si puissants pour l'aider en la besogne que le duc de Brabant, qui est son cousin germain, le duc de Gueldre, qui a sa sœur pour femme, et le sire de Fauquemont. Ce sont ceux qui auraient le plus de gens d'armes en peu de temps, et ils sont très bons guerriers, pourvu qu'on leur donne de l'argent à l'avenant, car ce sont seigneurs et gens qui gagnent volontiers. »

Les envoyés d'Édouard III passèrent donc jusque dans l'Empire, formant pour leur seigneur maintes alliances coûteuses, et dont une grande partie ne furent guère durables.

De leur côté et dans toutes les villes puissantes et fières de leur territoire, les bourgeois flamands étaient grandement sollicités par les deux rois, et l'importance de leur assistance, ou pour le moins de leur neutralité, paraissait à tous capitale. Sans se mêler encore en aucune façon des affaires publiques et restant absorbé, en apparence, par les soins de sa brasserie et de son négoce, Jacques d'Artevelde entretenait avec son beau-père Sohier de Courtrai une correspondance si fréquente que dame Marie feignait d'en être jalouse. « C'était jadis à moi qu'étaient adressées les lettres de mon père, disait-elle, mais maintenant elles sont toutes à vous, Jacquemart. »

Jacquemart, ainsi que sa femme se plaisait à l'appeler familièrement, sourit de cette douce plainte, et tirant de son pourpoint la lettre qu'il venait de recevoir de son beau-père : « Voyez, ma mie, dit-il, si ce sont affaires de femmes, et d'un grand intérêt pour vos jolis yeux ! »

Les bourgeoises riches étaient alors mieux instruites en Flandre, comme plus somptueusement parées et attifées, que les plus grandes dames des autres pays. Dame Marie jeta les yeux sur le parchemin couvert de l'écriture fine et serrée de son père; mais, avant de lire et par un mouvement de vive tendresse filiale, elle baisa la signature de son père. Sohier de Courtrai écrivait à son gendre :

« J'ai à cette heure en mon hôtel un des envoyés du roi anglais et point ne serais-je surpris que quelque autre ou celui-là même ne vînt frapper à votre porte, car je lui ai bien fait savoir que vous étiez homme de grand sens et non sans influence sur ceux de Gand, encore que, selon le bon ordre et la raison, vous fussiez plus occupé des besognes de votre négoce que de celles du pays de Flandre; mais à cette affaire les deux me paraissent se tenir de bien près. Vous savez comment j'ai naguères soutenu notre seigneur le comte dans ses grands démêlés avec ceux de Bruges; mais tout loyal français qu'il soit demeuré, ce qu'il doit assurément bien au roi Philippe, je ne saurais m'empêcher de voir que le bon vouloir du roi anglais est encore ce qui importe le plus à la Flandre. Vous l'avez dit souvent en riant : « Sans laine on ne peut draper », et ce roi nous promet de faire passer par la Flandre toutes les laines anglaises, dont nous pourrons donc à notre gré choisir et retenir les meilleures. D'ailleurs sa dame de femme sait bien ce que sont les tisserands flamands et, de par son avis, il recevra tous ceux qui voudront s'établir en Angleterre, biens et vies garanties par son royal pouvoir. Ce sont, me semble, choses à considérer et de grande importance, dont vous parlerez avec ceux qui pourront vous venir visiter du même côté. J'ai vu aussi certaines gens qui promettaient monts et merveilles de la part du roi de France. Flamands sont à cette heure gros personnages et bien sollicités de leur alliance; mais je penche plutôt, et bien d'autres avec moi, du côté des belles laines d'Angleterre. »

Dame Marie avait achevé de lire, et elle leva sur son mari des yeux pleins de larmes. « Pas un mot pour moi et pour les enfants! dit-elle d'un ton plaintif. Les laines d'Angleterre! Je voudrais savoir si mon père a sa santé ordinaire et s'il mange de bon appétit, seul en son hôtel depuis que ma sœur est mariée; il m'ennuie si souvent de ne pouvoir aller le soigner et veiller à son ménage ! »

Jacques d'Artevelde effleura de ses lèvres le front pur de sa femme : « Vous avez votre ménage à vous en ce lieu, dit-il, et vous voyez qu'il n'est pas seul en son hôtel, ayant logé cet

2

envoyé du roi d'Angleterre, avec lequel il a sans doute grands entretiens qui lui font passer le temps.

— Je n'aime pas les Anglais, repartit dame Marie d'un ton boudeur, et mon père n'a jamais été empêché pour passer son temps; il n'a même pas le loisir de penser à nous. »

Jacquemart n'insista pas, il avait laissé retomber sa tête dans ses mains et réfléchissait profondément. Dame Marie avait pris au coin du miroir un léger faisceau de longues plumes qu'elle agitait doucement au-dessus des marbres précieux, des coupes d'argent ciselé et des élégants vases de Venise que son mari avait naguère rapportés de ses voyages en Italie, en Grèce, en Sicile, lorsqu'il courait le monde en compagnie du comte Charles de Valois, frère du roi Philippe le Bel, dans la maison duquel il avait été élevé d'enfance, se jouant chaque jour avec les trois jeunes princes qui devaient les uns après les autres seoir sur les fleurs de lys, sans laisser d'héritier de leur corps qui pût porter la noble couronne de France. Dame Marie était fière de tous ces souvenirs des voyages lointains de son mari dont il aimait à lui parler souvent, et elle ne permettait à personne d'en chasser la poussière, qui s'accumulait plus vite à Gand que partout ailleurs, pensait-elle. L'aînée de ses petites filles cherchait déjà à l'imiter.

Ce ne fut pas l'envoyé du roi anglais qui vint ce jour-là frapper à la porte de la maison de Jacques d'Artevelde, comme l'avait supposé Sohier de Courtrai, mais bien les principaux de Gand. Assis, durant la matinée, dans la salle du Conseil de ville, ils causaient après boire de la situation des affaires de France

et d'Angleterre, le roi anglais venant de se déclarer légitime
héritier du trône de France, qu'il prétendait, avec l'aide de
Dieu, reprendre et reconquérir sur son adversaire le comte de
Valois, lequel l'avait faussement et injustement usurpé.

Plusieurs allèrent de maison en maison.

Tout en causant, les bourgeois se prirent à parler de
Jacques d'Artevelde, qui n'était pas ce jour-là au conseil, non
plus que Gérard Denys, le doyen de la corporation des bateliers;
et se disaient entre eux qu'ils avaient bien souvent entendu

deviser à leur gré ce brasseur de bière, et lui avaient ouï dire
que « s'il était eux, il remettrait en peu de temps la Flandre
en bon état, et retrouverait leurs profits, sans être mal ni avec
le roi de France ni avec le roi d'Angleterre. »

« C'est chose facile à dire! marmottaient quelques-uns de
ceux qui ne voyaient pas Jacques d'Artevelde avec faveur, et
mieux aimaient parler du doyen des bateliers; mais ils n'étaient
pas les plus nombreux, et les dits de Jacquemart d'Artevelde
commencèrent à courir la ville, si bien que le quart ou la
moitié des gens du commun que le mal touchait le plus s'en
trouvèrent informés. Ils en vinrent bientôt à se rassembler
dans les rues, et il advint qu'un peu après dîner, qui était le
lendemain de Noël de l'année 1337, plusieurs allèrent de
maison en maison, appelant leurs compagnons et disant :
« Allons ouïr le conseil du sage homme. »

CHAPITRE II

ARTEVELDE CONCLUT UN TRAITÉ DE COMMERCE AVEC LE ROI
D'ANGLETERRE.

Ils vinrent donc à la maison de Jacques d'Artevelde et le
trouvèrent appuyé contre sa porte, qui regardait un ours
qu'avaient amené deux bateleurs qui le faisaient danser au bout
d'une corde. Les petites filles, la figure rougie par le froid sous
leur chaperon de blanche fourrure, riaient et battaient des
mains, encore qu'elles ne laissassent pas que d'avoir un peu
peur de l'ours.

Les bateleurs se reculèrent en voyant approcher tant de
monde, car ils connaissaient bien que les nouveaux venus
étaient de pauvres gens qui ne mettraient pas la main à l'es-
carcelle pour contempler les ébattements d'un ours. Mais, de si
loin qu'ils avaient aperçu Artevelde, les tisserands et fileurs de
laine qui se trouvaient les plus nombreux dans la foule, lui
avaient fait grande révérence. « Cher seigneur, disaient-ils tous
ensemble un peu confusément, nous venons à vous à conseil,
car on nous dit que par votre grand bon sens, vous remettrez

le pays de Flandre en bon état. Si, dites-nous comment. »

Dame Marie avait fait rentrer les petites filles, qui point satis-
faites n'étaient, et elle rougissait jusqu'aux cheveux, sous son
chaperon d'écarlate, en entendant si fort louer son mari. Mais
Artevelde ne paraissait nullement troublé et, s'avançant vers
ses concitoyens, comme homme qui s'est toujours attendu à
devenir chef et conseil des autres, il dit d'une voix ferme :
« Seigneurs compagnons, je suis natif et bourgeois de cette
ville et y ai mon bien. Sachez que je voudrais vous aider de tout
mon pouvoir, vous et tout le pays ; s'il y avait homme qui
voulût en prendre la charge, je voudrais exposer mon corps et
mes biens à côté de lui, et si vous autres me voulez être frères,
amis et compagnons en toutes choses pour demeurer à côté de
moi, nonobstant que je n'en sois pas digne, je l'entreprendrai
volontiers. » Alors tous dirent d'une voix : « Nous vous pro-
mettons loyalement de demeurer à côté de vous en toutes
choses et d'y aventurer corps et biens, car nous savons que
dans tout le comté de Flandre il n'y a nul homme, sinon vous,
qui soit digne de ce faire.

— Alors, dit Jacques d'Artevelde, que chacun de vous qui
êtes ici présents, et tous ceux qui voudront venir avec vous, se
trouvent demain dans le préau du monastère de la Biloke.
L'abbé ne nous dira pas non, car les richesses de son couvent
viennent pour la plupart des largesses à lui faites par les
ancêtres de mon beau-père, messire Sohier de Courtrai, dont
plusieurs d'entre vous ont sans doute entendu parler. »

D'une seule voix tous les assistants promirent de se trouver au rendez-vous, et comme Jacques d'Artevelde rentrait dans sa maison, le front baissé, mais chargé de grandes pensées, il sentit les bras délicats de sa femme qui se nouaient autour de son cou : « Vous avez bien parlé, Jacquemart, et vous ferez mieux encore, j'en suis bien assurée. » Elle l'embrassait avec

Jacques d'Artevelde était appuyé contre sa porte.

transport tout en parlant, heureuse d'ignorer ce que lui préparait l'avenir et dont Dieu seul s'était réservé le secret !

Le vaste préau devant le monastère de la Biloke était encombré par la foule des compagnons, artisans, fileurs et tisseurs, qui s'empressaient, dès le grand matin de la froide journée, le 28 décembre, pour aller entendre Jacques d'Artevelde ; il avait dit à tous : « Venez de bonne heure, car ce que nous avons à dire ne plaira peut-être pas à tous, et les paresseux seront encore tranquillement en leurs lits. » Quelque hâtifs que fussent les assistants, Jacques les avait devancés, ayant demandé, la veille au soir, une cellule à l'abbé de la Biloke, où il avait passé la nuit. Il laissa cependant s'amasser la foule qu'il surveillait par une petite fenêtre, et lorsqu'il parut, bien habile eût été celui qui tardivement arrivant aurait pu se faire place dans les rangs pressés des auditeurs curieux.

Artevelde était un peu pâle lorsqu'il commença de parler. « C'est la gloire et la grandeur de notre pays de Flandre que nous avons ici à défendre, seigneurs compagnons, mes amis et mes concitoyens, dit-il. Nous nous trouvons placés entre deux grands royaumes, auxquels nous pouvons à notre gré faire bon service, ainsi qu'il nous plaira ; et qui pourrait nous empêcher de veiller à nos intérêts en usant de nos droits ? Le roi de France peut-il nous empêcher de traiter avec le roi d'Angleterre, et ne sommes-nous pas assurés que si nous traitons avec le roi d'Angleterre, le roi de France en recherchera d'autant plus notre alliance ? D'ailleurs, n'avons-nous pas avec nous toutes les communes du Brabant et du Hainaut, de Hollande et de Zélande ? Pauvres gens s'entr'aident partout. Nous sommes Flamands, restons Flamands, sans devenir Français ou Anglais, au gré de ceux qui nous voudraient maîtriser. La commune de Gand restera à Gand, si bien le voulez, seigneurs compagnons ! »

De grands applaudissements s'élevèrent sur tout le préau.

Chacun disait : « Il a bien dit : Nous sommes Flamands, restons Flamands ! » et on criait : « Vive la commune de Gand ! » Quelques-uns dirent même : « Vive Jacques d'Artevelde, notre capitaine ! » Mais ce fut le 3 janvier seulement, à l'assemblée générale de la commune de Gand, que, la charge des capitaines de paroisse ayant été rétablie, Artevelde fut établi sur eux tous comme le gouverneur qui devait défendre la ville et appeler tous les citoyens en cas de danger. Sa première pensée était alors d'assurer les bonnes relations commerciales de la Flandre avec l'Angleterre dont les laines alimentaient tous les métiers par le pays, et il fit effort pour entraîner le comte Louis à sa suite dans cette voie. « Je lui conduirai tant de gens qui réclameront les libertés de Flandre, que bien sera-t-il obligé de nous les rendre, et laisser défendre nous-mêmes nos intérêts, » disait-il souvent à dame Marie. Celle-ci était ravie de le voir à la tête de tous les capitaines, considéré et cru de tous ; mais elle ne pouvait s'empêcher de penser qu'ils étaient naguère plus tranquilles en leur ménage, lorsque Jacquemart, après avoir travaillé toute la journée, surveillé ses brasseurs et les ouvriers de ses champs, lui racontait le soir quelque belle histoire de ses voyages en lointains pays, et les dangers qu'il avait maintes fois courus en compagnie du comte Charles de Valois qui plus aventureux était qu'homme au monde et prenait surtout plaisir à faire et tenter ce que nul n'avait essayé avant lui. Maintenant, lorsqu'il n'y avait pas assemblée des compagnons ou capitaines, quelqu'un d'entre eux frappait toujours, le soir, à la porte de la maison pour parler à Jacquemart, et si tard

restaient-ils à deviser et à boire en face de leurs bouteilles de
bière et de leurs flacons d'hydromel que dame Marie était toujours endormie entre les berceaux de ses enfants avant que
son mari vînt chercher le repos dans son lit, et aussi ne
dormait-il pas paisiblement, mais roulait pendant la nuit en
sa tête les grandes pensées qui l'avaient occupé pendant le
jour.

Comme il l'avait dit, Artevelde réunit autour de lui, le
29 avril 1338, les représentants de toutes les communes de
Flandre; la ville de Bruges seule, toujours jalouse de la puissance et de la richesse de Gand, avait envoyé cent huit députés,
qui furent reçus à grande joie chez leurs parents et amis;
ceux qui ne connaissaient personne étaient recueillis dans les
hôtelleries, dont il y avait assez, et ci menait-on grande chère.

Quand tous les députés furent assemblés, ils s'en allèrent
trouver le comte Louis dans son château de Mâle. Les barons et
chevaliers qui se tenaient auprès de lui, comme de sa maison
et de son hôtel, n'étaient pas bien contents de voir ces bourgeois et manants en si bel appareil, car chacun s'était vêtu de
son mieux pour faire honneur au comte, et volontiers les
eussent durement renvoyés chacun dans leurs villes, si même
ne leur eussent fait un mauvais parti; mais le comte était mieux
informé de l'importance et de la gravité du mouvement qui
agitait alors les Flamands par tout le territoire, et sans difficulté
bien gracieusement leur promit de maintenir toutes les libertés
anciennes, générales et particulières de ce comté de Flandre
telles qu'elles avaient été reconnues naguère par le traité

d'Athilde. Il traita Jacques d'Artevelde avec une confiance et une faveur particulière, comme homme dont il savait bien l'autorité parmi les cinquante-deux métiers, et qui d'ailleurs n'était point mal disposé pour lui.

Jacques d'Artevelde avait toute sa vie été animé d'un grand orgueil que lui avait bien souvent reproché le père Macier, auquel il avait coutume de se confesser; mais à cette heure peu de gens étaient informés de la fierté et de l'ambition qui se cachaient au fond de son âme, car point n'était son habitude de beaucoup parler, et il était aussi simple et uni dans ses manières qu'homme qui fût en la ville de Gand. Il fut grandement satisfait des égards que lui témoigna le comte, et dès le mois de mai il en témoigna sa gratitude en courant par toute la Flandre, de Bailleul à Termonde et de Ninove à Dunkerque, avec un certain nombre de députés des trois villes de Gand, Bruges et Ypres, conseillant à toutes bonnes gens de se réconcilier avec leur seigneur, tant pour l'honneur du comte que pour la paix du pays : ce qui fut accordé en effet, en même temps que les députés des communes signaient à Anvers un traité avec les envoyés du roi Édouard d'Angleterre. Ce fut à dame Marie que son mari envoya d'abord par un sien valet qui l'avait suivi, la copie de la convention, qui lui parut belle et bien sage. Le traité portait au nom des Anglais :

« Savoir faisons à tous que nous avons traité voie et substance d'amitié avec les bonnes gens des communes de Flandre en la manière qui suit :

« Premièrement, ils pourront aller acheter les laines et autres

marchandises qui ont été transportées d'Angleterre en Hollande, en Zélande et en quelque autre lieu que ce soit, et tous
les marchands de Flandre qui se rendront dans les ports d'Angleterre y seront saufs de leurs corps et de leurs biens, de
même qu'en tout autre lieu où les aventures les pourraient
assembler.

« *Item* nous avons accordé avec les bonnes gens et avec tout
le commun pays de Flandre qu'ils ne se doivent point mêler
ou entremettre en aucune manière, par confort de gens ou de
batailles, en les guerres de notre seigneur le roi et de noble
homme sire Philippe de Valois (qui se tient pour roi de
France). »

En lisant cette dernière clause, Marie d'Artevelde joignit les
mains comme pour remercier le Seigneur Dieu. « Jacquemart
me l'avait bien promis! murmurait la fille de Sohier de Courtrai, élevée dès sa jeunesse en l'amour du noble royaume de
France : il aura tenu bonne tête aux Anglais! »

Le roi Édouard III ne jugea pas comme la bonne bourgeoise
de Gand, confiante en la promesse de son mari; mais lorsque
ses gens revinrent de Flandre rapportant le traité conclu avec
les communes de Flandre, il se prit à sourire de cet air tranquillement résolu que connaissait déjà bien la jeune reine
Philippine de Hainaut et il murmura à demi-voix : « Où la
main a passé, le bras suivra. Je n'en ai pas fini avec les
Flamands ni avec leur capitaine Artevelde. »

Cependant le roi Philippe de Valois commençait de son côté
à se montrer grandement inquiet et mécontent de ce qu'il

apprenait de Flandre. C'était par son avis et à son instigation que le comte avait accédé à la requête des Flamands au sujet de leurs libertés et privilèges, et en toute occasion il avait multiplié les avances et les promesses ; mais lorsqu'il apprit le traité conclu par les communes de Flandre avec le roi d'Angleterre, il s'écria en jurant : « Par Notre Dame, c'est trop oser, et nous offenser à notre barbe ! » Et tout aussitôt il fit savoir au comte de Flandre « qu'il ne fallait à aucun prix laisser régner et vivre ce Jacques d'Artevelde, car s'il durait ainsi, le comte y perdrait sa terre ».

Louis de Nevers le pensait tout comme le roi de France, et ses bonnes grâces et gentillesses à Artevelde n'avaient été que l'effet de la peur ; il était dans un grand désir de faire ce que lui conseillait le roi de France, et il s'en alla bientôt à Gand, faisant dire à Jacques d'Artevelde de venir au plus tôt le trouver en son hôtel de Gravensteen, magnifiquement orné de toutes riches sculptures et découpures de pierre, et paré à l'intérieur de marbres richement entourés de tapisseries.

Lorsque l'ordre du comte arriva à la maison de Jacques d'Artevelde, celui-ci ne s'y trouvait pas, car c'était un vendredi, et il s'entretenait avec ses amis sur la place du Marché ; mais dame Marie qui reçut le message se sentit tout à coup prise d'une grande crainte qu'elle trouvait elle-même insensée ; elle saisit son chaperon et, s'enveloppant de ses coiffes, elle courut à l'église de Sainte-Pharaïlde, non loin de cet hôtel du comte où était mandé son mari. Elle avait toujours éprouvé une dévotion particulière pour une petite figure de Notre-Dame placée dans une chapelle latérale et elle pensait d'ailleurs qu'elle serait près de son Jacquemart, qu'il lui semblait protéger par sa présence. Elle se jeta à genoux devant l'autel de la Sainte Vierge, priant de toutes ses forces, et faisant vœu de cent livres de cire, pourvu que son mari fût préservé de tout mal.

Elle fut bientôt arrachée à la ferveur troublée de sa prière par le bruit des pas et des voix nombreuses sur la place devant l'hôtel du comte. Le messager avait poursuivi Jacques d'Artevelde sur la place du Marché et lui avait transmis l'ordre dont il était chargé. Sans hésiter un seul instant, Artevelde s'était retourné vers les bourgeois et les compagnons qui se pressaient autour de lui, ardents à recueillir ses moindres paroles. « Monseigneur me fait mander en son hôtel, dit-il très haut; ce ne peut être que pour m'entretenir de nos affaires; vous y avez tous autant de droit et d'intérêt que moi : qui de vous m'accompagne au Gravensteen?

—Moi! moi! » crièrent toutes les voix, et Jacques d'Artevelde, un sourire de triomphe sur les lèvres, quitta le marché du Vendredi pour se rendre à l'hôtel du comte, aussi grandement accompagné quant à la quantité des assistants qu'aurait pu l'être Louis de Nevers lui-même. Les serviteurs qui se trouvaient aux espies, rentrèrent en hâte dans l'hôtel. « Voilà ce brouillon qui vient, s'écriaient-ils, mais toute la ville est avec lui! »

Il fallut ouvrir les grandes portes de la cour, car le défilé par la poterne eût duré toute la journée, et lorsque Artevelde se trouva en face du comte, plus de la moitié de ses partisans

Dame Marie reçut le message.

restèrent dans la rue, ne trouvant pas de place dans la vaste cour.

« Je suis bien aise de vous voir, messire d'Artevelde, » dit le comte avec une pointe d'ironie qui n'échappa pas aux oreilles de Jacques, tandis que dans la foule, autour de lui, on murmurait : Comme le seigneur comte est courtois en ce jour ! « Vous m'amenez bien du monde pour ouïr ce que j'ai à vous dire ; mais plus de nos bonnes gens sauront que je compte sur vous pour tenir ce peuple en l'amour et respect de notre sire le roi de France, plus ils comprendront que vous êtes celui que le roi veut honorer comme naguère le juif Mardochée dans les Saints Livres, et que de grands biens en pourront advenir à vous, comme à la ville de Gand ! »

« Ah ! pensa Artevelde, tu me voudrais séparer de l'amour du peuple qui fait ma force, pour me laisser de vaines espérances et me jeter ensuite dans quelque cachot, comme tu as peut-être fait à cette heure de mon beau-père ! » Et il dit hautement, sans violence et sans emportement : « Sire comte, je suis natif de de Gand et dévoué à ma ville, dont les intérêts sont les mêmes que ceux de la Flandre tout entière, et ce que j'ai promis à la commune, je le ferai sans désir de profit, ni crainte de perte ! »

Le comte avait blêmi de colère, car il se sentait défié et menacé ; mais il ne répondit pas, car Artevelde avait déjà tourné sur ses talons et repris le chemin de la place du Marché, d'où les compagnons et bourgeois se dispersèrent bientôt à sa parole. Louis de Nevers demeura entouré de ses plus affidés serviteurs. « Que ferons-nous de ce brasseur de bière qui brasse à

3

pleines mains la rébellion par toute la terre de Flandre? »
disait-il avec une perplexité indignée.

Deux de ses gens lui répondirent à la fois : « Laissez-nous
faire, seigneur, et nous assemblerons des gens résolus qui
vous débarrasseront de cet insolent manant. » Et le plus avisé
ajouta : « Mieux vaut que Monseigneur ne soit point instruit des
voies et moyens. Quand la chose sera faite, il pourra alors dire
aux communes qu'il n'en a rien su. » Louis de Nevers approuva
ce discours d'un signe de tête.

« Quand la chose sera faite ! » Ce propos d'assassinat qu'on
n'osait pas nommer n'était pas facile à exécuter, car en dehors
de sa maison, en quelque place qu'il allât, Jacques d'Artevelde
était toujours entouré d'une garde, volontaire, mais brave et
passionnée, qui entourait son banc à l'église, son siège au
conseil, et suivait ses pas au Marché. Dans sa maison, dame
Marie était secondée dans son incessante vigilance par ses
serviteurs, nés pour la plupart dans la famille, ou venus avec
elle de celle de Sohier de Courtrai. Si le maître du lieu y eût
consenti, on l'aurait nourri avec des œufs cuits au four et des
noix dans leur coquille, mais jamais ne touchait à une bouchée
de viande qu'elle n'eût été goûtée devant dame Marie, qui
redoutait par-dessus toutes choses le poison. Elle épiait aussi
derrière les tentures et sous les lits si quelque ennemi ne
s'était pas caché, et les embuscades tentées contre Artevelde ne
paraissaient pas en train de réussir, tandis que l'excitation et
l'inquiétude allaient croissant dans la ville.

« Voici l'heure venue de se réunir sous les bannières ! »

disait-on par les rues de Gand. Artevelde sortit donc un matin
de sa maison, un chaperon blanc à la main, prêt à le mettre
sur sa tête en signe de ralliement, lorsqu'un bruit se répandit
par la ville : « Le seigneur comte va donner un banquet aux
dames de Gand! »

En effet, dès que Louis de Nevers eut été informé que les

Le comte se promenait avec Gérard Denys

chaperons blancs commençaient à sortir des coffres et des
armoires, il avait dit à ses serviteurs : « Préparez pour demain
le plus noble banquet qu'il soit possible à si bref délai, je veux
fêter toutes les dames de Gand! » Plus d'un pensa à part lui :
« Ce n'est guère le moment de régaler ces rebelles ; » mais le
comte avait en tête son projet, qu'il ne disait à personne.

Le soir de ce même jour, toutes les têtes de la ville étaient parées du blanc chaperon qui donnait aux rues de Gand l'aspect d'une réunion de tireurs à l'arc, revêtus de leur uniforme. Le comte se promenait avec Gérard Denys, doyen des bateliers, lequel il savait bien n'être point ami d'Artevelde, lorsque plusieurs bourgeois du même parti que le doyen vinrent à lui, portant entre leurs mains un beau chaperon blanc du drap le plus fin, et l'offrirent respectueusement au comte. Celui-ci souriait d'un air un peu contraint, mais il tendit à ceux qui le suivaient le riche chaperon de velours noir, garni d'une chaîne d'or, qu'il portait sur sa tête, et se coiffa lui-même du chaperon blanc. « Je suis comme vous bourgeois de Gand, dit-il à messire Denys ; les lettres en sont en mon hôtel et voici le signe extérieur que je vous en donne. J'espère qu'au banquet de demain les dames trouveront qu'il ne me messied pas de porter votre chaperon au lieu et place du mien. »

CHAPITRE III

Le repas était superbe et grandement servi, avec l'apparat qui accompagnait partout les comtes de Flandre. Assis entre la femme de Gérard Denys, à laquelle il avait donné la main, et dame Marie d'Artevelde, Louis de Nevers paraissait de bonne grâce et en grande braverie sous son chaperon blanc, avec son habit de velours cramoisi aux crevés de satin blanc. Il avait porté la santé des dames et celle des cinquante-deux métiers, et l'on avait répondu en buvant à la santé du comte de Flandre, bon bourgeois de Gand. Les sucreries et entremets montés avaient circulé autour de la table, le repas était à son terme, lorsque le comte se leva gaiement de sa place. « Allons! dit-il, il n'est pas tard, et le temps est beau, je m'en vais voler quelque peu le long de la Lys. Quelqu'un veut-il venir avec moi, messires? »

Les bourgeois de Gand pouvaient rivaliser de richesses et leurs femmes de parures avec les plus grands seigneurs et dames du comté de Flandre, mais ils n'avaient pas pris la coutume des passe-temps réservés d'ordinaire aux gentilshommes oisifs dans leurs châteaux lorsqu'ils ne combattaient pas. Ils étaient pour la plupart pressés d'aller donner un coup d'œil à leurs affaires, en sorte que le comte sortit de Gand accompagné seulement de ses serviteurs personnels. On était trop occupé par la ville pour s'apercevoir qu'à diverses portes le reste de la maison se présentait peu à peu, prenant par des chemins séparés la clef des champs.

Le comte chevauchait lentement sans rien dire, lançant par intervalles son faucon sur quelque pauvre habitant des airs effrayé et faisant force d'ailes pour essayer d'échapper au cruel chasseur. Lorsqu'il se trouva environ à deux lieues de Gand, loin des murs de la ville et des petits hameaux groupés sous la protection des remparts, il jeta autour de lui un regard rapide, puis donnant des éperons dans le ventre de son cheval : « A Mâle ! » cria-t-il à ceux qui le suivaient et, jetant à terre le chaperon blanc avec un geste de dégoût, il poursuivit sa route la tête nue, pour rentrer vers le soir dans son château favori. « J'ai cru un instant me trouver captif de ces manants ! » dit-il à ses serviteurs en passant le pont-levis. Plus d'un l'avait redouté comme lui.

A peine le comte de Flandre fut-il en repos dans son château de Mâle et vint-on, à Gand, de s'apercevoir que l'hôtel était vide, qu'un messager fut envoyé au château de Rupelmonde où était retenu depuis quelques semaines Sohier de Courtrai, âgé et malade si fort qu'il n'avait pu quitter son lit depuis le jour où il avait été inopinément saisi dans cette maison où il avait reçu l'envoyé du roi d'Angleterre. Il avait été aussitôt amené à Rupelmonde, et il pensait bien mourir de son mal sans revoir sa fille favorite, dame Marie d'Artevelde, et le gendre dont il avait deviné les rares facultés. « Jacques ne laissera pas dépérir Flandre tant qu'il sera en son

Louis de Nevers paraissait de bonne grâce.

pouvoir, pensait le vieux patriote, languissant dans son isolement, et fera pour les trois villes ce que j'ai fait à Courtrai; mais j'aurais voulu baiser encore une fois le front blanc de Marie et les petites lèvres de ses enfants! »

Aucune pensée de violence ne lui était venue et ne traversa son esprit, lorsqu'il entendit dès les premières heures du jour les grincements du pont-levis qui s'abaissait et les pas d'un cheval sur les planches. « Quelque messager pour le gouver-

neur ! » se dit-il. Dans la grande solitude de la maladie jointe
à la captivité, le vieillard ignorait le voyage du comte à Gand,
la levée des chaperons blancs et même le progrès qu'avait fait
Jacques d'Artevelde dans l'affection et la confiance du peuple
de Gand, et il réfléchissait doucement de cette pensée vague
qu'occasionnent l'âge et la faiblesse, lorsque le gouverneur du
château entra brusquement dans sa chambre. Il était pâle et
son visage était défait. « Il faut vous lever tout à l'heure,
messire Sohier ! » dit-il d'une voix rude.

Les yeux de Sohier de Courtrai étaient d'un bleu pâle et
avaient toujours exprimé une douceur réfléchie. Il les leva
sur le châtelain avec quelque étonnement. « Me lever à cette
heure ? » demanda-t-il ; puis, comme il reconnut sur les traits
du gouverneur les signes d'un trouble croissant : « Je ne
saurais chevaucher, dit-il, et si je dois quitter Rupelmonde
pour comparaître devant mes juges, il m'y faudra porter
en quelque litière. »

Le châtelain sentait ses yeux se remplir de larmes ; il s'était
attaché au vieillard dont il avait la garde, et s'était maintes
fois demandé pourquoi Monseigneur tenait resserré un homme
si sage et de si bon conseil. Il fit un pas vers le lit : « Le
juge auquel vous aurez affaire est déjà céans ! dit-il à voix
basse.

— Céans ? et le vieillard se redressait. Il est donc venu
seul : je n'ai entendu que les pas d'un cheval sur le pont-
levis ? »

Le gouverneur ne pouvait plus résister à son émotion. Il

saisit le bras du prisonnier. « C'est devant le tribunal de
Dieu que vous allez paraître, dit-il; ordre est venu de Monseigneur de vous décoller sur-le-champ dans la cour du
château. Le prêtre est à la porte, qui attend d'entrer. »

Le vieillard joignit les mains, sans paraître troublé. « Que
la volonté de Dieu soit faite! » dit-il pieusement; puis il ajouta :
« Sang répandu injustement appelle le sang : Flandre souffrira
de ceci, j'en ai crainte! Entrez, mon père, point n'ai-je de
temps à perdre pour m'appareiller au grand voyage. Par la
grâce de Dieu, je n'ai pas attendu à ce jour d'huy! »

Une heure plus tard, le messager du comte de Flandre
repassait le pont-levis pour prendre le chemin du château de
Mâle, laissant derrière lui le corps mutilé et la tête sanglante
de Sohier de Courtrai. La vengeance du comte était satisfaite.
Les grandes angoisses de sa vie allaient commencer.

Parmi les hommes d'armes qui gardaient le château au service du comte, plusieurs étaient de Gand et bien instruits de
la parenté de Sohier de Courtrai avec Jacques d'Artevelde. L'un
d'entre eux s'en allait en congé dans sa famille le lendemain
même du supplice infligé au vieux prisonnier. En arrivant, il
n'eut rien de plus pressé que de raconter le fait à sa mère, qui
rencontra sur le Marché du Vendredi la fidèle Kathe de dame
Marie. Les deux femmes causaient. « Votre maîtresse doit
mener grand et terrible deuil sur son sire de père », dit la
vieille Madele d'un air compatissant. Kathe marchandait les
premiers choux verts, et elle n'écoutait qu'à demi ce que disait
la commère.

« Sans doute, repartit-elle, et le sentir malade, en prison ! Faut-il que ce comte ait le cœur dur !

— Le cœur dur ! s'écria Madele, il l'a plus que ne le sait votre pauvre jeune maîtresse ; il y a trois jours avant midi, le pauvre sire Sohier a été décollé dans la cour du château de Rupelmonde, et le soir même mis en terre dans la chapelle, à ce que m'a raconté mon fils ! »

Kathe avait laissé tomber toute la corbeille de choux qu'elle venait d'acheter, et les œufs de son panier allaient suivre, si Madele n'avait étendu la main pour les protéger. « O ma pauvre maîtresse ! gémissait la fidèle servante, que va-t-elle devenir, elle qui aimait tant son père ? Elle en tombera malade de chagrin ! Ah ! ce comte ! Si j'avais su cela, je lui aurais arraché les deux yeux de mes mains pendant qu'il était ici ! »

Toutes les marchandes connaissaient Kathe, et beaucoup l'aimaient ; en l'entendant pleurer et se lamenter, on commençait à s'amasser autour d'elle, et Madele répétait aux nouvelles arrivantes : « Monseigneur le comte a fait décoller sire Sohier de Courtrai dans la cour du château de Rupelmonde ! Mon fils l'a vu et me l'a raconté ! »

Derrière les vendeuses arrivaient les acheteuses, puis les compagnons qui passaient par la place du Marché, pour quelque affaire ou message. Peu à peu le bruit se propageait de proche en proche, et sur toute l'étendue du Marché les passants comme les paysannes, oubliant leur commerce, répétaient en levant les mains au ciel : « Messire Sohier de Courtrai a été

cruellement et traîtreusement décollé au châtel de Rupelmonde ! »

C'était un amusement ordinaire de dame Marie lorsqu'elle
promenait ses deux petites filles suspendues à sa robe, de
s'arrêter le vendredi sur la place du Marché pour acheter elle-
même du gibier et du poisson en hiver, des fleurs ou des fruits
en été. Les marchandes s'empressaient à lui vendre, souriant
aux enfants, auxquelles les vieilles offraient quelquefois des
friandises, en disant par manière d'excuse de leur liberté :
« Nous avons connu maître Jacquemart quand il était plus
petit qu'elles. » Kathe trouvait souvent que sa maîtresse avait
payé un peu cher.

Ce jour-là, derrière les groupes toujours croissants de curieux
indignés, dame Marie et ses petites filles avançaient lentement,
un peu étonnées de voir tant de monde sur la place, occupé à
parler au lieu de vendre et d'acheter. Toutes les affaires du
marché étaient suspendues, depuis que la vieille Madele avait
raconté les nouvelles apportées de Rupelmonde par l'homme
d'armes.

Dame Marie était si bonne, si douce et si modeste, qu'elle
n'avait jamais appris la hautaine insolence des grandes bourgeoises de Gand ; elle touchait donc légèrement de sa petite main
gantée d'une mitaine en dentelle le bras d'une grosse mar-
chande qu'elle connaissait, arrêtée devant son étalage de fruits,
lorsqu'elle entendit une parole passant de bouche en bouche
pour l'information des nouveaux arrivants : « Oui, le fils de la
Madele l'a vu décoller dans la cour du châtel à Rupelmonde.....

messire Sohier de Courtrai, le beau-père de notre Jacquemart! »

Marie d'Artevelde promena un instant autour d'elle des yeux
hagards, comme si elle cherchait au ciel ou sur la terre la con-
tradiction de cette affreuse nouvelle, puis tout d'un coup et
sans avoir le temps de s'accrocher à quelque appui, elle tomba
à terre, raide et glacée, venant frapper de son corps inerte les
épaules des commères pressées devant elle. Les petites filles
épouvantées se jetèrent sur leur mère, en l'appelant de toutes
leurs forces. Les plus voisines se retournèrent. Kathe était
encore là, hésitant à rentrer au logis et à rapporter à sa
maîtresse le triste récit. « Ah! Sainte Vierge! s'écria-t-elle en
courant à dame Marie; elle a entendu, et elle a reçu le coup de
la mort! Malheureuse que je suis! si j'étais revenue à la
maison! »

Dans ce coin du Marché, l'intérêt passionné des assistants
avait passé du père assassiné à la fille mourante; les voix
s'entre-répondaient, les mains s'étendaient pour relever la malheureuse jeune femme. Il fallut toute la résolution et le bras
robuste de Kathe pour repousser loin de sa maîtresse les em-
pressements de la canaille de la ville attirée par le bruit. Elle
avait elle-même remis le corps toujours inanimé aux soins d'un
des compagnons bateliers qui passait pour son amoureux, et
prenant la main des deux petites filles en larmes, elle fen-
dit bravement la foule qui s'écartait devant elles. Les impré-
cations contre le comte de Flandre partaient de toutes les
bouches.

Dame Marie était dans son lit, ranimée par les soins

de Kathe, rappelée à la connaissance par les cris de ses
petits enfants; mais elle n'avait pas parlé; à peine avait-elle
fait un mouvement; ses grands yeux ordinairement si doux
restaient fixés sur un portrait que messire Sohier avait fait
peindre au moment du mariage de sa fille, l'année de son
échevinage. « Tu l'emporteras avec toi dans ta nouvelle maison,
avait-il dit, et je serai ainsi toujours près de toi! » Lorsque
Jacques d'Artevelde, instruit de la nouvelle par la ville, se
précipita chez lui pour l'annoncer doucement à sa femme,
il recula d'épouvante devant le regard qu'il rencontra, froid et
dur comme le glaive de la justice : « Tu le vengeras, Jacquemart, » dit-elle en montrant du doigt le portrait de son
père, et elle retomba dans une insensibilité dont les soins de
toute sa maison eurent bien de la peine à triompher.

A partir de ce jour, et comme par un miracle qui ne venait
pas de Dieu ni de ses saints, le caractère de dame Marie fut
changé, et elle exerça sur son mari une influence tout autre que
celle dont elle usait naguère. Jacques d'Artevelde était devenu
en si grande faveur parmi les Flamands, que tout était fait et
bien fait quand il voulait deviser et commander d'un bout de
la Flandre à l'autre, et il n'y avait aucun homme, pour grand
qu'il fût, qui osât outrepasser son commandement ni le contredire. La modeste organisation de son ménage avait fait place
au plus grand train. Il avait toujours après lui, allant et venant
par la ville de Gand, soixante ou quatre-vingts valets armés,
entre lesquels il y en avait deux ou trois qui savaient sa volonté
secrète, et quand il rencontrait un homme qu'il haïssait ou

qu'il avait en soupçon, il était aussitôt tué, car il avait dit à
ses valets : « Si je vous fais tel signe lorsque je rencontre
quelqu'un, ayez soin de le tuer sans tarder, pour grand et haut
placé qu'il soit, sans attendre autre parole ». Il arriva souvent
ainsi qu'il fit tuer plusieurs grands bourgeois qu'il tenait pour
ses ennemis, et si maître Gérard Denys, le doyen des bateliers,
ne s'était bien gardé et tenu tranquille dans sa maison, il
aurait bien pu y passer comme les autres, car Artevelde était
tellement redouté, que nul n'osait parler contre chose qu'il
pût faire, et à peine penser à le contredire.

Lorsqu'il revenait en sa maison pour prendre ses repas, il
était reconduit par ces soixante valets, puis chacun d'entre eux
s'en allait dîner chez lui, et sitôt après avoir fini ils revenaient devant l'hôtel d'Artevelde et l'attendaient dans la rue
jusqu'à ce qu'il voulût sortir pour aller à ses affaires et
assemblées par la ville, et ainsi l'accompagnaient jusqu'au
souper. Quand les petites filles de dame Marie regardaient par
la fenêtre de leur chambrette et voyaient tous ces hommes
qui attendaient, elles prenaient peur et couraient se cacher
dans les jupons de leur mère, car la plupart de ces valets
avaient mauvaise mine et paraissaient méchants. Dame Marie
ne les redoutait pas et plus d'une fois leur donnait de sa main
un verre d'hydromel. Jacques d'Artevelde ne lui racontait pas
tous les crimes que commettaient par son ordre ses serviteurs, car elle eût dit sans doute : « A quoi bon faire mourir
ceux-ci qui ne nous ont jamais fait de mal? C'est un autre
cœur que je voudrais percer ! » Elle ne sortait guère par

la ville, tout embéguinée de ses voiles de deuil. Le prêtre de
Sainte-Pharaïlde se plaignait de ne plus la voir, et autant en
disaient les sœurs du béguinage. Dame Marie savait bien au
fond de son âme qu'elle nourrissait une soif de vengeance qui
n'avait point de place dans le sanctuaire du Seigneur, ni au
chevet des malades et des pauvres.

Sachez bien que ces valets que Jacques d'Artevelde entretenait à ses frais par la ville étaient bien payés, à quatre gros
de Flandre par jour pour des gages qui leur étaient soldés de
semaine en semaine. Et de même avait-il par toutes les villes
de Flandre et les châtellenies des sergents et des soudoyers à
ses gages pour faire tous ses commandements, et épier s'il y
avait nulle part quelqu'un qui lui fût rebelle et qui dît quelque
chose contre ses volontés. Et sitôt qu'il en savait aucun en
une ville, il ne cessait de le poursuivre jusqu'à ce qu'il l'eût
banni ou fait tuer, et bien peu pouvaient s'en garder. Car le
comte de Flandre, voyant comment il y allait de sa besogne
dans sa terre, s'était retiré du pays de Flandre et réfugié
auprès du roi de France, en sorte qu'Artevelde était ruwaert
ou régent de Flandre. Aussi tous les plus puissants du comté,
chevaliers, écuyers ou bourgeois des bonnes villes qu'il savait
favorables au comte de Flandre en quelque manière, il les ban-
nissait du pays et levait la moitié de leurs revenus, laissant
l'autre moitié pour l'entretien de leurs femmes et de leurs
enfants. Ceux qui étaient ainsi bannis, et il s'en trouvait grand
foison, se tenaient pour la plupart à Saint-Omer, où l'on les
nommait les *avolés* ou les *outre-volés*. En un mot, il n'y eut

jamais en Flandre, ni dans aucun autre pays du comté,
prince qui pût avoir une terre à sa volonté ainsi que Jacques
d'Artevelde tint longuement le pays de Flandre. Il faisait lever les
rentes, les tonnages, les vinages, les droitures et tous les revenus
qui appartenaient au comte et auraient dû lui revenir, quelque
part que ce fût dans la Flandre, ainsi que la maltôte ; il les
dépensait à sa volonté et en donnait sans rendre aucun compte ;
quand il voulait dire qu'il lui fallait de l'argent, on le croyait,
et il fallait bien croire, car nul n'aurait osé dire le contraire,
de peur de la vie ; aussi quand il voulait emprunter à certains
bourgeois sur sa promesse, personne n'osait l'éconduire ni
refuser de lui prêter.

Dame Marie n'était pas informée de tous ces faits, et souvent
s'émerveillait d'où venait cet argent. « Ah ! disait Artevelde en
riant, la bourse du roi anglais est longue et large, et j'y puise
à mon bon plaisir ! »

En effet, l'alliance était tout à fait conclue entre le roi
Édouard III et les Flamands, grâce au brasseur de bière Jacques
d'Artevelde. Avec une pénétration rare chez un homme de
son âge, le jeune monarque d'au delà des mers avait
bientôt conçu une grande confiance pour le bourgeois de
Gand, et compris qu'il était, de par la Providence de Dieu,
un de ces êtres extraordinaires que le Maître souverain
destine à exercer une grande influence sur leurs semblables,
et à la suite d'une campagne sans résultats de la part des
deux rois de France et d'Angleterre, ce dernier avait tenté
un grand effort pour engager définitivement les communes

de Flandre à son service. « Si vous voulez soutenir ma guerre et aller avec moi partout où je voudrai, dit-il à Artevelde, véritable maître de la Flandre, je vous aiderai à recouvrer Lille, Douai et Béthune, que Philippe de Valois détient à tort. »

C'était la suprême habileté de Jacques d'Artevelde que, tout en imposant sa volonté aux députés de toutes les villes, il ne semblait jamais agir sans les consulter au préalable. Lorsqu'il eut conféré avec eux sur la demande du roi anglais, pour lors établi à Bruxelles, il lui vint répondre avec grande apparence d'humilité : « Cher sire, vous nous avez fait telle requête, et vraiment, si nous la pouvions accorder, en gardant notre honneur et notre foi, nous le ferions comme vous nous demandez ; mais nous sommes obligés, sous foi et serment, et sur un engagement de deux millions de florins envers le Pape, à ne point entrer en guerre avec le roi de France sans encourir la dette de cette somme et une sentence d'excommunication dont nous avons déjà été menacés sur la place du Marché à Gand ; mais voici ce que nous avons pensé et que nous allons vous dire, si vous voulez ainsi faire. Adoptez les armes de France dont vous réclamez droitement l'héritage, et les écartelez avec celles d'Angleterre. Si vous vous appelez hautement le roi de France, nous vous tiendrons pour vrai maître de ce noble royaume, et vous nous donnerez, comme roi de France, quittance de notre foi ; donc nous vous obéirons comme au roi de France et nous vous suivrons partout où vous ordonnerez. »

4

La reine Philippine était assise à côté du roi son mari,
lorsque Jacques d'Artevelde lui vint proposer cet étrange
accommodement avec les consciences flamandes. Sans rien
dire, elle leva sur lui son clair et pur regard, et le roi
Édouard vit sans peine ce qu'elle pensait. « Mon bien-aimé
sire, disait évidemment Philippine dans son cœur, vous
n'êtes pas encore roi de France, et vous le savez bien,
ainsi que tous ceux qui vous suivent et guerroient à vos
côtés. Avez-vous oublié comment mon frère, le comte Guillaume, entrant dans le Sommaisis, sur le sol français, vous
est venu dire en toute droiture qu'il ne pouvait pas
chevaucher plus loin avec vous, étant pris et mandé par son
oncle le roi de France, à qui il ne portait point de haine,
et qu'il irait servir dans son pays comme il avait servi le roi
Édouard sur les terres de l'Empereur dont il était le vicaire? »
Le roi anglais baissa les yeux d'un air pensif. « Je réfléchirai
à ceci », dit-il à Artevelde.

Le roi Édouard était perplexe ; le simple bon sens de sa
femme avait soulevé dans son esprit les plus graves objections
contre le cauteleux projet d'Artevelde, mais le comte Robert
d'Artois l'avait accompagné à Bruxelles et sa haine contre
Philippe de Valois ne dormait jamais. Comme il avait déjà
entraîné Édouard III à déclarer la guerre à la France et aux
Français, allumant ainsi un feu qui devait brûler cent ans et
quasi détruire la terre de France, il entra avec ardeur dans
la pensée d'Artevelde, pressant et séduisant le jeune roi
jusqu'à ce qu'il eût consenti à se rendre à Gand pour conclure

avec Artevelde et les Flamands une étroite alliance, en même
temps qu'il se devait proclamer seul seigneur et souverain
du royaume de France. La chose fut ainsi convenue entre le
monarque, le prince banni et le brasseur de bière. Le soir
même, la reine Philippine fut informée que, sous deux jours,
elle partirait pour Gand. Le but du voyage ne fut pas révélé,
mais Philippine n'était pas sans crainte. Elle était jeune et
elle aimait son mari. « Mon cher seigneur est plein de sagesse
et de droiture, pensait-elle ; sans ce comte de malheur qui
est toujours à son côté, il n'aurait jamais conçu la pensée
de dépouiller notre oncle Philippe de la terre que lui ont
donnée les barons de France. »

Philippine n'avait pas conçu la même antipathie pour Jacques
d'Artevelde, Flamand comme elle, et de ces grands bourgeois
avec lesquels les comtes de Hainaut avaient presque toujours
su vivre en bon accord. Elle s'amusait de la pensée qu'elle
allait habiter dans sa maison, vivre à côté de sa jeune femme
et s'amuser avec ses enfants. Les petits princes anglais
étaient pour lors demeurés en Angleterre avec leurs nourrices
et gouvernantes, mais la reine attendait un nouvel enfant.
Dame Marie était encore plus rapprochée de ce grand événe-
ment de la vie des femmes que n'était sa royale visiteuse, et
ce ne fut pas sans ennui et appréhension qu'elle reçut un
matin de son mari l'avis suivant : « Ma mie, le roi et la reine
d'Angleterre vont venir à Gand et logeront chez nous. Prépare
ce qui convient pour les recevoir, et prends soin de ta santé.
J'arrive, mon cœur. Ton mari fidèle, « JACQUES D'ARTEVELDE. »

« Prends soin de ta santé! » Dame Marie se dit un peu amèrement en lisant cette parole : « Ce sont choses faciles à dire
pour un homme, pensait-elle, quand on a roi et reine à recevoir sous deux jours dans sa maison! Le logis restera en deuil
comme ses maîtres, et point ne sortirai de mes voiles. La
reine n'a pas depuis si long temps achevé de pleurer son père,
qu'elle se doive étonner que les larmes du mien ne soient
encore séchées. Nous nous entretiendrons ensemble de nos
douleurs. »

Cependant la nouvelle de la résolution du roi d'Angleterre
ne tarda pas à arriver jusqu'à Philippe de Valois. L'un des
serviteurs les plus affidés du comte Robert, qui l'avait suivi
dans son exil, était resté attaché à la cause française, et
secrètement informait ceux qui se tenaient auprès du roi
Philippe des projets arrêtés par ses ennemis. Le roi de France
se tenait pour lors à Vincennes en un grand appareil et
somptueux état, faisant faire joutes, tournois et divertisse-
ments en grande abondance et, disait-on par tous pays, que
jamais roi de France n'avait tenu un si bel état que le roi
Philippe.

Lorsqu'il fut informé que son adversaire allait prendre les
armes comme le titre de roi de France, il en fut si fort troublé
et indigné qu'il frappa de la main sur la table devant laquelle
il était assis, avec une violence qui fit voler en éclats les
verres de Venise et entre-choquer les coupes d'argent. « Par
l'âme de mon père, s'écria-t-il, j'espère que mes braves
Normands sont à cette heure dans ses villes de la mer,

brûlant et ravageant son pays. Il comprendra peut-être ainsi que la France et son roi ne sont pas si morts qu'on puisse déjà partager leurs dépouilles ! » Et il se hâta d'envoyer un messager à son amiral Hugues Quéret pour le presser, lorsqu'il reprendrait terre sur les côtes de Normandie, à Leure, à Touques ou à Honfleur, de ne pas tarder à tenter quelque nouvelle expédition de ses petits navires, tout en préparant une grande force sur mer. « Le roi anglais ne laissera pas longtemps ravager ainsi ses côtes », avait écrit à Philippe de Valois le trésorier Nicolas Béhuchet, qui avait accompagné Quéret sur la grande galère le *Saint-André*, partie du port de Leure, dans l'endroit même où devait plus tard s'élever la ville du Havre.

Dix mois auparavant, en effet, et lorsque les premiers bruits d'une guerre sérieuse étaient venus jeter le trouble dans les régions maritimes du royaume de France, une réunion de barons et bourgeois normands étaient venus trouver Philippe de Valois pour lui offrir de renouveler la victorieuse entreprise de Guillaume le Conquérant, et de s'en aller en Normandie avec leurs navires et les marins de leurs côtes conquêter pour lui le royaume d'Angleterre. Philippe n'avait pas dit non, et, dès le printemps de 1339, des galères et des barges, parties des ports normands, avaient parcouru les côtes d'Angleterre, au grand dommage des villes de Plymouth, de Southampton et de Douvres ; mais la grande expédition de la province de Normandie, à la tête de laquelle devait se placer le fils aîné du roi, Jean, duc de Normandie, n'avait pas encore eu lieu. Les

4000 hommes d'armes et les 20000 hommes de pied que devaient fournir les Normands allaient avoir affaire ailleurs, et il s'agissait pour l'heure de rassembler tous les navires dont il était possible de disposer, car Édouard III avait laissé la reine sa femme à Gand, la confiant aux conseils de Jacques d'Artevelde, chaque jour plus avant dans sa faveur, et il avait regagné l'Angleterre pour réunir ses forces navales et préparer l'invasion du sol français. Grande était donc l'importance de lui couper le passage et détruire ses vaisseaux avant le débarquement. Ce soin fut confié aux Normands, sitôt après que le roi Édouard eut affiché à Gand, et sur la porte même de l'hôtel d'Artevelde, les armes de France, écartelées avec celles d'Angleterre, les lys à côté des lions.

Quelle animation et quel mouvement dans tous les ports de la côte normande! Dès le 3 mai, treize navires étaient appareillés à Leure, renouvelant leurs approvisionnements au retour d'une expédition triomphante sur les côtes d'Angleterre. Deux de ces vaisseaux seulement, la *Madeleine* et le *Saint André*, appartenaient en propre au roi de France; les autres avaient été fournis et appareillés par des armateurs, écuyers et barons du pays. Il en était de même à Honfleur, à Barfleur, à Dieppe, à Touques, à Caen, et quelques jours plus tard à Rouen. Ce fut à Honfleur que se réunirent tous les vaisseaux normands ainsi prêts à prendre la mer, car les équipages y devaient recevoir leurs armements, par les soins de Thomas Fouques, garde du clos des galères à Rouen, véritable arsenal maritime des premiers Valois. Là se trouvait le fameux *Chris-*

tophe, le plus grand des navires français et qui avait été naguère conquis par les Normands sur les Anglais. Les marins embarqués sur les cent cinquante navires normands appartenaient tous à la province et n'étaient point de grands seigneurs, ni même pour la plupart gentilshommes, car Nicolas Béhuchet, avec une vraie préoccupation de trésorier, n'avait voulu enrôler que des hommes voués par profession aux choses de la mer. Si advint-il qu'il n'avait point pris avec lui gentilles gens, parce que ceux-ci demandaient de trop grands gages, mais retint pauvres poissonniers et mariniers, qu'il avait à bon marché, et de ceux-là fit-il l'armée. Avec eux marchait le corsaire génois Barbanera, engagé, ainsi que ses galères, au service du roi de France, tous écumeurs et coutumiers de la mer. Les marins normands étaient au nombre de 15 000 environ lorsqu'ils prirent la mer sur les côtes de Zélande, non loin du port flamand de l'Écluse, afin de surprendre la flotte du roi Édouard lorsqu'il voudrait repasser sur le continent.

La reine Philippine était restée à Gand, liée désormais d'une amitié tendre avec dame Marie d'Artevelde. Les deux cœurs droits et tendres s'étaient sentis attirés l'un vers l'autre dès le premier jour, lorsque le bourgeois de Gand, qui avait devancé de quelques heures ses hôtes royaux, reçut à la porte de sa maison la reine d'Angleterre, avec dame Marie à ses côtés. Elle était pâle d'émotion comme de fatigue, et la reine, mère comme elle et chargée comme elle d'une douce espérance, s'en aperçut sur-le-champ. Aussi, sautant de son palefroi en posant

le pied sur le genou plié d'Artevelde, elle s'écria vivement :
« Messire Jacques, faites asseoir votre femme au lieu de vous
occuper de moi ! Ne voyez-vous pas qu'elle ne peut plus se
soutenir ? »

Deux jours plus tard, la langueur reconnaissante d'une
jeune mère qui enveloppait dame Marie de ses voiles, avait
tout à coup fait place à une souffrance inattendue et bientôt
à un grave danger. Au premier bruit, dès l'aube du jour, la
reine était accourue dans la chambre de son hôtesse, simple,
compatissante, pleine de ressources et de courage, calmant et
fortifiant par son sang-froid les femmes de la maison effrayées
et égarées. Lorsque le mire arriva enfin, le premier émoi était
déjà passé, et Kathe, descendant dans sa cuisine pour préparer le repas royal, marmottait en agitant ses casseroles :
« J'aimerais mieux avoir auprès de moi cette petite reine qu'une
douzaine de mires pour soigner ma pauvre maîtresse ».

Artevelde, selon l'usage commun parmi les hommes, était
consterné en proportion de l'imprévoyance dont il avait fait
preuve en imposant à sa femme un effort au-dessus de ses
forces. Il ne se ressaisit quelque peu qu'auprès de la reine
Philippine, toujours active et sereine ; aussi le trouva-t-elle
plus d'une fois dans son chemin, entravant les soins qu'on pro-
diguait à la pauvre mère. Elle finit par lui dire avec un joli
sourire de compassion :

« Messire Jacques, allez donc voir votre beau garçon qui
dort dans sa barcelonnette et nous laissez soigner votre
femme ! »

La reine poussa doucement le bourgeois par les épaules.

Jacques s'avançait déjà vers la porte, obéissant machinale-
ment, quand tout à coup il revint sur ses pas : « Vous la
sauverez, madame? » demanda-t-il d'un air farouche; et
comme la reine murmurait : « Avec le secours de Dieu, » il
reprit vivement : « Elle me vaut mieux que dix fils, et elle le
sait bien! »

Les larmes jaillirent dans les yeux de la jeune reine, qui
savait, par dame Marie, avec quelle ardeur Artevelde avait désiré
ce fils longtemps attendu, et poussant doucement le bourgeois
par les épaules : « Vous avez raison, mille fois raison, dit-elle ;
mais allez embrasser votre fils; ce sera bientôt le tour de votre
femme, si la Sainte Vierge nous vient en aide. » Et elle se
signa dévotement.

Dame Marie était guérie et relevée de ses couches, elle avait
rendu grâces à Dieu dans l'église de Sainte-Pharaïlde, lorsque le
roi Édouard partit pour l'Angleterre, afin de requérir du Parlement les subsides qui lui étaient nécessaires pour soutenir
la grande guerre qui allait bientôt s'engager. La bourgeoise,
pâle et faible encore, mais toute fière de son fils, et reconnaissante de sa délivrance, contemplait avec émotion la pâleur qui
envahissait de plus en plus le teint coloré de la reine Philippine
à mesure qu'avançaient les préparatifs du départ. Lorsque le
roi monta enfin à cheval, accompagné jusqu'à la première étape
par Artevelde avec une escorte de Gantois, la princesse se
retourna vers son amie : « Vous aviez votre mari du moins! »
dit-elle simplement; et Marie se prit à pleurer, pensant en elle-
même : « Quel malheur que d'être reine! »

Édouard III n'avait pas encore recueilli l'argent qui lui avait été accordé par ses sujets plus libéralement que jamais n'avait obtenu souverain anglais, lorsqu'il apprit par un message venu de Gand en grande hâte que la reine sa femme venait de donner le jour à une fille dans la vieille maison d'Artevelde à Gand. « Elle sera bien soignée par dame Marie, pensa-t-il, et sur mon âme, ces bourgeois flamands savent mieux vivre en leurs hôtels que les rois sur leur trône. » Le luxe solide et la richesse évidente des bourgeois flamands avaient grandement frappé le roi Édouard.

Il était retourné à ses préparatifs de guerre, et les jours s'écoulaient, lorsqu'il apprit que la grande flotte du roi de France était réunie pour lui barrer le passage. « Par Notre-Dame, je m'ouvrirai bien un chemin entre leurs navires ! » s'écria-t-il, et il envoya aussitôt l'ordre dans tous les ports que ses vaisseaux se rassemblassent à Orewell. L'émoi était grand parmi ses conseillers, qui redoutaient de voir le monarque s'exposer lui-même, ne le tenant peut-être pas pour bien expérimenté aux choses de la mer. L'archevêque de Cantorbéry ne le lui laissa pas ignorer, s'armant à vrai dire en cela d'un vain prétexte, car pendant deux ans encore les hommes de guerre devaient servir indifféremment sur mer et sur terre. Mais le roi ne prêtait pas l'oreille aux remontrances du prélat.

« Vous êtes tous en conspiration contre moi, dit-il, mais j'irai cependant ; que ceux qui sont effrayés restent chez eux. » Il partit le 13 juin 1340, au moment même où, dans l'église de Saint-Bavon, la reine Philippine, célébrant ses relevailles, implorait la miséricorde divine. « Vos prières sont autour de moi comme les ailes de nos anges gardiens », avait-il une fois dit à sa femme, inquiète et troublée par les hostilités qui se préparaient. Philippine ne l'avait jamais oublié.

Ce fut la veille du jour de Saint-Jean-Baptiste que le roi d'Angleterre et les siens, s'en venant cinglant par la mer, aperçurent entre Blankenberghe et l'Écluse si grande quantité de mâts et navires que bonnement semblait que ce fût un bois. Le visage du jeune roi devint soudain tout changé, avec cet air de résolution calme et fière que devait toujours lui inspirer la présence de ses ennemis, et il pourvut aussitôt à l'ordonnance de sa flotte. On disait sur les vaisseaux anglais : « Les Normands sont en plus grand nombre que nous, et ne seront pas aisés à découper, » mais tous comptaient sur la prudence et le courage du roi.

Édouard avait demandé au patron de son navire ce que pouvaient bien être ces gens-là; il le savait de reste, mais voulait s'en assurer. « Je crois bien, repartit le capitaine, que c'est la flotte des Normands que le roi de France tient sur mer, et qui déjà nous ont plusieurs fois fait grand dommage, pillé et brûlé votre bonne ville de Southampton, sans compter qu'ils ont pris votre grand vaisseau le *Christophe* que nous trouverons tout à l'heure au premier rang parmi eux, j'en mettrais bien ma main au feu! »

Le roi anglais contemplait de loin les lignes serrées des navires ennemis, puis il dit : « J'ai depuis longtemps désiré de les pouvoir combattre ; ci les combattrons aujourd'hui s'il plaît à Dieu et à saint Georges ; ils m'ont fait tant de mal que j'en veux prendre vengeance, si j'y puis parvenir. »

Parmi les vaisseaux qui étaient partis d'Orewell avec le roi Edouard, se trouvait une riche barge plus ornée et pavoisée que pas une autre, et qui portait grand'foison de dames d'Angleterre, comtesses, baronnesses, chevalières et bourgeoises de Londres qui venaient voir la reine d'Angleterre qui depuis longtemps se tenait en Flandre. Quelques-unes avaient aussi le désir de retrouver leurs maris ou leurs pères qui étaient restés dans les bonnes villes depuis le départ du roi. Celui-ci avait donné des ordres très particuliers pour faire garder la barge des dames, et il avait chargé trois cents hommes d'armes de veiller sur leur sûreté, les tenant à quelque distance de la bataille qui allait s'engager, ce dont tous ceux qui avaient été désignés pour cet emploi n'étaient pas bien contents.

Les plus forts des vaisseaux anglais avaient été placés en avant de la flotte ; de tous côtés, à l'entour des navires chargés d'hommes d'armes, se trouvaient des nefs plus légères remplies de ces fameux archers anglais exercés au tir depuis leur jeunesse, et que tous leurs adversaires devaient en vain chercher à imiter. Les voiles étaient tendues au vent et les navires cinglaient déjà vers les Normands, lorsque les meneurs de la flotte s'aperçurent que les archers se trouvaient avoir le soleil au visage, ce qui pouvait grandement leur nuire. Alors ils ordonnèrent qu'on dérivât un peu, afin d'avoir le soleil et le vent à volonté. Les Normands qui les voyaient ainsi tournoyer, hésitant en apparence, disaient sur tous les navires : « Ils reculent et tergiversent, ils ne sont pas gens pour nous combattre! » Mais le Génois Barbanera ne s'y trompait pas sur sa galère, et il fit dire à messire Hugues Quiéret et à Nicolas Béhuchet, le trésorier, qu'ils allassent en haute mer pour combattre en liberté et qu'ainsi écraseraient-ils leurs ennemis, qui n'étaient pas si forts qu'eux.

On était pour lors en grande joie sur toutes les galères, barges et nefs des Normands, car bien avait-on jugé par les bannières des navires anglais que le roi d'Angleterre était là personnellement, et fort désiraient tous de le combattre. On avait fait passer tout au devant de la flotte le grand vaisseau *Christophe*, conquis au commencement de l'année sur les Anglais, et l'avait-on garni pour le garder de foison d'arbalétriers génois qui devaient de là escarmoucher avec les Anglais. Les trompettes sonnaient au vent, les conques retentissaient avec force, et tous les hommes d'armes se préparaient à combattre vaillamment ; mais ne voulut point messire Hugues Quiéret prendre la haute mer, non plus que le trésorier Nicolas Béhuchet, qui mieux savait se mêler des comptes à faire que de guerroyer en mer. « Nous resterons en nos postes de combat, firent-ils savoir à Barbanera, car ainsi l'ennemi ne saurait nous entamer, ni rompre nos rangs. »

Lorsque messire Barbanera ouït cette réponse, il jura un si terrible serment que les diables dans l'enfer en durent être effrayés, puis il cria au capitaine de ses galères : « Au large ! au large ! Je ne me laisserai pas prendre dans ce trou comme un rat en un piège ! » Et bientôt les Normands comme les Anglais aperçurent les élégants navires génois qui gagnaient rapidement la haute mer. « Les lâches ! s'écria Béhuchet, les voilà qui nous faussent compagnie. » Quiéret ne répondit pas, et sur les vaisseaux plus d'un vieil homme de mer pensait tout bas : « Le Génois a bien fait ! »

La bataille s'engagea cependant, âpre et rude. Les Anglais étaient inférieurs en nombre à leurs adversaires, mais leur position était meilleure et les navires plus petits et plus légers passaient sans peine entre les lourdes masses des galères normandes, jetant le grappin de l'une à l'autre pour combattre à l'aise sur le pont.

Barbanera avait vaillamment combattu en pleine mer, et l'avant-garde des navires anglais avait souffert de son attaque ; mais le roi anglais, blessé à la cuisse par un dard, s'était lui-même porté contre lui et avait rétabli le combat. L'expérience du Génois l'éclairait sur les chances de la victoire, et, comme un mercenaire, il s'enfuit, pensant qu'il avait accompli sa tâche. Les marins normands n'étaient pas des mercenaires, et ils défendaient leur roi et leur patrie. La lutte avait commencé à six heures du matin, et elle durait encore, acharnée et indécise, après que toutes les horloges de la côte avaient sonné midi. L'un des plus gros navires de la flotte anglaise avait été coulé par le *Riche*, de Leure, mais les Anglais s'étaient de nouveau emparés du *Christophe* et leur équipage avait aussitôt remplacé les Normands massacrés ou prisonniers. Tout à coup apparurent en vue des voiles brunes en grand nombre.

« Ce sont les Flamands ! » s'écria-t-on d'une seule voix sur les deux flottes, car Hugues Quiéret savait aussi bien que le roi Édouard que celui-ci comptait sur le secours de ses alliés. Toute

Le roi Édouard prit terre pour aller remercier Dieu.

la nuit les députés de Bruges avaient pressé ouvriers et mariniers pour appareiller deux cents navires, et les trombes des matelots flamands commencèrent à retentir sur les flots contestés ! « C'est fait de nous ! » pensèrent les Normands, redou-

5

blant de courage et d'efforts pour vendre chèrement leur vie. Déjà vingt-quatre barons et près de cent chevaliers anglais avaient succombé sur la flotte du roi Édouard, plus noblement montée que les navires français; mais de leur côté les Anglais, encouragés par l'arrivée de leurs alliés, faisaient force de leurs flèches comme de leurs épées. La victoire n'était plus douteuse; les larges flancs des navires flamands forçaient les rangs encore pressés des galères et barges normandes. Plus d'un était acharné à la poursuite du navire que montait le trésorier Nicolas Béhuchet. Il tomba bientôt en leur pouvoir.

« Souviens-toi de Cadzand! » dirent-ils, car le trésorier avait contribué à la dévastation de l'île en 1337, et ils le pendirent au grand mât de son vaisseau par dépit du roi de France. L'amiral Hugues Quiéret s'était rendu, mais il n'en fut pas moins égorgé cruellement. La mer était ensanglantée à l'entour des deux flottes, et les vagues roulaient d'innombrables cadavres, lorsque le roi Édouard prit terre pour s'en aller remercier Dieu au pèlerinage de Notre-Dame d'Hardenberg.

CHAPITRE IV

SIÈGE DE TOURNAI.

A peine la fête de Saint-Jean était-elle passée, et les feux éteints qui, plus joyeusement que jamais, avaient brûlé par toute Flandre, que la reine Philippine s'en vint avec messire Jacques d'Artevelde pour rejoindre son mari. Elle était encore un peu pâlie par la fatigue de ses couches, mais elle était si heureuse et si fière, que les couleurs revinrent à ses joues comme elle embrassait son mari. Elle avait laissé son nouveau fils, le prince Jean, dormant à côté du petit Philippe d'Artevelde et dans le même berceau. Dame Marie n'avait pas voulu chevaucher jusqu'à la mer en compagnie de sa royale amie. « Ce n'est pas trop d'une mère pour nos deux fils, avait-elle dit en souriant, sans compter mes pauvres petites filles auxquelles je ne pense quasi plus depuis que ces garçons sont à la maison ! » La reine n'avait pas insisté davantage. Depuis qu'elle était entrée dans l'hôtel d'Artevelde, elle avait constamment travaillé à diminuer l'amertume de la douleur qu'éprouvait dame Marie, représentant la mort de Sohier de Courtrai comme un noble martyre pour la cause de la patrie ; elle avait réussi au delà de ses espérances et peut-être de ses désirs. Dame Marie rendue à sa douceur naturelle se repentit de la violence de son ressentiment contre le comte de Flandre et commençait à revenir à ses anciens sentiments français. « C'est grand dommage de soutenir des étrangers ! » pensait-elle parfois.

Artevelde n'avait pas coutume de consulter sa femme sur la direction de ses affaires politiques, et la timide modestie de la jeune Flamande cédait rarement aux émotions fortes qui la faisaient sortir d'elle-même pour un moment. Marie resta dans sa maison, entourée des quatre petits enfants, pendant que son mari parcourait les cités flamandes et que la reine Philippine soignait le vainqueur de l'Écluse dans le navire qu'il avait dû regagner après son pèlerinage à Notre-Dame d'Hardemberg. Bien qu'on l'eût porté en litière, sa blessure s'était envenimée par ce petit voyage et il avait dû regagner sa maison flottante, où il lui arrivait de s'impatienter souvent. Jacques d'Artevelde arriva à Valenciennes en même temps que la nouvelle de la victoire.

Il fit dresser une grande tribune sur la place du Marché, et là, en cette chaire et entouré d'une grande multitude de peuple, il fit valoir devant tous les droits du roi Édouard d'Angleterre sur la couronne de France. Poussé d'abord par l'intérêt commercial de la Flandre vers l'alliance anglaise, il avait été flatté et touché par l'amicale confiance dont l'honorait le roi anglais, jusqu'à se persuader à lui-même que les prétentions de celui-ci

étaient justes et devaient l'emporter non seulement sur les cou-
tumes héréditaires de la succession au trône de France, mais
encore sur la volonté clairement exprimée de la plupart des
barons français : « Il s'agissait, à cette heure, d'acquérir aux

Jacques d'Artevelde accompagnait la reine Philippine.

Anglais l'efficace secours des communes de Flandre. « Quand
les trois pays, Flandre, Hainaut et Brabant, sont d'accord et
marchent ensemble, nulle puissance de France ou d'Angleterre,
et fût-ce même celle de l'Empire, ne saurait leur résister,
dit-il. En soutenant le roi Édouard, en lui assurant la couronne
des fleurs de lys, nous attacherons à jamais sa reconnaissance

à nos intérêts, et Flandre sera plus prospère que jamais ne fut
à la mémoire des hommes! »

. Chacun écoutait et disait qu'il avait bien parlé de grand sens
et en belles et douces paroles, si bien que, lorsqu'il eut ainsi
visité les principales villes de Flandre, comme régent et gouverneur agréé de tous, il revint auprès du roi d'Angleterre,
à Bruges, où s'étaient réunis les princes alliés, pour lui
apporter, au nom des communes de Flandre, cent mille
hommes bien armés pour pousser vivement la guerre. Les
députés des villes et les doyens des métiers étaient là, pleins
d'ardeur et déclarant que, pour défendre la cause et les libertés du pays, tous étaient prêts à servir sans solde, tant ils
avaient pris la guerre à cœur. Le roi anglais leur proposa
aussitôt de faire le siège de Tournai, promettant de faire don
de cette place aux communes de Flandre lorsqu'elles l'auraient
aidé à la conquérir. Partout s'armaient avec transport les
bourgeois flamands.

Le roi Édouard avait cependant chevauché jusqu'à Gand en
compagnie de la reine Philippine et de Jacques d'Artevelde,
car les souverains anglais avaient promis de présenter au saint
baptême le petit Philippe d'Artevelde et Mme Marie était pressée
de voir son fils, si impatiemment attendu, admis dans le sein
maternel de l'Église. Le petit Jean, futur duc de Lancastre,
devait être baptisé en même temps que l'enfant du bourgeois
du Gand. Les fêtes et banquets étaient préparés; cette fois,
l'habile ménagère flamande ne devait pas être prise d'aussi
court que lors de la première arrivée de ses hôtes royaux : on

avait déjà composé les beaux entremets qui devaient figurer sur la table d'honneur,

Après tout, il fallut pourtant se hâter, car le roi était pressé de retourner au siège de Tournai. Philippe de Valois ne s'était pas laissé surprendre ni abattre par la terrible défaite de l'Écluse. Son fou de cour le lui avait plaisamment appris en disant tout haut devant lui, comme le messager de malheur venait de descendre de cheval : « Ces Anglais ne sont que des poltrons ! — Pourquoi donc? demanda le roi qui ne désirait pas mieux que de le croire. — Parce qu'ils n'ont pas eu le courage à l'Écluse de sauter dans la mer comme les Normands et les Français ». Le roi pâlit; au moment même, on lui apportait les nouvelles plus détaillées d'un désastre à la suite duquel il fit construire à Leure le premier des hôpitaux maritimes pour y recevoir les mariniers blessés ou mutilés au combat de l'Écluse.

Pendant que le roi d'Angleterre festoyait à Gand, dans la maison de Jacques d'Artevelde, Philippe de Valois se transportait à Arras, puis bientôt campait à trois heures de Tournai, tandis que le connétable Raoul d'Eu se jetait dans la place avec des forces considérables. Les alliés du roi de France, le duc de Lorraine, le comte de Savoie, les princes-évêques de Liège, Metz et Verdun, avec la plupart des barons de Bourgogne, s'empressèrent de venir le rejoindre. Il reçut au milieu d'eux, le 27 juillet 1340, le défi de son adversaire, que celui-ci avait longuement médité en compagnie de son conseiller flamand. C'était sur la table du banquet de baptême du prince Jean et de Philippe d'Artevelde qu'avait été écrit le défi qui appelait

Philippe de Valois à combattre devant Tournai et qui était daté de « l'an premier de notre règne de France et quatorzième d'Angleterre ».

« Ah! le plaisant conte! dit avec dédain le roi de France; nous lui répondrons aussitôt », et il fit écrire en ces termes :

« Philippe, par la grâce de Dieu, roi de France, à Édouard, roi d'Angleterre. Nous avons vu vos lettres apportées à notre cour de par vous à Philippe de Valois et contenant certaines requêtes que vous faites audit Philippe de Valois. Et comme les-dites lettres ne venaient pas à nous, nous ne vous faisons aucune réponse. Notre intention est, quand bon nous semblera, de vous jeter hors de notre royaume, pour le profit de notre peuple. Et de ce, avons espérance en Jésus-Christ, dont toute puissance nous vient. »

Pendant soixante-quatorze jours, les habitants de Tournai, soutenus par le connétable et ses chevaliers, se défendirent avec un si indomptable courage, que le régent de Flandre, tantôt rentré dans sa ville, tantôt au camp du roi anglais rempli de ses compatriotes, ne pouvait s'empêcher de dire souvent, tout en devisant de nouveaux moyens de triompher d'eux : « Les gens de Tournai sont des braves qui bien méritent d'avoir leur part des libertés et privilèges des communes de Flandre ». Les bourgeois guerriers commençaient à se lasser de tenir la ville assiégée en grande fatigue et déconfort et ils par-laient entre eux de retourner à leurs affaires, lorsque le roi d'Angleterre leva tout à coup le siège. Tournai, délivré de ses ennemis, reçut, en récompense de son opiniâtre défense, la charte communale dont elle était depuis longtemps privée. Aussi eut-elle le bonheur, tout en restant française, de n'être plus soumise aux gouverneurs royaux, mais bien libre de nommer prévôt, puis échevins à sa fantaisie, ce dont les gens du lieu ne cessaient grandement de se réjouir.

Malgré le secours des villes de Flandre dont disposait assez arbitrairement Jacques d'Artevelde, les subsides accordés à ses alliés allemands, comme les frais de la guerre, épuisèrent les ressources du roi Édouard, qui n'espérait guère obtenir sitôt de nouveaux dons de ses sujets anglais. Le comte Robert d'Artois avec trois mille Flamands avaient couru devant Saint-Omer, dans l'espoir de surprendre la ville dont ils avaient déjà conquis les faubourgs ; mais le duc de Bourgogne et le dauphin d'Auvergne s'y tenaient avec tous les bannis du pays de Flandre, et, sortant par une autre porte que celle qu'assiégeaient les Flamands, ils tombèrent sur eux, lances abaissées et bannières déployées, en bon ordre de bataille, et criant : « Clermont ! Bourgogne ! au dauphin d'Auvergne ! » Pour lors les Flamands furent bien ébahis les voyant si près d'eux, et ne tinrent ordonnance ni discipline, mais chacun s'enfuit à qui mieux mieux, jetant par les champs tout ce dont ils s'étaient chargés, et les Français après eux, tuant et abattant par monceaux et par troupeaux. La chasse dura bien deux lieues, et dix-huit cents furent tués, plus quatre cents amenés prisonniers à Saint-Omer.

Depuis plusieurs semaines déjà la bonne dame Jeanne de Valois, sœur du roi de France et mère du comte Guillaume de

Hainaut était sortie du couvent où elle avait enseveli les voiles de son veuvage pour gagner le roi son frère et les alliés du comte son fils à conclure paix et trêve, en se séparant sans en venir à une bataille rangée. Et plusieurs fois elle tomba aux pieds de son frère qui grandement l'aimait et l'honorait, en le conjurant de venir à traité d'accord avec le roi anglais. Puis, quand elle avait ainsi travaillé auprès de ceux de France, elle s'en venait trouver les seigneurs de l'Empire, principalement le duc de Brabant et le marquis de Juliers qui avait autrefois épousé sa fille la demoiselle Jeanne de Hainaut, laquelle était morte en sa première jeunesse, et elle suppliait aussi monseigneur Jean de Hainaut, les priant que, pour Dieu et par pitié, ils voulussent entendre à un accord et engager le roi d'Angleterre à s'y conformer.

Jacques d'Artevelde, qui se tenait avec le roi anglais au camp devant Tournai, était grandement inquiet et troublé par les allées et venues de la comtesse, car il était bien informé dans ce qu'elle voulait et poursuivait. Il finit donc par aller trouver le roi Édouard en sa tente et lui dit hardiment : « Donnez-vous de garde à ce que vous faites, monseigneur, car si nous ne sommes pas compris dans cette paix et tous nos faits pardonnés, nous ne partirons pas d'ici, ni ne vous tiendrons quitte du serment que vous nous avez fait ».

Plusieurs barons se trouvaient à cette heure auprès du roi d'Angleterre, et avec eux la bonne comtesse de Hainaut, qui leva au ciel les mains et les yeux, disant : « Ah ! sire Dieu, ayez pitié de nous, quand pour le dire d'un vilain le plus noble

La comtesse de Hainaut leva au ciel les mains et les yeux.

sang de la chrétienté sera répandu ! » Le roi eut grand'peine à
apaiser sa dame de mère, et à mettre Jacques d'Artevelde hors
de la tente, sans qu'il insistât davantage sur son dit.

Madame Jeanne réussit cependant à rassembler dans la chapelle d'Esplechin, en pleins champs, les députés des rois
de France et d'Angleterre avec ceux de l'Empire, et tout le
jour elle se tint parmi eux le cœur plein d'une grande compassion pour ceux qui souffraient et mouraient pendant la
guerre, priant et suppliant très humblement les deux partis de
se vouloir bien accorder, et ainsi fut conclue une trêve d'un
an, pour la France, Picardie, Bourgogne, Bretagne et Normandie, la Saintonge et la Gascogne restant libres de guerroyer
au terme de quarante jours. Les Brabançons tenaient le siège
depuis le commencement : aussi furent-ils grandement réjouis
de s'en aller en leur pays, et qui eût vu, dès que le jour parut,
abattre les tentes, charger les chariots, et les gens se hâter de
toutes leurs forces et volonté, eût bien pu dire : « Je vois un
nouveau monde ».

D'autres que les sujets du Brabant et du Hainaut foulés et
ravagés par la guerre prochaine se réjouirent de la trêve qui
devait se prolonger cinq ans dans les Flandres et leurs environs. La reine Philippine était heureuse de retourner en Angleterre, où l'attendaient plusieurs de ses enfants qui n'avaient
pas encore fait connaissance avec leur petit frère Jean. Dame
Marie d'Artevelde, en disant adieu à l'amie royale qui empor-
tait dans son royaume lointain la solide affection et l'assuré
dévouement de la bourgeoise flamande, laissa échapper le secret

de son contentement personnel : « Je retrouverai mon mari,
dit-elle, et ses yeux bleus brillaient du plus vif éclat, les fos-
settes charmantes de ses joues roses se creusaient dans son
sourire ; il ne sera plus sans cesse appelé de bonne ville en
bonne ville pour les affaires et les intérêts de monseigneur le
roi dans les Flandres... ».

Philippine de Hainaut leva les deux mains : « C'est pour l'intérêt des communes de Flandre que messire Jacques a si fort
voyagé, dit-elle. Mon seigneur est prêt à les bien servir presque
autant que le vôtre ».

Toute naïve et douce qu'elle fût, la Gantoise ne put s'empêcher de rire. « Le commerce de Flandre a déjà servi monseigneur d'Angleterre, dit-elle, sans compter ce que peut avoir
fait mon mari.

— Ah ! vous, vous êtes des amis », reprit la reine, trouvant
dans son cœur un de ces mots qui rivent les chaînes du
dévouement aux causes royales. Dame Marie fléchit le genou
et baisa la main que lui tendait Philippine. « N'importe, je me
réjouis de retenir un peu au logis mon voyageur, dit-elle ; je
crains que ses affaires n'aient grand besoin de l'œil du maître,
et qu'on n'ait plus bu que brassé chez nous depuis un an.

— Ah ! repartit Philippine, riant à son tour, M. le ruwaert de
Flandre aura assez à faire à mettre la paix entre les villes et
les métiers ; les gens des communes auront le temps de se disputer entre eux, maintenant qu'ils ont la paix ! »

Dame Marie se releva, pâle comme la mort, et se soutenant
à peine ; il semblait qu'elle eût reçu un dard en plein cœur.

« Vous avez donné une voix à mes craintes! » murmura-t-elle
tout bas, et malgré tous les efforts de la reine pour consoler
et rassurer sa compagne, elle était trop sincère pour retirer des
paroles dont la vérité lui semblait évidente. Lorsqu'elle quitta
Gand accompagnée des braves Flamandes qu'elle avait prises à
son service pour soigner le petit prince Jean, les larmes cou-
laient sur tous les visages, excepté sur les joues pâles de dame
Marie, debout devant sa porte comme une statue de marbre,
suivant des yeux le royal cortège. Artevelde accompagnait le
roi et la reine d'Angleterre jusqu'à l'Écluse, où ils devaient
s'embarquer.

La reine Philippine ne s'était pas trompée; son expérience
des discordes et des jalousies des villes flamandes entre elles, et
jusqu'à l'intérieur de chaque commune, avait vivement dépeint
à ses yeux les difficultés et les obstacles, trahison ou violence,
qu'allait rencontrer à chaque pas la domination assez hautaine de Jacques d'Artevelde. Naguère les trois villes, comme on
appelait toujours Gand, Ypres et Bruges, avaient formé un
noyau compact de résistance à la tyrannie des comtes de Flandre,
et les mécontents des autres cités s'étaient groupés autour
d'eux; mais l'autorité supérieure du comte subsistait toujours :
c'était autour du comte, pour ou contre lui, qu'on réclamait
les libertés et privilèges communaux, et nul, sauf les plus
audacieux parmi les rebelles, ne pensait à lui disputer ses
droits sur sa terre. Maintenant il était en France, réfugié à la
cour du roi Philippe, chassé de ses États héréditaires où se
réveillait sur bien des points l'attachement traditionnel à son

nom et à sa race, et Artevelde régnait à sa place comme régent
de Flandre, obligé de maintenir une puissance contestée et
contestable par des rigueurs arbitraires dont la dureté dépas-
sait parfois toutes celles du comte. Le repos lui était difficile,
et dame Marie pensait avec tristesse qu'à peine semblait-il le
désirer. « Ce sont les souvenirs de ceux qu'il a fait tuer qui le
poursuivent, lorsqu'il est paisible en son hôtel, pensait-elle;
je sais ce que cherchent ses yeux quand il regarde tout droit
devant lui sans rien voir. Les femmes veuves et les enfants
orphelins ont beau être souvent nourris de notre pain et vêtus
de notre bourse, il ne saurait oublier leurs cris et leurs
larmes. Ah! qui nous rendra la paix du temps passé quand il
me racontait le soir ses voyages aux pays lointains, auprès du
feu, ou sous les branches vertes des arbres! »

La guerre et les bruits de guerre n'avaient pas cessé partout
comme en Flandre, où la prospérité du commerce des laines
avait fait de grands progrès; tous les marchands anglais, en
paix dans leur île, avaient repris leurs affaires avec les artisans
flamands, pendant que, les uns après les autres, les chevaliers
du roi Édouard passaient la mer au secours de la comtesse de
Montfort qui soutenait en Bretagne la guerre de succession du
duché contre le comte Charles de Blois, neveu du roi de France
et secouru par ses barons comme la comtesse par ceux d'Angleterre. Les glaives des hommes d'armes ne couraient pas
risque de se rouiller pendant cette trêve de cinq ans, et la
guerre des Dames, en l'absence de leurs maris captifs en France
ou en Angleterre, tenait sans cesse en haleine les souverains

sur leur trône, dans l'attente d'un renouvellement officiel et général des hostilités.

Jacques d'Artevelde n'avait jamais cessé ses relations avec le roi d'Angleterre : l'attachement personnel qu'il ressentait

Dame Marie et le petit Philippe.

pour le jeune prince dont il avait ouvertement embrassé le parti par esprit de vengeance, à la suite de l'exécution de son beau-père, avait pris des forces nouvelles au plaisir orgueilleux de la protection accordée par les Flamands à un roi puissant. Artevelde était et se savait le premier des Flamands et la véritable cheville ouvrière de la situation des Anglais en Flandre.

6

La guerre à mort était déclarée entre lui et le comte de Flandre ; il conçut la pensée hardie de le déshériter à jamais lui et sa race, et travaillait à entretenir dans les communes des ressentiments et des mécontentements qui s'atténuaient de jour en jour à l'égard du comte absent et proscrit, pour se tourner contre lui-même, tyrannique et présent. Il voyait bien le danger qu'il suivait, comme dans un miroir, sur le visage et dans les yeux rusés de son implacable rival Gérard Denys, toujours doyen des bateliers de Gand. « Je ne serai en paix que lorsque j'aurai décidément coupé l'herbe sous le pied de Monseigneur ! » avait-il une fois dit à dame Marie ; mais il n'avait pas répété ses confidences, car elle avait frémi de tous ses membres sans répondre, et dès qu'il l'avait quittée, elle s'était enveloppée dans ses coiffes pour courir à Sainte-Pharaïlde, où elle avait longtemps pleuré et prié dans le coin le plus obscur de l'église.

Les insinuations d'Artevelde auprès du roi anglais avaient évidemment porté leurs fruits lorsque, la guerre éclatant de nouveau entre les deux souverains, sur la déclaration des Anglais, ce fut l'un des premiers soins d'Édouard III de passer en Flandre, pendant que le comte de Derby en Gascogne et en Aquitaine remportait de rapides succès, et que les affaires de la comtesse de Montfort se relevaient en Bretagne. Artevelde était bien informé des intentions du roi d'Angleterre, mais il n'en parlait plus à sa femme, qu'il trouvait devenue bien froide à l'égard de leurs royaux amis. « La reine Philippine est tranquille dans son palais de Windsor, avait-elle dit une fois, et je

voudrais être tranquille en notre maison de Gand. Je suis sûre
que son seigneur ne chevauche pas constamment sans elle, la
laissant seule au foyer. » Artevelde n'avait pas insisté, mais
il annonça le projet d'aller au-devant du roi d'Angleterre à
l'Écluse. « La reine n'est pas avec lui cette fois », dit-il, et
dame Marie, pressant dans ses bras le petit Philippe, âgé
maintenant de cinq ans, murmurait à son oreille : « J'aimerais
mieux que tu eusses pour parrain le plus pauvre des mendiants
qui se tiennent sous le porche de Saint-Bavon, que ce grand
sire de roi qui ne pense seulement pas à intercéder pour toi
une fois par an auprès de Notre-Seigneur et de ses saints; j'en
mettrais bien ma main au feu ». Philippe n'était pas content,
et il se laissa glisser des genoux de sa mère. Dans son orgueil
d'enfant et de fils unique, il se vantait souvent auprès de ses
sœurs d'avoir pour parrain et marraine un roi et une reine
qui avaient laissé pour lui une chaîne d'or et une tasse en or
dans son berceau. Mère les avait enfermées dans le grand
dressoir, mais elles étaient à lui, et Philippe comptait bien les
demander quand il serait devenu assez grand pour mettre la
la chaîne à son cou, et boire dans la tasse d'or du vin des
Canaries comme celui que père faisait servir aux grands
jours.

CHAPITRE V

RIVALITÉ D'ARTEVELDE ET DE GÉRARD DENYS.
MORT DE JACQUES D'ARTEVELDE.

Il n'était point question de Philippe, ni même de dame Marie, lorsque Artevelde monta le 7 juillet sur la galère du roi anglais dans le port de l'Écluse. Les consuls de Bruges et d'Ypres se trouvaient également dans la ville, mais le ruwaert de Flandre avait pris une petite barque, un seul serviteur, et à la faveur de la nuit tombée il avait gagné le navire anglais entrant dans le port. Les deux alliés s'entretinrent longtemps seuls. Le roi Édouard comptait recommencer bientôt la guerre dans le nord de la France, et ses chevaliers s'embarquaient déjà sur toute la côte; mais une affaire particulière occupait à la fois le roi et le bourgeois flamand, et lorsque ce dernier redescendit dans son esquif pour aller prendre quelques heures de repos à terre, le roi anglais resta encore appuyé au flanc de son navire : « Ce serait un coup de maître! » murmurait-il à part lui.

Comme les consuls de Bruges et d'Ypres arrivaient le len-

demain matin au lever du roi d'Angleterre pour lui faire
hommage, ils virent venir derrière eux une autre barque sur
laquelle était monté Jacques d'Artevelde avec quelques-uns de
ses ordinaires valets. « Ah! dirent les deux bourgeois en se
rengorgeant, il paraît qu'on ne se lève pas de bonne heure à
Gand », et ils furent introduits auprès du roi d'Angleterre sans
attendre l'arrivée d'Artevelde, qui entra dans la cabine du roi,
tandis que celui-ci tenait aux deux consuls un grand discours
qu'il ne recommença pas à la venue d'Artevelde.

« Mes amis et mes bons alliés, disait-il, une pensée m'est
venue en l'esprit à l'égard de votre comte qui, lui, comme
ses ancêtres et ses devanciers, n'ont jamais su faire autre chose
que de méconnaître et attaquer ces libertés que vous aimez à
bon droit plus que votre vie, et je me suis persuadé que vous
n'avez rien de mieux à faire que le renier et l'abandonner.
Savez-vous donc ce que je vous propose? C'est de vous donner
mon fils, le prince de Galles, qui encore est tout jeune, mais
promet d'être brave et bon chevalier; il prendra, si vous
voulez, le titre de duc de Flandre et vous resterez en paix et
grande santé, bien assuré que vos droits et privilèges ne
seront jamais entamés non plus que ne sont ceux des communes d'Angleterre. »

Les deux consuls se regardaient un peu étonnés, et ils
regardaient aussi du coin de l'œil le visage de Jacques d'Artevelde. Ils s'aperçurent bientôt qu'il n'était pas aussi surpris
qu'il voulait en avoir l'air, car, tout habile que fût messire Jacques, il avait coutume d'aller hardiment en besogne,

et n'aimait point à se cacher. C'était à cette témérité dans le gouvernement un peu rude qu'il exerçait, qu'il était forcé d'attribuer le désaccord qui régnait à Gand, entre les diverses corporations des métiers : les tisserands s'étaient querellés avec les foulons, et la haine de Gérard Denys pour Artevelde avait brouillé entre eux les bateliers et les brasseurs. Le vent de discorde qui avait soufflé à Gand commençait à s'étendre à toutes les villes de Flandre : les bourgeois de Poperinghe avaient eu l'audace de se refuser à reconnaître plus longtemps les privilèges particuliers des gens d'Ypres; ceux-ci avaient pris les armes et réduit à la soumission la ville la plus faible : tout fiers de leur victoire, ils avaient poussé jusqu'au delà de Bailleul, brisant sur leur chemin tous les métiers des tisserands; les deux partis en avaient appelé à l'intervention d'Artevelde, dont la main parut lourde à ses compatriotes. « Le ruwaert sent qu'il a besoin de consolider son pouvoir, et compte s'appuyer sur l'autorité du jeune prince dont on prétend nous faire don! » pensèrent les deux consuls des villes alliées, et ils répondirent à la proposition du roi qu'ils étaient grandement honorés, mais qu'en une affaire de semblable importance ils ne pouvaient parler, ni même écouter sans l'assentiment de toutes les communes de Flandre, qu'ils consulteraient dans leurs villes.

« Ypres et Bruges à la bonne heure! dit Artevelde, qui rougit violemment; mais pour le commun du comté, je me charge de lui faire savoir de quelle faveur le regarde Monseigneur; je vous retrouverai ensuite en vos villes! » Et il les congédia d'un

signe de tête plus impérieux et hautain que les adieux du roi
Édouard. Celui-ci ne put même s'empêcher de dire en souriant,
comme les magistrats mécontents se retiraient à pas lents :
« Prenez-y garde, Jacquemart mon ami, vous le prenez de
bien haut !

— C'est ainsi qu'il faut faire avec tous ces rebelles entêtés,
monseigneur ! » repartit Artevelde dont la colère n'était pas
apaisée, et le roi ne prit pas la peine de lui faire remarquer
que ce nom de rebelle ne convenait à nul mieux qu'à lui. Il
avait besoin de l'appui de son allié et compère, comme il se
plaisait à l'appeler, car son habile et populaire éloquence
pouvait seule faire prévaloir, dans le conseil des villes, la
pensée d'abandonner la Flandre à la postérité du roi anglais.
Lorsque Artevelde rentra à Gand, le 24 juillet 1345, les bourgeois d'Ypres et de Bruges avaient souscrit à la proposition
du roi d'Angleterre.

Ceux de Gand n'en étaient pas là, et nulle part dans toute
la Flandre n'était-il autant de discorde et rébellion contre
les dits et faits de Jacques d'Artevelde. Dame Marie en était
bien exactement informée et souvent pleurait, la nuit, en
pensant au temps jadis où si aimé et honoré de tous était
messire Jacques, que les compagnons, par toutes les rues où
il passait, eussent volontiers baisé les traces de ses pas.
Lorsque Artevelde rentrait à Gand revenant de quelques-uns
des voyages qu'il avait accoutumé de faire de ville en ville,
et qu'il embrassait dans son hôtel ses enfants et sa femme,
celle-ci ne manquait jamais de lui réciter tout ce qu'elle

avait appris de l'animosité et des intrigues du doyen des
bateliers et autres ennemis que Jacquemart avait par la
ville. Il en était mieux instruit qu'elle, mais n'était pas
content de s'entendre redire choses déplaisantes qu'il savait;
aussi parfois lui fermait-il la bouche par un baiser, et

Artevelde rentra à Gand.

d'autres jours par de rudes paroles, en sorte qu'à peine eût-
elle osé continuer à l'informer des calomnies dont il était
l'objet, si le prêtre de Sainte-Pharaïlde auquel elle avait coutume de se confesser ne l'y avait grandement encouragée, disant
que son devoir était de faire savoir à son mari les dangers
et mauvais vouloirs dont il était entouré, afin qu'il pût aviser
à se garder.

Lorsque Artevelde arriva ce jour à Gand venant d'Ypres et de
Bruges, le bruit des concessions accordées par les deux villes
au roi d'Angleterre l'y avait devancé, et bien savait-on que la
réponse avait été faite à la requête et après les discours de
messire Jacques. Celui-ci ne prit que le temps de boire un
verre de vin des Canaries en son hôtel avant d'aller à la place
du Marché du Vendredi, où était assemblée à cette heure
toute la communauté de la ville. Comme il sortait, sa femme,
qui n'avait pas ouvert la bouche, le servant de pain et de vin
en grand silence, lui pressa la main au passage en disant :
« Dieu vous garde de vos ennemis, vie de mon cœur! » Un regard
de tendresse fut toute la réponse de Jacques d'Artevelde, mais
il emporta dans son âme sur la place du Marché la douce
bénédiction de sa femme, qui ne parlait guère de son amour
dans la vie commune et devait être grandement émue en son
esprit pour avoir laissé échapper de semblables paroles.

La foule était grande vers la place pour écouter ce qu'avait
à dire Artevelde de l'offre de son fils que faisait aux Flamands
le roi Édouard. Lorsqu'il leur eut raconté ce dont ils étaient
bien informés déjà, il leur remontra par belles paroles combien le roi anglais était puissant par terre et par mer, et bien
maître de les grandement aider ou gêner en leurs affaires
selon son bon plaisir. Comme il parlait, il regardait tout
autour de lui, ayant bien appris, ainsi que tout orateur populaire, à lire sur le visage de ses auditeurs quel effet produi-
saient ses discours.

« Les petites gens sont contents et prêts à s'accorder à tout ce que demande le roi Édouard, pensait-il, mais point n'en est-il de même des bourgeois. Les plus gros sont tout autour de Gérard Denys; il a bien des amis à ce jour d'huy! »

Il parlait encore tout en examinant les figures qui l'entouraient; mais à peine avait-il fini son discours, que Gérard Denys s'avança à son tour. « Ce serait bien grand méfait et déplaisant à Dieu, dit-il très haut, de renier notre naturel et droiturier seigneur, pour aller obéir à un autre auquel nous ne sommes en aucune façon tenus. Voilà mon opinion et conseil, à moi qui ne suis pas un parleur, et ne saurais vous entraîner par de beaux discours. » Et bien des bourgeois crièrent : « Il a bien dit! » tandis que le commun peuple répétait dans tous les coins de la place : « Vive le roi anglais! Noël au ruwaert! »

Jacques d'Artevelde sentait sa cause en mauvaise passe, et à peine avait-il quitté le Marché sans autrement répondre à son adversaire, qu'il prit son cheval et s'en alla vers le roi Édouard, qui avait pris terre dans l'île de Cadzand, près de l'Écluse. Comme il descendait de son batelet, il trouva sur la rive le roi Édouard qui l'avait vu venir, et l'attendait, jouant du bout de son pied avec les vagues.

« Que disent ceux de Gand? demanda-t-il aussitôt.

— Que nul n'est prophète en son pays, monseigneur, » repartit Artevelde sans hésiter, et il lui répéta les paroles du doyen des bateliers. Le front du roi s'était couvert d'un nuage; à la réflexion, il s'était grandement attaché à l'idée suggérée d'abord par Artevelde, et il voyait avec déplaisir surgir des obstacles inattendus. « Ah! beau compère, dit-il, d'un ton un peu hautain, ce n'est pas ce que vous m'aviez annoncé. »

La colère d'Artevelde concentrée depuis la veille éclata tout d'un coup : « Prêtez-moi seulement cinq cents compagnons que je mènerai avec moi secrètement à Gand, sire, s'écria-t-il ; la nuit qui viendra ils couperont la gorge à ce Gérard Denys et à quelques autres qui sont ainsi que lui trop contraires à votre intention, et je ne doute pas que, ceci fait, nous ne parvenions à notre but. Je suis bien assuré du commun de Gand, mais il y a toujours des envieux et des jaloux parmi les bourgeois.

— J'ai céans mes Gallois qui iront avec vous, » dit le roi anglais, qui donna aussitôt l'ordre de préparer les bateaux. Artevelde chevaucha de nuit jusqu'à Gand, en plus nombreuse compagnie qu'il n'était venu, car depuis quelque temps il avait appris à se défier de plusieurs de ses valets et ne les emmenait plus toujours avec lui. Le jour commençait à peine lorsqu'il fit entrer sa suite par petits détachements en diverses portes de Gand, les plus fidèles de ses serviteurs étant toujours préposés à cette garde. Les Gallois furent dispersés dans les maisons et hôtelleries.

Le doyen des bateliers était bien informé et ne tarda pas à savoir qu'en revenant messire Jacques avait ramené plus de gens qu'au départ. L'avant-veille, sitôt après qu'Artevelde s'était retiré du Marché pour chevaucher vers le roi Édouard, lui et ses amis s'étaient mêlés parmi les communs, parlant familièrement à ceux qu'ils ne regardaient seulement pas

d'ordinaire, et les excitant contre Jacques d'Artevelde par
de grosses paroles dont quelques-unes étaient vraies et

Artevelde trouva sur la rive le roi Édouard.

beaucoup d'autres de véritables mensonges venus du démon.

L'agitation allait croissant dans la ville; la plupart des compagnons, au lieu de se tenir à leurs métiers ou à leur négoce,

allaient et venaient par les rues, attendant de voir arriver
Jacques d'Artevelde. Il était dans sa maison depuis la première
heure du jour, mais personne ne le savait que ceux qui avaient
pendant la nuit ouvert les portes de Gand.

Dame Marie eût voulu empêcher son mari de se montrer, et
elle cherchait à le retenir dans sa maison, à côté d'elle. « Vous
trouverez la mort par les rues, » disait-elle en pleurant et les
mains jointes. Elle était charmante et touchante dans sa douleur. Artevelde se pencha sur elle et l'embrassa tendrement.
« Est-il besoin de dire à la fille de Sohier de Courtrai que je
trouverais la honte et la perte de tout mon état si je restais dans
l'hôtel? » lui demanda-t-il avec une douceur qui reporta tout à
coup la jeune femme aux premiers jours de leur union, lorsqu'elle suffisait à son bonheur comme il avait toujours fait le
sien. Elle le serra convulsivement dans ses bras, en s'accro-
chant à son cou, puis les dénouant tout à coup par un brusque
mouvement : « Le Seigneur Dieu te bénisse ! » dit-elle, et Artevelde sortit de sa maison avec trois ou quatre valets seulement.

Comme il marchait dans la rue, semblant pressé d'aller à ses
affaires, ceux qui le voyaient passer disaient entre eux : « Voici
venir celui qui est trop grand maître et veut disposer de ce
comté de Flandre à sa volonté : ce qu'il ne faut souffrir. » On
avait, en outre, semé dans la ville que Jacques d'Artevelde
avait secrètement envoyé en Angleterre le grand trésor de
Flandre, qu'il avait assemblé pendant neuf ans et plus qu'il
avait eu le gouvernement de Flandre. Ce fut chose qui irrita

et enflamma fort ces gens du commun peuple, qui se crurent dépouillés de leur légitime avoir. Gérard Denys et les siens le savaient bien lorsqu'ils mirent en avant cette fausseté.

Jacques d'Artevelde chevauchant par la ville s'aperçut bien que dame Marie ne l'avait pas trompé, et qu'il y avait quelque chose de nouveau contre lui. « Monseigneur n'aura pas à ce coup le comté de Flandre pour son fils ! » pensa-t-il lorsqu'il vit ceux qui avaient coutume d'ôter devant lui leurs chaperons et s'incliner bien bas, qui lui tournaient l'épaule et rentraient en leurs maisons. »

« Marie avait raison de penser que mieux eût-il valu ne me pas montrer, se dit-il, car l'humeur du peuple est changeante et peut-être ces gens eussent-ils retrouvé leur raison en quelques jours. » Il tourna bride et rentra dans son hôtel, faisant aussitôt barrer portes et fenêtres. A peine ses valets lui eurent-ils obéi, qu'on commença de dire dans la foule : « Ah ! il se garde, le voilà qui se garde ! » Et la rue fut aussitôt remplie de monde par devant et derrière la maison. Les gros bourgeois qui le détestaient n'étaient pas là, mais spécialement les menues gens de métier. Les portes de la maison furent sitôt attaquées et frappées de pierres et de poutres de bois qu'on alla querir dans un chantier voisin. Ceux de dedans étaient nombreux et hardis ; si quelques-uns ne l'étaient pas, ayant plus d'un crime sur leur conscience, ils pensaient bien qu'il s'agissait à cette heure de sauver leur vie et se défendirent longtemps et vaillamment tout comme les plus braves. Mais ils ne pouvaient tenir contre les ennemis qui les assaillaient si raide, car qui eût pu compter

cette multitude furieuse aurait bien vu que les trois quarts de
la ville étaient à cet assaut.

Dame Marie était auprès d'Artevelde en la chambre qu'ils
avaient accoutumé de tenir surtout le soir pour la leur. Son
mari l'avait voulu reléguer en une salle basse voûtée de pierre,
en laquelle il avait coutume de serrer ses trésors et papiers
précieux ; mais les enfants avaient pleuré lorsqu'ils avaient été
amenés en ce lieu sombre, et leur mère les avait renvoyés dans
leurs chambres, se tenant elle-même tout à côté de son mari.
« Je leur vais parler, dit tout à coup Artevelde. Jamais ne
m'ont-ils dit non quand je leur ai demandé or, argent ou
bonne volonté. » Dame Marie pensait : « A cette heure, c'est la
vie que vous leur demanderez ; vous la donneront-il ? » Et elle
l'entraîna à une haute fenêtre d'où il pouvait bien leur parler.

Lorsqu'il eut ouvert l'huis, ôtant son chaperon et s'humi-
liant devant la foule de ceux qu'il avait si longtemps gouvernés,
les cris furieux des assistants couvrirent d'abord sa voix.
Comme il leur disait en trop beau langage : « Bonnes gens, que
vous faut-il ? Qu'est-ce qui vous émeut ? Pourquoi paraissez-vous
si troublés autour de moi ? N'avons-nous pas ensemble travaillé
bien longuement et fait faire la volonté de Gand par toute la
Flandre, et plus loin encore ? De quelle manière puis-je vous
avoir courroucé ce jour d'huy ? Dites-le-moi et je l'amenderai
selon votre bon plaisir. »

Quelques voix criaient dans la foule : « Nous ne voulons mie
que le comté de Flandre devienne anglais, » mais la plupart
hurlaient de toute la force de leurs poumons : « Nous voulons

avoir compte du grand trésor de Flandre que vous avez envoyé
en Angleterre, sans titre de raison. »

Artevelde pâlit à cette parole, car il savait bien que point
n'était-il aisé de faire comprendre à ces forcenés les grands
frais et dépenses que nécessite l'entretien d'un État et que le
trésor était vide aux trois quarts ; mais il reprit bien doucement : « Certes, seigneurs, je n'ai jamais pris un denier au
trésor de Flandre et plus volontiers y aurais-je mis tout le
mien ; mais retirez-vous doucement vers vos maisons à cette
heure, et revenez demain matin : j'aurai tout préparé pour
vous répondre comme de raison, et vous serez bien satisfaits.
C'est moi qui vous le dis : vous ai-je jamais trompés ? »

Mais ils criaient : « Nenni ! nenni ! nous le voulons avoir tout
de suite ! Vous ne nous échapperez pas ainsi. Nous savons de
vérité que vous l'avez vidé et envoyé en Angleterre sans notre
su ; et c'est à cause de cela qu'il vous faut mourir ! »

Personne n'avait encore prononcé ce mot, et lorsqu'il l'eut
ouï, Artevelde commença de pleurer très tendrement et dit :
« Seigneurs, vous m'avez fait ce que je suis, et me jurâtes jadis
que vous me garderiez et défendriez contre tous venants, et
maintenant vous me voulez tuer sans raison. Vous le pouvez
faire, car je suis un seul homme contre vous tous et je me vois
sans défense. Pensez-y pour Dieu, et retournez au temps passé.
Considérez les grandes courtoisies et bons services que je vous
ai rendus. Vous me voulez rendre bien petite récompense de
tous les biens que je vous ai faits, car ne savez-vous pas comment tout commerce avait péri dans le pays et je vous l'ai fait

7

recouvrer. Après, je vous ai gouvernés neuf ans en si grande paix, que vous avez eu chaque jour toutes choses à volonté, blés, laines et toutes marchandises, dont vous avez été pourvus à bon point. »

Quelques personnes commençaient à dire : « Il parle vrai, et jamais Flandre ne fut si heureuse que ce jour d'huy » ; mais dans la foule étaient mêlés les plus cruels ennemis d'Artevelde qui criaient bien fort : « Descendez, et ne nous sermonnez plus de si haut ; nous voulons avoir raison du grand trésor de Flandre que vous avez gouverné trop longtemps sans jamais en rendre compte, ce qui n'appartient à nul officier ! » Et la masse des menues gens se mit à crier comme eux.

Quand Artevelde vit qu'ils ne se refroidissaient point et ne se laissaient point calmer par ses paroles, il referma la fenêtre, et s'avisa qu'il s'échapperait par derrière et s'en irait dans une chapelle de frères mineurs qui se trouvait derrière son hôtel. Mais comme il descendait doucement l'escalier, peu assuré de n'être pas trahi par quelqu'un de sa maison qui tant de fois avait tué ses ennemis à son ordre, il reconnut que la porte de derrière par laquelle il comptait sortir, venait d'être rompue et enfoncée par les furieux qui entouraient sa maison. Les plus avancés entraient déjà dans les salles basses et toutes les mains étaient tendues pour le saisir. Il n'eut que le temps de crier de toutes ses forces : « Marie, garde à vous ! » et il fut entraîné hors de la maison, suivi par cinq ou six de ses valets qui avaient voulu lui faire un rempart de leurs corps et furent assommés par les furieux avant d'avoir mis le pied sur

le pavé de la rue. Derrière eux, le reste des serviteurs barrica-
daient à grand renfort de meubles et pièces de bois les portes
enfoncées et les fenêtres brisées, et dans la chambre du haut
de laquelle d'Artevelde avait parlé, dame Marie, froide et pâle
comme une morte, était tombée par terre privée de tous ses

Artevelde était tombé un genou en terre.

sens, étendant les bras comme si elle voulait défendre encore
celui qui venait de la quitter pour aller à la mort.

Dans la rue, plus de quatre cents furieux s'étaient rués sur
le malheureux sans défense, l'accablant de leurs coups et de
leurs injures. Il était tombé un genou en terre, gardant sa tête
de ses mains, bientôt brisées. Enfin, Thomas Denys, mauvais tisserand, sans cesse ivre à son métier, et parent éloigné
du doyen, lui porta un coup violent par derrière, et il tomba

sur la face en criant d'une voix forte : « Seigneur Jésus ! »
Puis il ne parla plus. Les meurtriers se reculèrent comme
épouvantés de ce qu'ils avaient fait, et bientôt le cadavre resta
seul, étendu sur les pavés de la rue.

Ainsi finit Jacques d'Artevelde, qui de son temps fut si grand
maître en Flandre. Pauvres gens l'élevèrent d'abord et mauvaises gens le tuèrent à la parfin.

CHAPITRE VI

Dans la même maison qui avait vu naguère la grandeur et la mort de Jacques d'Artevelde, vivait, vers l'an 1381, la dame Marie, toujours vêtue de noir, comme au lendemain du jour où, sortie de son évanouissement, elle avait couru elle-même dans la rue devenue déserte, pour rapporter dans la maison le corps défiguré de son mari. Elle avait vingt ans alors. Aujourd'hui elle avait dépassé la soixantaine, et à peine voyait-elle encore pour se bien conduire : ses yeux étaient restés malades et affaiblis à force d'avoir pleuré. A côté d'elle, son fils Philippe, âgé de trente-cinq ans, aux traits réguliers et doux, à la taille robuste des Flandres, préparait paisiblement ses engins de pêche pour le lendemain. C'était l'amusement favori de ses longues journées que de tendre ses lignes, et parfois ses filets, dans les eaux de l'Escaut ou de la Lys. Il n'était point marié, ayant pensé, dès sa première jeunesse, que sa vie appartenait tout entière à sa mère, malheureuse à

ne se jamais consoler. Ses deux sœurs étaient mariées à Ypres.
Sans avoir jamais voulu quitter Gand et le voisinage du
tombeau de son mari, dame Marie avait conçu une rancune
aussi profonde que silencieuse contre les concitoyens d'Artevelde, coupables de sa mort. Elle n'avait jamais permis à
Philippe enfant de se mêler aux jeux des écoliers de son âge.
Jeune homme, il n'avait pas pris part aux tirs de l'arc, aux
académies de littérature qui se partageaient l'ardeur de ses
contemporains. Arrivé à l'âge mûr, il avait docilement suivi
la voie que lui traçaient le ressentiment de sa mère et son
indolence naturelle; il avait refusé de se laisser élire au
Conseil de ville et ne sortait de sa maison que pour visiter ses
terres, quelquefois la brasserie paternelle, à laquelle il portait
un certain intérêt, ou, mieux encore, pour surveiller pendant
de longues heures le bouchon qui dansait au bout de sa ligne.
Dame Marie se disait parfois : « Tout filleul de roi qu'il soit,
mon fils ne mourra pas, comme son père, par la haine et la
jalousie de ceux qu'il aura servis ».

Dans la retraite profonde où elle avait enseveli sa vie,
Marie d'Artevelde était revenue d'abord aux instincts primitifs
de son enfance; elle en était venue à détester les Anglais au
service desquels avait péri son mari, et dans le désordre qui
avait suivi la disparition de la main puissante chargée du
gouvernement de la Flandre, elle s'était reprise d'un ardent
désir de voir le comte rétabli dans ses États. Philippe
retrouvait parfois dans ses souvenirs d'enfant la pensée de la
prière que lui faisait dire sa mère : « Saint Louis de France,

Philippe d'artevelde

ramenez en paix notre seigneur le comte dans sa bonne ville de Gand ! »

Point n'était-ce plus d'ailleurs le vieux comte Louis de Nevers qui si durement avait usé de sa puissance envers ses sujets et fait mourir Sohier de Courtrai. Celui-là avait péri à la grande bataille de Crécy, si funeste à la France et qui avait vu tomber tant de chevaliers et seigneurs de renom. Le comte Louis de Mâle, tout jeune encore, avait succédé à son père, et aussitôt visité la Flandre, où il avait été bien reçu et traité comme leur seigneur par toutes les bonnes villes, qui lui avaient sans conteste payé leurs droits et réserves dus depuis longtemps à son père; mais ils ne laissaient pas que de se méfier de l'attachement traditionnel de leur comte pour la France, et ils avaient tous dit à sa première visite que point ne voulaient être du parti français.

Louis de Mâle n'avait point répondu et s'occupait d'un traité de mariage avec la fille du duc de Brabant, ce qui plaisait bien aux Flamands. Ils laissaient cheminer les affaires du jeune prince, lorsque le roi Édouard, qui siégeait devant la ville de Calais, la tenant si étroitement resserrée qu'à peine arrivait-il encore quelques ressources par le chemin de la mer, entendit encore une fois mettre la main dans les besognes de Flandre, et, venant subitement à Gand, demanda aux bourgeois la main de leur comte pour sa fille Isabelle, afin, dit-il, de relier et rapprocher pour toujours le comté de Flandre avec le royaume d'Angleterre d'où lui venait la plus grande partie de son commerce.

C'était la première fois que le roi anglais venait à Gand depuis le meurtre de Jacques d'Artevelde, son serviteur; aussi les bourgeois, qui s'en étaient grandement excusés auprès de lui, étaient-ils empressés et joyeux de lui complaire. A la suite de Gand, les autres villes de Flandre accordèrent volontiers le jeune comte avec la princesse Isabelle d'Angleterre, et le roi Édouard repartit pour Calais, après avoir visité dans le deuil de son veuvage dame Marie d'Artevelde qui n'avait point encore vu la lumière du jour en dehors de sa maison, depuis près de deux ans que son mari avait été assassiné par ceux auxquels il touchait la veille dans la main.

Une seule personne n'avait pas accueilli avec satisfaction la proposition du roi d'Angleterre, mais cette personne-là eût été la première de toutes à gagner. Quand les Flamands dirent à leur jeune comte les conventions qu'ils avaient faites avec le roi Édouard, l'enfant répondit que non, et jamais ne s'y accorderait, car il avait le cœur tout français, et en voulait cruellement à ceux qui avaient occis son père en la bataille de Crécy. Alors les Flamands mirent leur comte en prison et le firent étroitement garder, disant que jamais ils ne le relâcheraient qu'il n'eût consenti au mariage.

Le jeune comte résista quelque temps avec tout l'entêtement de la jeunesse : il était indigné de l'audace de ses sujets qui prétendaient lui imposer une déplaisante alliance, et il se promettait bien de ne jamais céder à leurs exigences, quand tout à coup une pensée vint dans son esprit qui commença d'incliner sa volonté à se rendre à Bergues-Saint-Winoc, pour y rencontrer le roi d'Angleterre, ainsi que l'avaient tout d'abord décidé les négociateurs flamands. Louis de Mâle n'ignorait pas que la reine Philippine se devait trouver à Bergues avec sa fille Isabelle, et qu'on comptait célébrer les fiançailles ; mais il était trop bien instruit dans l'histoire des familles princières pour ne pas savoir que fiançailles ne sont pas mariage et peuvent être rompues sans la permission du pape de Rome. Donc, sans renoncer à la pensée qu'il nourrissait derrière sa tête, il se laissa mener à Bergues en grand appareil et fiancer à la jeune princesse, qui n'était pas jolie ni gracieuse. L'aversion du comte pour le mariage anglais n'était donc pas diminuée, lorsque ses sujets, devenus ses geôliers, le ramenèrent dans ses États. Le mariage devait être célébré plus tard, lorsque le permettrait l'âge des deux enfants.

Les Flamands étaient cependant devenus moins sévères et ne gardaient pas leur comte de si près depuis qu'il s'était en quelque mesure accordé à leur volonté. Il était à Gand avec deux chevaliers qui l'avaient reçu en garde, et, un jour que ceux-ci étaient absents, le jeune homme pria ses gardiens de le mener sur le bord de la rivière, car il voulait faire voler son faucon, lequel il avait reçu à Bergues du roi Édouard.

Les gardes y consentirent bien volontiers, sans consulter les chefs du Conseil de ville, et s'en allèrent avec le comte, chevauchant au bord de la rivière, et était monté ce jour-là le jeune prince sur un cheval barbe, le plus fin et le plus rapide de ses écuries. Le faucon décapuchonné volait hardiment et semblait vouloir se perdre dans les airs du côté

du gué de Siennes. « Oh ! le pauvre héron ! il n'aura pas
beau jeu ! » s'écriait le jeune comte, chevauchant toujours plus
vite à la suite de son oiseau. Il chevaucha si bien que ses
gardiens étaient loin de lui lorsqu'il arriva au gué, retrouvant
là ses deux chevaliers, messire Louis de la Walle et messire
Roland de Pouques, qui avaient amené dix ou douze bons
chevaux. Le barbe était rendu et hors d'haleine, mais le comte
sauta sur un autre coursier préparé pour lui et reprit sa
course à grand renfort d'éperons avec ses chevaliers et leurs
serviteurs. Les gardes venus de Gand les virent bien passer
de l'autre côté de la rivière, mais ils n'avaient pas le temps
de gagner le gué et n'osèrent pas se jeter dans l'eau, en sorte
qu'ils retournèrent à Gand tout confus et courroucés, tandis que
l'Enfant de Flandre rejoignait en France le roi Philippe de
Valois, en attendant que, suivant son premier désir, il épousât
Marguerite, fille du duc de Brabant, laquelle il connaissait
d'enfance et grandement avait en amitié. Les communes de
Flandre en furent dépitées et irritées, mais n'y pouvaient rien
amender, et de longtemps cessèrent les Flamands de se mêler
de la guerre des deux rois de France et d'Angleterre.

Pendant longtemps aussi, si tristement se passaient les
choses pour le pays de France, qu'il sembla plus d'une fois
que ce noble royaume, le plus ancien de la chrétienté, dût
complètement périr et passer sous le joug de ses ennemis. Le
roi Jean, fils du roi Philippe, avait été fait prisonnier en la
bataille de Poitiers, emmené d'abord à Bordeaux, puis en
Angleterre, où il avait été retenu longuement, et finit par

retourner pour mourir, après que la paix de Brétigny l'avait
délivré à grande charge d'écus d'or et de belles villes et
provinces qu'il avait fallu livrer aux Anglais.

Depuis qu'il était mort, comme pendant sa captivité son fils
aîné, le duc de Normandie, devenu le roi Charles V, avait sagement gouverné le royaume de France et, bien aidé par son connétable Bertrand Du Guesclin, il avait peu à peu regagné une
grande partie de ses terres, tant sur les Anglais que sur les
compagnies d'aventuriers qui pillaient et ravageaient le
royaume, et, sans avoir jamais voulu permettre que ses gens
s'aventurassent contre les ennemis en bataille rangée dont les
Français avaient si cruellement souffert à Crécy et à Poitiers,
il les avait mis hors de la plus grande partie de son pays lorsqu'il rendit son âme à Dieu, le 16 septembre 1380, au château
de Beauté-sur-Marne, près de Vincennes, deux mois après
que Bertrand Du Guesclin était mort devant Châteauneuf-de-
Randon, qu'il assiégeait, et que les Anglais avaient déposé
sur son cercueil les clefs de la reddition, sur l'ordre de messire Louis de Sancerre.

Les grands adversaires du royaume de France, le roi
Édouard III et son fils le Prince Noir, étaient descendus dans
la tombe avant Charles le Sage, et les deux couronnes de
France et d'Angleterre étaient tombées presque à la fois sur des
têtes bien jeunes et bien faibles. Comme le roi Richard II d'Angleterre, le petit roi Charles VI de France était entouré par ses
oncles, dont les discordes devaient contribuer puissamment au
désordre qui menaçait déjà les deux royaumes, et l'on racon-

tait jusqu'à Gand, dans la maison toujours attristée des Artevelde, que le duc de Bourgogne, Philippe le Hardi, avait tenu
le premier rang parmi les pairs de France au sacre de son
neveu le roi Charles VI à Reims, prenant ainsi le pas sur ses
frères aînés, le duc d'Anjou et le duc de Berry.

« A son duché de Bourgogne se joindra peut-être bientôt le
comté de Flandre, disait-on par toutes les bonnes villes ; le
comte est malade et cassé avant l'âge, dit-on, et n'a jamais
eu d'autre enfant que la demoiselle de Flandre, duchesse de
Bourgogne. » Philippe le Hardi passait pour être hautain et
impérieux, et bien savait-on que sa femme l'était encore plus
que lui. « Le comté de Flandre paiera ce que dépensera la
Bourgogne, » disaient les Flamands.

Le mariage de sa fille avec le duc de Bourgogne avait aussi
grandement déplu au comte Louis de Mâle, qui était nourri de
terrible orgueil et ne voulait pas qu'aucun Français épousât
sa fille et la voulait donner au comte de Cambridge, fils du roi
Édouard. Mais la comtesse de Flandre sa mère, qui tenait
aussi le comté d'Artois, était femme de si grande résolution et
volonté, qu'elle l'emporta sur le désir de son fils comme sur le
mécontentement manifeste des Flamands, et avait dit à son fils,
le comte Louis : « Je vois que pour prière, ni pour requête
que vous font les seigneurs envoyés par le roi de France, ni
pour moi, vous ne voulez rien faire.... » Mais rejetant son
mantelet, ouvrant sa robe et posant la main sur son sein :
« Comme comtesse d'Artois, dit-elle, je vous commande que
vous fassiez la volonté du roi qui est votre sire et le mien ; et

voici le sein dont je vous allaitai, vous seul de mes enfants, et je promets à Dieu que si vous ne faites la volonté du roi et la mienne, je le couperai tantôt en dépit de vous et le jetterai aux chiens, car vous n'aurez jamais le comté d'Artois. »

Alors le comte se mit à genoux devant la dame et dit : « Vous êtes ma mère, faites-en à votre bon plaisir. »

La princesse Marguerite, fille du comte de Flandre, épousa donc le duc de Bourgogne, frère du roi Charles VI de France, qui si courageusement dans sa première jeunesse avait combattu à côté du roi Jean, son père, à la bataille de Poitiers, que depuis ce jour il fut toujours appelé Philippe le Hardi. Pour lors le comte de Flandre était en paix et en amitié grande envers ceux de sa terre, et jamais Flandre n'avait été si riche et si prospère, car les métiers trouvaient à gagner par le commerce en tous pays, si bien qu'en autre nation que les Flamands eût-on pu dire le peuple heureux et paisible pour toujours. Mais les envies et jalousies qui subsistaient de ville à ville et dans l'intérieur de chacune ne permettaient pas que la paix et le bon accord pussent longuement durer.

La querelle était toujours sur le point d'éclater entre Gand et Bruges, toutes deux puissantes et riches, et non bien éloignées l'une de l'autre. Ce fut à peu près à cette époque que les gens de Bruges obtinrent du comte, qui ne consulta, sur ce, personne des siens, de leur laisser ouvrir un canal pour gagner la rivière de la Lys, ce qui n'était évidemment pas à l'avantage de ceux de Gand. A cette heure était doyen des bateliers un certain Ghisbrecht Mahieu, d'une famille puissante

et riche dans Gand et qui par ruse et grande malice s'était
emparé de la faveur du comte de Flandre, dépossédant de
l'affection de son seigneur un certain Jean Lyon qui depuis longtemps s'y était tenu. Jean Lyon avait rendu de grands services
au comte, faisant même tuer par la ville de Gand ceux qui lui
déplaisaient, et lorsqu'il se vit supplanté par Ghisbrecht Mahieu
dans la confiance du comte et la charge de doyen, n'est pas à
demander s'il fut grandement mécontent et courroucé ; mais
pour lors ne dit rien, et resta dans sa maison, vivant mo-
destement du sien, au grand ébahissement de ses amis et de
ses serviteurs qui ne le savaient si facile ni débonnaire, ainsi
que le disait Pietre du Bois, l'un de ses plus confidents valets ;
mais Jean Lyon secouait seulement la tête, disant : « Or,
tenons-nous cois, il est heure de se taire et il est heure de
parler. »

Ghisbrecht Mahieu, doyen des bateliers, avait six frères, et
parmi eux Estievenard, homme d'esprit et de sens, qui s'in-
quiétait fort de la patience de Jean Lyon, et disait à ses frères :
Certes, seigneurs, Jean Lyon supporte tout maintenant, et porte
la tête bien bas ; mais il fait tout cela par habileté et par malice,
et il nous fera, quand il pourra, du mal à tous et nous mettra
plus bas que nous ne sommes haut aujourd'hui. Je conseille-
rais donc une chose, c'est que, pendant que nous sommes en
la grâce de Monseigneur le comte et qu'il en est hors, nous en
profitions pour l'occire, et le ferai-je volontiers si j'en suis
chargé, car alors seulement serons-nous en paix et hors de
péril. » Mais ses frères ne voulaient du tout y entendre.

Alors vint la nouvelle à Gand que ceux de Bruges faisaient passage à cinq cents hommes pour leur nouveau canal, avec des gens d'armes pour garder leurs fossoyeurs, et commençaient les compagnons à dire entre eux : « Or Dieu garde Jean Lyon ! s'il était notre doyen, les choses ne se passeraient pas ainsi, et ceux de Bruges n'oseraient pas venir ainsi creuser à notre barbe! » Jean Lyon était bien informé de ce qu'on disait, et commençait à paraître se réveiller, disant dans sa maison : « J'ai dormi un temps, mais il commence à devenir opportun que je me réveille, et mettrai tel désaccord entre cette ville et le comte qu'il en coûtera cent mille vies. » Piètre du Bois, entendant ces paroles, pensait en lui-même : « Voilà que je reconnais mon maître. »

Pendant que les affaires étaient en cet état par la ville de Gand et les gens troublés et prêts à s'émouvoir, vint une femme qui revenait de pèlerinage à Notre-Dame de Boulogne, tout échauffée et fatiguée, qui s'assit pour se reposer sur un des bancs de pierre au milieu de la place du Marché, là où il y avait le plus de monde, et regardait tout autour d'elle, en sorte qu'on lui demanda d'où elle venait; elle répondit : « Je viens de la bonne Notre-Dame de Boulogne et si ai-je vu par mon chemin le plus grand sacrilège qui se puisse faire à la ville de Gand, car ils sont plus de cinq cents pionniers venus de Bruges qui fossoient jour et nuit, ouvrant la terre au devant de la Lys et ils auront bientôt toute la rivière si on les laisse faire. »

Bien des gens entendirent cette femme, qui se leva tantôt et

8

s'en alla ; mais ses paroles furent répétées de proche en proche
et plusieurs s'en allèrent chez Jean Lyon, qui avaient depuis
longtemps oublié le chemin de sa maison et lui demandèrent
conseil sur ce qu'il y avait à faire pour imposer le respect à
ceux de Bruges. Peu de gens allèrent chez le doyen des bateliers, car tous en voulaient à Ghisbrecht Mahieu, qui avait
acquis la faveur du comte et s'y maintenait au moyen d'un
nouvel impôt qu'il avait engagé le seigneur à mettre sur la
navigation du fleuve. Longtemps avait-il dissimulé que cette
pensée fût venue de lui, mais les gens en étaient maintenant
bien informés, en sorte que tous retournaient à Jean Lyon, qui
leur dit : « Seigneurs, si vous voulez vous engager en cette
affaire, il faut que la ville de Gand recoure à un ancien usage
qu'elle a abandonné, et qu'elle relève les chaperons blancs,
ainsi qu'elle avait coutume de faire en cas de danger. Que les
blancs chaperons aient un chef autour duquel ils puissent se
réunir et se rallier. » Tous ceux qui étaient là dirent : « Nous
le voulons ! En avant les blancs chaperons ! » Plus de cinq cents
furent aussitôt distribués à ceux qui aimaient la guerre plus
que la paix, et Jean Lyon fut nommé leur chef, qui n'avait
qu'une pensée, de mettre le désordre dans la ville et le désaccord entre Gand et le comte.

Les blancs chaperons se préparaient déjà pour aller contre
les pionniers de Bruges, lorsqu'on vint en informer le doyen
des bateliers. « Je vous l'avais bien dit, s'écria Estievenard à
ses frères, que ce Jean Lyon nous déjouerait. Il eût mieux
valu qu'on m'eût cru et qu'on me l'eût laissé occire. — Nenni,

dit Ghisbrecht; dès que j'aurai parlé à Monseigneur, il mettra à
bas tous ces chaperons blancs qui ne pensent qu'à mal; mais
laissons-les d'abord faire leur entreprise contre ceux de Bruges,
car, à dire le vrai, s'ils continuent de creuser leur fossé, notre
ville est perdue. »

Les pionniers de Bruges se trouvèrent avertis de la venue
des blancs chaperons et prirent si grand'peur qu'ils s'enfuirent,
en sorte que Jean Lyon et les siens ne trouvèrent plus personne : ce dont ils revinrent à Gand fort courroucés. Mais leur
chef les tenait grandement en mouvement, allant et venant par
la ville, et leur disant : « Soyez en joie, buvez et mangez; un
tel paiera prochainement votre écot qui à cette heure ne vous
donnerait pas un denier. »

L'affaire des fossoyeurs de Bruges ayant ainsi échoué, Jean
Lyon et les siens s'avisèrent d'un bourgeois de Gand depuis
longtemps retenu dans la prison du comte, à Eecloo, dans le
bailliage de Gand, et déclarèrent que la franchise de la ville
avait été violée de ce fait, en sorte qu'ils réclamèrent la liberté
du bourgeois au bailli du comte, messire Roger d'Anterme, qui
répondit : « Que de paroles pour un batelier ! Ce serait un homme
dix fois plus riche que n'est celui-ci, que jamais ne sortira-t-il
de notre prison, à moins que Monseigneur de Flandre ne le
commande, car j'ai bien pouvoir pour l'arrêter, mais non pour
le relâcher. » A quoi ceux de Gand dirent qu'il avait trop
orgueilleusement répondu.

Ils envoyèrent donc vers le comte, qui n'avait pas à cette
heure en pensée de se mettre en désaccord avec sa ville de

Gand, en sorte que toutes leurs requêtes furent accordées, le
prisonnier d'Eecloo délivré, les franchises de la ville confirmées
et les gens de Bruges obligés de combler le fossé qu'ils avaient
creusé sur le territoire de Gand. Les chaperons blancs ne
furent pas interdits, mais le comte demandait par douceur
qu'ils fussent supprimés, en sorte qu'au retour des envoyés
triomphants, Jean Lyon attribua leur succès à la crainte qu'ils
avaient inspirée, disant à tous : « Bonnes gens de Gand, qui
ici êtes, vous voyez bien maintenant que les chaperons blancs
vous servent et gardent mieux vos franchises que les vermeils
ou noirs, ni chaperons d'autre couleur. Bien se porte celui
qu'on craint. Conservez-les donc précieusement, car si vous
les laissiez abattre comme le voudrait Monseigneur, je ne don-
nerais pas trois deniers de vos franchises. » Le peuple, aveuglé
par ces paroles, ne répondit rien et rentra dans les maisons,
bien résolu à maintenir les chaperons blancs, dont Jean Lyon
avait fait avertir secrètement tous les capitaines : « Mieux vaut
occire qu'être occis, leur avait-il fait dire, puisque nous avons
mis les choses si avant. »

Le premier qui paya la coupable entreprise de Jean Lyon et
son audace, ce fut le bailli du comte, messire Roger d'Anterme,
qui vint à Gand, avec deux cents chevaux, pour arrêter Jean
Lyon, qui se hâta de faire prévenir les chaperons blancs. Ils
arrivaient dix par-ci, vingt par-là, devant la maison de leur
chef. Lorsqu'ils furent bien quatre cents, Jean Lyon, plus fier
qu'un lion, et il dit : « Allons, allons sur les traîtres qui veulent trahir la bonne ville de Gand. Je m'étais bien douté de ce

que valaient ces douces paroles que nous a rapportées l'autre
jour Ghisbrecht Mahieu. »

Ainsi parlant, les chaperons blancs se ruèrent sur la place
du Marché du Vendredi, où se tenait messire Roger d'Anterme,
devant lui la bannière du comte, celle des bateliers et des
menus métiers. A la vue de Jean Lyon avec les siens, Ghisbrecht
et ses frères prirent la fuite, ainsi que tous ceux qui étaient
rassemblés autour d'eux, laissant le bailli sans autre défense
que les gens qu'il avait amenés, lesquels se trouvèrent bientôt
battus, un contre deux. La bailli fut renversé du premier coup,
sans qu'on eût dit mot ou donné un ordre, et, aussitôt à terre,
il fut poignardé, la bannière du comte déchirée et celui qui la
portait occis. Ceux qui restaient des gens venus avec messire
Roger s'empressèrent de prendre la clef des champs.

Qui en fit autant, au plus vite et par le derrière des maisons?
Ce furent les frères Mahieu, les sept frères, à qui mieux mieux,
laissant derrière eux les femmes et les enfants, qui virent bientôt
leurs hôtels détruits et pillés comme appartenant à des traîtres.
Les fugitifs s'étaient retirés près du comte, qui jura sa foi que
le mal fait serait si sévèrement puni, avant qu'il rentrât à Gand,
que toutes les autres villes en prendraient exemple. Cependant
les blancs chaperons allaient si fort se multipliant et grossis-
sant, que nul dans la ville n'osait leur tenir tête, bien que
grand nombre des plus sages et riches hommes fussent grandement courroucés et inquiets des méfaits que commettait toute
cette ribaudaille, sous la conduite de leur capitaine Jean Lyon.

Tant parlèrent pourtant entre eux les bonnes gens de Gand,

les notables qui avaient là-dedans leurs femmes, leurs enfants
et leurs héritages et qui avaient appris à vivre honorablement
et sans danger, qu'ils décidèrent d'envoyer au comte douze
riches bourgeois pour demander le pardon de la ville et faire
amende honorable à leur seigneur.

Point ne contredirent les chaperons blancs, car Jean Lyon
avait coutume de dire : « Il fait bon être bien avec son seigneur. » Mais à peine les élus furent-ils partis pour le château
de Mâle, bien accueillis par le comte qui modérait de plus en
plus sa colère et acceptait les parlements pour la paix, lorsque
Jean Lyon, sachant bien qu'il y allait pour lui de la vie, ima-
gina un nouveau moyen de courroucer si fort le comte de
Flandre contre les Gantois, que jamais ne pourrait consentir à
leur pardonner. Il dit donc à tous ceux des métiers de Gand
qu'il avait réunis sur la place du Marché :

« Seigneurs, vous n'êtes pas sans savoir qu'avec les Mahieu
auprès de Monseigneur, c'est cent contre un que nous ayons
jamais la paix. Or il est bon, en ce cas, de nous tenir prêts
pour la guerre. Ainsi donc, vous, doyens et dizainiers des
métiers, regardez à vos gens et les faites venir demain aux
champs pour voir comment ils sont armés et habillés. Cela ne
coûtera rien et nous en serons plus craints. » Tous répondirent :
« Vous dites vrai. »

Ils étaient bien dix mille le lendemain matin, tous bien
armés, dans la campagne, aux portes de la ville. Jean Lyon dit
en les revisant : « Voici une belle compagnie : puisque nous
sommes ensemble, allons voir l'hôtel de Monseigneur à Andre-

ghem, car ci dit-on qu'il le fait grandement fortifier et pourvoir,
ce qui pourrait être un danger pour la ville de Gand. » Et ils y
allèrent.

Le château d'Andreghem était pour lors sans garde et sans
défense. Le comte l'aimait plus que tous ses autres châteaux et
le faisait constamment embellir ; il y tenait toute sa garde-robe
et beaucoup de
ses joyaux. Aus-
si à peine y fu-
rent les chape-
rons et la ribau-
daille qui les
suivait, cher-
chant dessus et
dessous, que
l'hôtel se trouva
bientôt pillé et
volé, puis, sans
qu'on sût com-

Le pillage.

ment, le feu y apparut aussitôt en si grande force qu'aucune
puissance humaine n'aurait pu l'éteindre. Jean Lyon s'en
montra fort émerveillé.

« D'où vient le feu en l'hôtel de Monseigneur ? » dit-il. On lui
répondit : « Il vient d'aventure. — Alors, dit-il, on ne le peut
empêcher ; encore mieux vaut-il que ce soit aventure qui l'ait
brûlé plutôt que nous. Après tout, c'était un dangereux voisinage d'où une garnison aurait pu porter un grand dommage à

la ville de Gand. » Et, ce disant, ils rentrèrent à Gand, après
une journée qui devait bien coûter deux cent mille vies, car
de rien ne fut le comte plus courroucé, ce que savait bien Jean
Lyon lorsqu'il le fit.

Quand la nouvelle vint au comte à Mâle que son château
d'Andreghem était brûlé : « Brûlé! dit-il, et comment? — Par
feu de mauvaise chance, dit-on. — Eh! dit le comte, c'est fini!
Il n'y aura jamais de paix en Flandre tant que vivra Jean
Lyon; il m'a fait brûler couvertement, mais je le lui ferai payer
cher. » Il fit appeler les bourgeois de Gand venus pour traiter
de la paix, et les renvoya rudement, en disant : « Mauvaises
gens, sachez que sans mon sauf-conduit que je vous ai donné
et pour mon honneur, je vous eusse fait à tous trancher la
tête en ma présence, et dites bien à ces orgueilleux de Gand
que jamais ils n'auront la paix que je n'aie à ma merci tels
d'entre eux que je voudrai, auxquels je ne ferai pas grâce. »

Les bourgeois, bien ébahis, retournèrent à Gand, pendant
que les chevaliers et gentilshommes de Flandre se rassemblaient
autour du comte à Lille, jurant de le soutenir dans sa vengeance contre les Gantois. Jean Lyon était grandement réjoui
de savoir le comte si fort courroucé et que la ville de Gand se
trouvait engagée dans la guerre et était obligée de combattre,
qu'elle le voulût ou non. Aussitôt il fit marcher sur Bruges et
surprit les bourgeois, si bien que ceux-ci furent contraints d'en
passer par où il voulut et de consentir à soutenir contre le
comte la querelle de Gand, qu'il appelait les libertés des
bonnes villes. Ils allèrent ainsi de même à Damme; mais la

même nuit Jean Lyon fut pris soudainement d'une maladie dont il devint fort enflé et mourut tout aussitôt; aussi dit-on qu'il avait été empoisonné, ce dont on mena grand deuil à Gand, car il était fort aimé, sauf par ceux du parti du comte.

Le comte fit appeler les bourgeois de Gand.

Les chaperons blancs décidèrent de choisir quatre capitaines pour remplacer Jean Lyon, et ils élurent les plus hardis et entreprenants de tous, Jean Prunières, Jean Boole, Rasse de Harselle et Piètre du Bois. Les quatre nouveaux chefs résolurent de contraindre à leur alliance les villes d'Ypres et de Furnes, comme Jean Lyon avait fait de Bruges. Les chevaliers qui se trouvaient en la ville de la part du comte ne les voulaient laisser entrer et gardaient les portes; mais les gens des menus métiers s'étaient rassemblés sur la place du Marché et criaient de toutes leurs forces : « Ouvrez, ouvrez à nos bons amis les Gantois. Nous voulons les recevoir en notre ville. » Les chevaliers s'y opposant, ils furent battus et cinq d'entre eux tués, en sorte que les Gantois entrèrent à Ypres, prenant les mêmes sûretés qu'aux autres villes, et avec tous ceux de leur alliance s'en allèrent aussitôt assiéger la ville d'Audenarde où se trouvaient bien huit cents lances du comte, et là tinrent la ville si longuement resserrée, nulle provision ne pouvant venir par la rivière, que le comte commençait à craindre pour sa bonne chevalerie affamée dedans la place.

Sa bonne dame de mère, la comtesse d'Artois, eût bien voulu mettre accord entre le comte et ses gens, car elle savait qu'il haïssait cette guerre et ne la faisait jamais qu'à grand déplaisir. Elle écrivit donc au duc de Bourgogne, qui avait épousé Marguerite de Flandre, et devait, de ce fait, hériter des comtés de Flandre et d'Artois, qu'il vînt la trouver à Arras, et ainsi fit-il. « Pour Dieu, lui dit-elle, nos gens qui sont dedans Audenarde sont en grand péril. Cette guerre déplaît également à mon fils et à toutes bonnes gens qui aiment raison. Veuillez donc y pourvoir de conseil et de remède. » Et le duc de Bourgogne répondit qu'il y était tenu, et le ferait de tout son pouvoir.

Ce n'était cependant pas petite affaire, car les Flamands voulaient voir Audenarde abattue, et le duc et son conseil qui

se tenaient à Tournai n'y pouvaient consentir. Le maréchal de
Bourgogne entra dans la ville avec un sauf-conduit des assiégeants, et trouva la bonne chevalerie bien résolue, encore
qu'ils manquassent de bien des choses; mais ils dirent au
maréchal : « Sire, dites de notre part à Monseigneur de Bourgogne que pour nous il ne fasse nul mauvais traité, car, Dieu
merci ! nous sommes en bon point, et n'avons nul souci de nos
ennemis. » Cependant le duc poursuivait son traité, et le comte
était en peine de ses braves gens. L'hiver approchait, ceux de
Furnes, de Bruges et d'Ypres qui avaient marché par contrainte
étaient disposés à prêter l'oreille aux négociateurs, en sorte que
Jean Prunières et ceux de Gand, se trouvant en danger de
rester seuls, se virent obligés d'accepter la paix et de se retirer,
laissant Audenarde debout sans abattre les portes et les tours,
comme ils auraient voulu le faire afin de conserver toujours la
place ouverte et à leur merci. Aussi disait-on bien autour du
duc de Bourgogne que c'était une paix à deux visages et que
les gens de Gand ne tarderaient pas à se rebeller de nouveau,
tandis que le comte ne s'était résolu à l'accord que pour
délivrer le grand nombre de nobles chevaliers et écuyers qui
étaient en péril à Audenarde.

CHAPITRE VII

Cependant le sage roi Charles V de France était mort, et le jeune Charles VI était couronné, ce qui mettait le duc de Bourgogne son oncle en grande puissance et faveur auprès de lui, lorsque la discorde survint de nouveau en Flandre entre les petits métiers de Bruges et les gros bourgeois, qui mandèrent au comte de venir chez eux, car ils avaient eu raison des foulons et des tisserands et le voulaient recevoir comme leur seigneur. Le comte y vint et peu après tous ceux qui avaient le cœur gantois, ou qui en étaient soupçonnés, se trouvèrent dans la prison de la Pierie, et petit à petit on les décollait jusqu'à cinq cents. Et résolut le comte de marcher sur Ypres, afin de punir ceux qui avaient naguère livré les portes aux Gantois.

Dès que les gens d'Ypres se virent menacés par toutes les forces du comte, ils appelèrent ceux de Gand à leur aide, qui marchèrent sur eux avec quatre mille hommes, et puis réuni-

rent les troupes de Courtrai, dont était capitaine Jean de Lannoy, et tout ce qu'ils purent des autres villes pour combattre
le comte et ses gens, « car, pensaient-ils, si nous les pouvons
une fois mettre bien à bas, jamais ils ne se relèveront ».

Les Gantois comptaient en ceci sans la forte chevalerie du
comte leur seigneur, et le désaccord qui ne tardait jamais longtemps à éclater entre eux et les autres villes. Les gens d'Ypres,
avec le secours de ceux de Gand, conduits par Jean Boolle,
tombèrent en une embuscade du comte et furent détruits ou
dispersés. Beaucoup se sauvèrent à Ypres et la ville ne tarda
pas à se mettre en la merci du comte, qui en fit grande
vengeance. A Gand, le capitaine Jean Boolle fut tenu pour
traître et sitôt occis. Alors le comte de Flandre, laissant derrière
lui les villes soumises, s'en alla mettre le siège devant la reine
et maîtresse des rebelles, et s'établit devant Gand, ayant pour
maréchal de toute son armée le sire Gaultier d'Enghien, qui
était alors jeune, hardi et entreprenant, et ne craignait
aucune peine ou péril. On était au jour de la Décollation de
saint Jean-Baptiste, lorsque les forces de Flandre s'assemblèrent devant Gand, et, l'hiver venu, on y était encore sans
autre profit que le pillage et l'incendie que des troupes de
Gantois avaient portés pendant le siège à Alost, Tenremonde et
autres lieux, si bien que le comte défit son siège, renvoya ses
gens, et au printemps recommença à combattre ses sujets
rebelles partout où il les rencontrait dans la campagne, sans
assiéger de nouveau la ville de Gand. Ce fut ainsi que périrent
Rasse de Harselle et Jean de Lannoy qui s'avancèrent contre leur

suzerain et ses gens jusqu'à Nivelle avec bien six mille hommes des Gantois et de ceux qui les servaient pour leur argent.

Au premier rang de sa bataille, le comte avait placé toutes les milices des villes naguère alliées aux Gantois en leur disant : « Soyez bien sûrs que si vous fuyez, vous serez morts plus certainement qu'en combattant, car je vous ferai à tous trancher la tête. » Les Gantois étaient les moins nombreux, et commencèrent à se retirer vers la ville, poursuivis et rompus par les gens du comte qui les tuèrent en monceaux. Ils se réfugièrent autour du moutier, qui était grand et fort ; Jean de Lannoy entra dans la grosse tour du clocher et autant de ses gens qui purent après lui, tandis que Rasse de Harselle gardait la porte avec les siens, jusqu'à ce qu'il fut tué d'une lance qui lui passa tout à travers le corps, au moment où le comte arrivait lui-même sur la place devant l'église, à laquelle il fit mettre le feu.

L'édifice était ancien, le bois des falourdes bien sec, l'incendie ne tarda pas à se développer et à gagner tous les toits du monastère. Si mouraient les Gantois qui étaient brûlés à grand martyre, et ceux qui cherchaient à sortir étaient poignardés et rejetés dans le feu. Jean de Lannoy était dans le clocher qui se voyait au point de la mort, et criait à ceux qui étaient en bas : « Rançon ! rançon ! » et il leur offrait sa pochette toute pleine de florins. Mais eux ne faisaient qu'en rire, disant : « Venez par la fenêtre nous parler, Jean, et nous vous recueillerons ; allons, faites le beau saut, comme vous avez fait sauter les nôtres ; il n'y a pas à dire, il faut en venir là ! » Le malheureux le sentait bien, car le feu l'approchait de plus en plus ;

il sauta donc sur les piques et glaives dressés pour le recevoir, et fut aussitôt taillé en pièces, puis rejeté dans le feu. Trois cents Gantois seulement rentrèrent à Gand de six mille qui étaient sortis.

Point cependant n'étaient découragés les Gantois, et s'ils perdaient des capitaines comme Rasse de Harselle, Jean de Lannoy et Arnous Clerc qui fut tué près de Gavres, ils entendaient aussitôt à en élire d'autres. Cependant bien des gens et surtout les gros bourgeois de la ville commençaient à se lasser de batailler ainsi à leur grand péril contre le comte et disaient entre eux : « Nos affaires se portent mal ; petit à petit on nous occit nos capitaines et nos gens, nous nous y sommes mal pris d'avoir soulevé la guerre contre notre seigneur le comte ; nous portons encore le poids des haines de Jean Lyon et de Ghisbrecht Mahieu. Ils nous ont, avec Piètre du Bois, laissé une telle haine contre notre seigneur que nous ne pourrons jamais trouver merci ni paix. Mieux vaudrait cependant que vingt ou trente payassent les fautes que d'y perdre toute la ville. »

Personne ne parlait ainsi plus souvent que dame Marie d'Artevelde, dans cette maison de son veuvage dont elle ne sortait point ; son fils ne semblait jamais l'écouter et ne lui répondait que par un mouvement d'épaules tout en travaillant à ses engins de pêche, et la mère se disait : « Pauvre Philippe, quel bonheur de le voir ainsi tranquille et sans hautes pensées ! Il aurait pu être ambitieux et hardi comme son père, et alors que serais-je devenue en continuel chagrin ? »

Si une ombre de dépit et de regret se mêlait aux pensées de dame Marie regardant son fils sortir sa ligne sur l'épaule et son panier au bras, elle-même ne le savait pas et elle dormait paisible en sa maison, ignorant combien de fois Piètre du Bois était déjà venu dire à Philippe : « Il nous faut de l'argent pour payer nos soudoyers qui aident à garder notre territoire et à protéger nos libertés ; il faut aussi faire vivre les compagnons. Si vous ne servez notre cause de votre corps, comme aurait fait votre père s'il vivait, servez-la du moins de votre finance pour votre vie sauver. » Et plus d'une fois, Philippe d'Artevelde avait puisé bien avant dans le vieux coffre où il tenait ses écus, sachant de reste que ses pareils étaient plus rudement traités que lui par les chaperons blancs, dont Piètre du Bois était peu à peu devenu le principal chef et capitaine.

Cependant les forces de Gand commençaient de ce point à décroître par le défaut de capitaines, et, parmi les petites gens paisibles, comme parmi les bourgeois riches, le mécontentement se glissait peu à peu. Les méchants garçons qui mouraient de faim et de paresse avant d'être entrés dans les chaperons blancs, leur demeuraient fidèles, mais Piètre du Bois avait trop de sens et d'entendement pour ne pas comprendre que ceux-là ne suffisaient pas à maintenir la guerre, et qu'il lui fallait la bonne volonté des menus métiers pour imposer ses lois aux hommes riches de la ville. On commençait à dire dans toutes les maisons, si point n'osait-on encore le dire sur les places des marchés : « Ah ! si Jacques d'Artevelde vivait, toutes

9

nos affaires seraient en bon état, nous aurions la paix à
volonté, et le comte notre seigneur serait trop joyeux s'il pouvait seulement tout pardonner. »

Piètre du Bois savait qu'on disait ces paroles et bien d'autres ; aussi retournait-il dans sa tête une pensée qui lui était
récemment venue, et prit un soir le chemin de l'hôtel de
Philippe d'Artevelde, grommelant entre ses dents : « Je le vais
jeter à l'eau, bien faudra-t-il qu'il nage, s'il ne se veut noyer.
J'ai toujours cru qu'il avait dans les veines du bon sang de son
père, que cette pauvre dame Marie a engourdi jusqu'à en faire
du lait ! »

Pauvre dame Marie en effet ! Elle avait, ce jour-là, brûlé si
cruellement sa main au feu de la cuisine en préparant elle-
même des couques pour le souper de son fils, ainsi qu'elle
aimait à le faire, que le cœur lui avait manqué par la souffrance,
si bien que ses femmes avaient été obligées de la porter sur
son lit, à demi morte. Lorsque Philippe était rentré de la
pêche, elle était encore trop pâmée pour lui pouvoir parler
et souper avec lui, en sorte que Piètre du Bois le trouva seul
en face d'une bouteille de vin des Canaries qu'il buvait lentement et presque sans s'en apercevoir, plongé qu'il était dans
ses réflexions.

Piètre se frottait les mains d'être venu ce soir-là et de ne
point se trouver gêné par la présence de dame Marie. Il écouta
quel accident la retenait ce jour-là en sa chambre, causant de
la pêche que Philippe avait faite avec succès dans la journée,
quand tout à coup regardant bien en face son hôte : « Philippe,

dit-il, si vous voulez entendre à mes paroles et croire à mes
conseils, je vous ferai le plus grand de Flandre. »

Philippe d'Artevelde avait les yeux baissés, suivant du doigt
sur la nappe de fine toile damassée les traces d'une goutte de
vin qu'il avait laissée tomber, mais il souleva sur-le-champ ses
paupières un peu lourdes, et un tel éclair jaillit de son regard

Piètre du Bois le trouva seul.

que Piètre du Bois se dit en lui-même: « Je ne m'étais pas
trompé, le bois est là, il ne s'agit que d'y mettre le feu. »
Philippe répondit : « Et comment le feriez-vous? »

Piètre s'était rapproché de la table. « Je ferai en telle
manière, dit-il, que vous aurez le gouvernement et adminis-
tration de la ville de Gand, car nous sommes à cette heure en
très grande nécessité et besoin d'avoir un souverain capitaine,
de bon nom et de bonne renommée; votre père, Jacques d'Arte-

velde, est en train de ressusciter en cette ville, par la mémoire que toutes gens ont conservée de lui. Car dit-on de tout côté en chaque maison que jamais le pays de Flandre ne fut si aimé, si craint et si honoré que de son vivant. Je vous mettrai facilement en sa place si vous le voulez, et une fois que vous y serez, vous vous gouvernerez par mon conseil jusqu'à ce que vous ayez appris comment il faut s'y prendre pour amorcer les hommes ainsi que vous faites aux poissons, et ce ne sera pas long. »

Philippe le regardait à son tour entre les deux yeux, et dit comme s'il se parlait à lui-même : « C'est par la volonté des saints que ma pauvre mère a choisi ce jour pour me cuire elle-même des couques et s'est brûlée ; sans quoi cet homme n'aurait pas ainsi parlé devant elle qui entend toujours les cris de ceux qui ont occis mon père... Qui n'aventure rien n'a rien ! continua-t-il en haussant la voix. Piètre, vous m'offrez de grandes choses, et je vous en croirai ; si je suis en l'état que vous dites, je vous jure par ma foi que je ne ferai jamais rien sans votre conseil. »

Piètre était transporté de joie de voir acceptée sur-le-champ une proposition dont il avait lui-même douté, et il reprit, comme instruisant déjà celui dont il voulait faire le souverain capitaine de Gand : « Mais saurez-vous bien faire le cruel et le hautain ? Car un sire qui se trouve entre communes gens, surtout en l'état où nous sommes, ne peut rien faire s'il n'est craint, redouté et renommé pour sa rudesse et sa cruauté ; les Flamands veulent ainsi être menés, et on ne doit point parmi eux tenir

compte de la vie des hommes ni avoir pitié d'eux, non plus
que des passereaux et des alouettes qu'on prend en la saison
pour les manger..., et si avez toujours été bon fils et respec-
tueux, paisible en votre hôtel.... »

Pour la première fois il hésitait; mais Philippe s'était levé
et serrait le poing, s'avançant vers son compagnon : « Par ma
foi, dit-il, vous verrez si je le saurai faire. » Piètre comprit
qu'il pensait au vieux Gérard Denys, encore doyen des bateliers en son grand âge et qui avait plus que nul autre mis
la main au meurtre de Jacques d'Artevelde. « Ah! se dit-il,
nous voici sur le bon chemin, il tient sa vengeance » ; et il
reprit : « C'est bien, demain vous serez souverain de tous
les autres. »

La nuit se passa et Philippe d'Artevelde et sa mère ne dor-
mirent guères, l'une souffrant en son corps, et l'autre étant
grandement agité en son esprit. Mais Piètre du Bois reposa
tranquillement : « J'ai fait bonne besogne hier au soir avant
de me coucher d'avoir déterré un souverain capitaine pour la
ville de Gand, » se disait-il.

Le jour venu, les chaperons blancs étaient réunis sur la
place du Marché pour recevoir les ordres, et savoir qui
deviendrait capitaine de Gand, comme chacun en sentait la
nécessité. Si parlait-on de l'un et puis d'un autre, et Piètre du
Bois qui était arrivé parmi les trois mille hommes là assemblés,
écoutait tout ce qu'on disait, sans rien répondre, et se promenait à droite et à gauche entre tous ceux qui causaient par tas.
Enfin quand tout le monde eut parlé, il monta sur une borne

de pierre qui se trouvait là, afin de se faire mieux entendre,
et élevant la voix, il dit :

« Seigneurs, je crois que tout ce que vous dites est par
grande affection et délibération de courage, car vous avez tous
à cœur de garder l'honneur et la fortune de la ville de Gand ;
ceux que vous nommez sont des hommes capables et bien
propres à exercer une partie du gouvernement de la ville de
Gand ; mais j'en sais un qui point n'y vise, ni y pense, et ne
voulut jamais se mêler jusqu'à ce jour de nos besognes ; s'il
consentait à y mettre la main, il n'y en aurait pas qui nous pût
être plus utile et de meilleur renom. »

On criait de toutes parts sur la place : « Dites-nous son
nom, » et Piètre du Bois reprit : « C'est Philippe d'Artevelde.... »
Un murmure d'étonnément et de satisfaction courut parmi la
foule à ce nom, jadis si populaire, et Piètre ainsi encouragé,
répéta : « C'est Philippe d'Artevelde, qui fut tenu sur les fonts
à Saint-Pierre de Gand par la noble reine d'Angleterre qu'on
nommait Philippine. Elle fut sa marraine dans le temps que
Jacques d'Artevelde son père s'était associé à Tournai avec le
roi d'Angleterre, le duc de Brabant, le duc de Gueldres et le
comte de Hainaut ; après quoi Jacques d'Artevelde son père
gouverna la ville de Gand et le pays de Flandre si très bien que
jamais pays ne fut mieux gouverné à ce que j'ai entendu dire
et répéter tous les jours par les anciens qui en avaient eu connaissance. Jamais auparavant ou depuis lors elle ne fut si bien
gardée et tenue en droit qu'elle fut de son temps, car la
Flandre était toute perdue, et depuis bien longtemps, quand il

la releva par son grand sens et le bonheur qu'il eut. Or sachez que nous devons mieux aimer les bouches et les membres qui nous viennent d'un si vaillant homme que pas un autre. »

Lorsque Piètre du Bois eut dit cette parole, l'amour de Philippe d'Artevelde pénétra dans l'esprit de toutes manières de gens en si fort courage, qu'on cria tout d'une voix : « Qu'on le voie! Qu'on l'aille querir! nous n'en voulons point d'autre!

— Non, dit Piètre du Bois, ne l'envoyons pas querir; il vaut mieux que nous allions vers lui, car c'est un homme paisible, et nous ne savons pas encore ce qu'il voudra faire et s'il lui conviendra de s'occuper de nous, étant un homme tranquille et toujours en sa maison avec sa dame de mère qui depuis si longtemps n'a pas encore fini de pleurer Jacques d'Artevelde, lequel si méchamment vous avez occis à la porte de son hôtel ! »

La foule applaudissait aux paroles de Piètre du Bois. Un petit nombre de ceux qui se trouvaient à cette heure sur la place du Marché avaient fait partie de cette multitude furieuse qui était responsable du meurtre du patriote flamand. Ceux-là baissaient les yeux et se glissaient de leur mieux sur le derrière des troupes pour se cacher aux regards de leurs concitoyens, qui commençaient à se précipiter avec impétuosité vers la maison de messire Philippe.

Celui-ci n'avait encore rien dit à sa mère de la visite de Piètre du Bois et de ce que celui-ci était venu lui dire. Il ne pensait pas que Piètre allât si vite en besogne, et qu'il eût

assemblé les chaperons blancs avant que dame Marie fût
informée de ce que son fils avait promis. Cependant une rumeur
sourde et presque toujours croissante arrivant aux oreilles de
Philippe, il se hâta de rentrer dans la chambre de sa mère.
Celle-ci était encore dans son lit, sa main blessée en écharpe.
Elle était pâle et dans ses yeux tout grands ouverts flottait
l'ombre d'un souvenir perdu. « Qu'est-ce que ceci, Philippe?
demanda-t-elle; il me semble entendre retentir la voix de la
mer ou les cris des compagnons, quand ton père les haran-
guait sur la place du Marché. »

Philippe s'assit sur les courtepointes brodées du lit de sa
mère : « Ce n'est pas la mer et ses vagues, dit-il, le bruit vient
de l'émotion d'un peuple. Piètre du Bois est venu hier pour
me demander de devenir le capitaine général de Gand. »

Dame Marie avait caché sa tête dans ses mains. « Tu as
refusé sans doute : c'est assez d'un sacrifice et d'une victime! »
s'écria-t-elle en relevant les yeux. Mais Philippe repartit avec
une fermeté qu'elle n'avait jamais reconnue chez lui : « J'ai
dit oui, ma mère, avoua-t-il.

— Ah! mon Dieu! le père et le fils! » s'écria-t-elle, et souf-
frante, languissante depuis tant d'années, à peine remise de la
secousse de sa brûlure, elle tomba en défaillance, légère
d'abord et facilement domptée par les efforts de Philippe lui-
même, car il avait envers sa mère l'habitude des soins de fille.
Mais à la première défaillance succéda une seconde, puis une
troisième, toujours précédée par le même cri : « Le père et le
fils! le fils et le père! » Philippe perdait courage, lorsque la

vieille Kathe se précipita dans la chambre; elle était devenue
si grosse qu'à peine pouvait-elle marcher et ne sortait plus
guère de sa cuisine. Mais cette fois elle courait presque.
« Ah! vous voilà, monsieur Philippe! Je vous cherche de tous
les côtés! Toute la ville
est à nos portes, et on
vous demande comme si
vous étiez un ange des-
cendu du ciel! »

Philippe soutenait sur
son bras la tête de dame
Marie. « Mais ma mère,
Kathe? » dit-il d'un air
désolé qui rappela invo-
lontairement à la vieille
servante les perplexités
de son enfance quand le
petit garçon hésitait en-
tre l'école buissonnière
et la classe du sévère
pédagogue qui instrui-
sait à Gand les enfants

Philippe ouvrit lui-même la porte de son hôtel.

des riches bourgeois, et passant la main sous le cou de dame
Marie : « Elle va retrouver sa connaissance; tâchez seulement
de vous débarrasser un peu vivement de tous ces criards qui
appellent Philippe d'Artevelde aussi haut qu'ils peuvent brail-
ler! Votre mère est faible, et ils lui casseront la tête! »

Philippe d'Artevelde sortant de la chambre se retourna vers la vieille femme : « Ah ! Kathe, murmura-t-il, tu ne sais pas ! »

Les cheveux d'Artevelde étaient en désordre et la longue robe fourrée qu'il portait d'ordinaire à la maison pendait de travers sur ses épaules lorsqu'il ouvrit lui-même la porte de son hôtel aux principaux de ses amis et concitoyens en tête de la foule qui encombrait toutes les rues du voisinage. Il les fit entrer au nombre de dix ou douze, marchant avec une précaution qu'imitèrent instinctivement ses hôtes, jusqu'à ce que l'un d'eux demanda : « Dame Marie est-elle donc malade, Philippe ? » Et comme il faisait un signe affirmatif, les délégués pensèrent tous à la fois : « Ah ! la pauvre femme, elle se souvient d'autrefois ! »

Tout le monde s'en souvenait comme elle, lorsque Pierre de Winter, l'un des principaux capitaines des chaperons blancs, entouré d'une dizaine de doyens des métiers, commença son discours pour offrir à messire Philippe d'Artevelde le gouvernement de la ville de Gand, avec l'empire sur les chaperons blancs et leurs adhérents. Pendant qu'il parlait, Philippe regardait autour de lui, s'assurant du premier coup d'œil que la plupart des doyens là réunis étaient ceux des petits métiers, et que pas un seul des bourgeois riches et considérables de la ville n'était présent. « Ce sont petites gens et méchantes gens qui me viennent querir, » pensa-t-il aussitôt avec le bon sens et la tranquille clairvoyance qui le caractérisaient. Mais il ajouta aussitôt : « Ce sont ceux-là qui à cette heure se trouvent maî-

tres de Gand, et c'est Gand qu'il faut tirer de leurs mains.
J'y veux bien tâcher! »

Il répondit donc bien sagement : « Seigneurs, vous me
requérez de bien grande chose, et peut-être ne voyez-vous pas
bien les choses telles qu'elles sont quand vous voulez que j'aie
le commandement de la bonne ville de Gand. Vous dites que
l'amour que vos prédécesseurs portèrent à mon père vous
attire vers moi. Quand il leur eut fait tous les plus beaux succès qu'il put, ils l'occirent, et si j'entreprenais le gouvernement comme vous me le demandez et que fusse à la fin occis,
j'aurais pauvre récompense et petit guerdon ! »

Piètre du Bois s'avança entre ses compagnons. « Ce qui est
passé ne se peut réparer, Philippe, dit-il ; vous agirez par conseil et vous serez toujours bien conseillé, en sorte que toutes
gens se loueront de vous. — Je ne voudrais autrement m'en
charger! » repartit Artevelde.

Les doyens l'entourèrent en lui pressant les mains comme à
homme qui avait consenti, et l'emmenant à la place du Marché,
ils lui firent prêter serment, puis les maîtres et les échevins
vinrent à leur tour jurer entre ses mains ; les gros bourgeois,
conseillers de ville, commencèrent à sortir de leurs hôtels
pour lui souhaiter la bienvenue; peu à peu tous les doyens
s'assemblèrent, y compris Gérard Denys, doyen des bateliers, qui s'appuyait pour marcher sur l'épaule de son fils.
Lorsque la main du vieillard toucha le bout des doigts d'Artevelde pour prêter serment un frisson de fièvre sembla par-
courir tout le corps du nouveau gouverneur de la ville de

Gand. Il ne parlait pas, mais plus d'un pensa, au premier
rang de la foule : « Messire Philippe n'a pas oublié! Gérard
Denys fera prudemment de se garder! »

C'était justement ce que ne savait pas faire le vieux doyen
des bateliers. La haine l'avait souvent aveuglé dans ses rapports avec Jacques d'Artevelde, et il était ouvertement dans la
ville du parti du comté. Aussi avait-il grand émoi de voir le
second Artevelde gagner à lui tous les cœurs avec une habileté
et une adresse que personne n'avait connues en lui jusqu'alors.
Sagement et doucement parlait-il à tous ceux qui avaient
besoin de lui pour leurs affaires, et travaillait de son mieux à
satisfaire toutes gens de Gand, en remettant l'ordre dans la
ville. Les plus mauvais des chaperons blancs commençaient à
regretter amèrement de s'être donné un tel maître qui avait
l'oreille de tous les honnêtes bourgeois; mais ils n'osaient pas
parler. La ville était dans une grande prospérité, et Philippe
usait généreusement des revenus qui incombaient au comte
sur les péages pour indemniser ceux qui avaient grandement
perdu dans les guerres, qui semblaient sur le point d'éclater de
nouveau. C'était la première chose que dame Marie avait dite à
son fils lorsqu'il était revenu de la place du Marché, nouvellement élu capitaine de Gand : « Tu l'as voulu, que Dieu t'aide
en cette charge ; mais prends bien garde de mettre gens connus
aux finances de la ville, et que pas un denier n'entre en ta
maison, tes dépens exceptés. C'est par là que méchantes gens
soulevèrent contre ton père les pauvres gens qui naguère
l'avaient tant aimé! »

Philippe écoutait sa mère sans rien dire. Il pensait en son esprit à ces mains du vieux doyen des bateliers qui avaient ce jour-là effleuré les siennes, et il se disait : « Le sang de mon père y est encore attaché, j'en laverai les traces dans le sien, » et l'expression d'une cruauté froide et résolue commença de passer sur son visage, d'ordinaire serein et doux. Dame Marie avait tant pleuré au temps passé qu'elle ne voyait plus bien, mais son instinct de mère l'avertit sans doute des pensées qui montaient au cœur de son fils, car elle étendit vers lui une de ses petites mains blanches. « A quoi penses-tu ? demanda-t-elle, que tu ne parles plus ? » Philippe répondit avec effort et comme s'il eût été sur la sellette : « Je pense au doyen des bateliers ! »

C'en était assez, et dame Marie se signa avec effroi. « Que le Seigneur Dieu et les saints gardent ton âme, mon fils ! murmura-t-elle. Assez de sang a été versé. »

Philippe se redressa tout à coup comme arraché de sa rêverie. « Vous avez donc oublié, ma mère ? » demanda-t-il ; et elle répondit, les yeux baignés de larmes : « Je ne pense à autre chose ni nuit, ni jour ; mais, par la grâce de Dieu, je crois que j'ai pardonné !

— Je n'en suis pas là ! » repartit son fils, et il sortit comme pour couper court à l'entretien.

CHAPITRE VIII

VENGEANCES DE PHILIPPE D'ARTEVELDE. LA VILLE DE GAND
EN PROIE A LA FAMINE.

Philippe d'Artevelde n'avait ni oublié ni pardonné, et bientôt
le bruit commença à courir par la ville que le doyen des
bateliers était traître aux intérêts de Gand et que par lui le
comte de Flandre était toujours informé de ce qui se préparait
dans les conseils de ville. Les chaperons blancs avaient plus
d'une fois entouré tumultueusement son hôtel, lorsqu'une
perquisition fut ordonnée de par les capitaines. On avait
fouillé dans toutes les chambres, lorsque en soulevant le plan-
cher en mauvais état d'une salle, on trouva une quantité de
sacs de salpêtre qui n'avaient pas été donnés aux défenseurs
de Gand lors du dernier siège. « Bien heureux qu'il ne les eût
pas fait passer aux ennemis ! disait-on de par les rues ; mais nul
ne fut surpris de voir le vieillard traîné hors de sa maison par
les épaules, puis promené ainsi par la ville, pour être ensuite
décollé sur la place du Marché, sans autre forme de procès.
Plusieurs des doyens ses amis partagèrent son supplice.

« Philippe ne se trompe pas ! disait-on par la ville, et tous les douze qu'il a fait décoller étaient bien les plus grands ennemis de son père, s'ils n'étaient peut-être pas tous traîtres à la ville de Gand. » Dame Marie se reprochait amèrement d'avoir raconté à son fils, depuis sa première enfance, quels étaient ceux qui avaient mis la main au meurtre de Jacques d'Artevelde. Parmi ceux qui vivaient encore, pas un n'échappa à la vengeance de son fils.

Cependant le comte de Flandre avait, pendant tout l'hiver, préparé ses besognes pour assembler des forces considérables au printemps et reprendre le siège de Gand. Il était décidé à recouvrer cette ville rebelle, dont l'exemple et le succès gagnaient peu à peu les autres pays. Le petit roi Richard d'Angleterre, à peine sur son trône, était menacé par une sédition populaire soulevée dans le comté de Kent par un prêtre, John Ball, et qui avait de là gagné tout le midi du royaume, et Londres même. Paris et Rouen refusaient de payer les tailles dont le roi Charles V mourant avait voulu décharger son peuple, et partout on attribuait cette indiscipline des petites gens à l'exemple des communes de Flandre. « Si vous ne domptez vos Gantois, bientôt nul seigneur ne pourra tenir terre, » faisait-on dire de toutes parts au comte Louis de Flandre. Plus que personne, il en avait l'ardent désir.

Le siège fut donc mis devant Gand, avec toutes les forces que put réunir le comte. Il avait appelé auprès de lui encore cette fois son capitaine général, le sire d'Enghien, qui faisait partout merveille d'armes. Un jour de dimanche, il s'en alla, au bord du territoire de Gand, attaquer la ville de Grandmont, qu'il avait déjà une fois assiégée sans succès, et bien qu'il eût chevauché quarante lieues, il ne s'épargna pas à l'assaut, et y monta des premiers, élevant à cet effet sa bannière.

La ville fut prise et brûlée, ce qui causa une si grande joie au comte, lorsque le sire d'Enghien revint devant Gand, qu'il l'embrassa devant tous sur les deux joues, disant : « Beau fils, en vous est un vaillant homme, et vous serez, s'il plaît à Dieu, un très bon chevalier, car vous en avez fait un beau commencement. »

Dans la ville, Philippe d'Artevelde et les Gantois menaient grand deuil sur Grandmont, mais toujours encourageait son fils la bonne dame Marie ; dès que le siège avait commencé, elle avait dit à celui qu'uniquement elle aimait : « Le cœur me dit que tu n'as rien à craindre du comte et de ses gens d'armes, point de mal ne t'en arrivera. » Et elle priait nuit et jour, à l'église et dans sa chambre ; Philippe croyait toujours sentir les prières de sa mère s'élever comme une défense entre lui et le danger.

La mère du sire d'Enghien priait-elle avec moins d'ardeur pour lui dans le paradis où depuis longtemps elle était entrée ? Je ne sais ; peut-être la vie sur la terre ne lui paraissait-elle pas chose si désirable qu'à ceux qui vivent ici-bas. Mais le jeune sire, s'en allant chaque jour en expéditions et escarmouches, s'en vint tomber au midi dans une embuscade où se tenaient grand nombre de ceux qui avaient été chassés de Grandmont, et, dès qu'ils le virent, se mirent à crier : « A la mort ! Gand !

10

Gand ! » Pour lors, le sire d'Enghien dit à son compagnon, le
sire de Montigny, qui se trouvait auprès de lui : « Que faire,
messire Eustache? Je vous demande conseil. — Conseil !
répondit celui-ci, il est trop tard ; défendons-nous et vendons
chèrement nos vies, tant que nous pourrons ; il n'y a autre
chose à faire, car ici point de rançon. » Les chevaliers,
baissant leurs visières, se recommandèrent donc à Dieu et à
saint Georges, se ruant sur leurs ennemis ; mais ils étaient en
trop petit nombre, et bientôt furent renversés à terre et
cruellement occis. Le premier de tous fut le sire d'Enghien ;
bien peu restèrent pour aller porter la nouvelle au comte, qui
si grande douleur en eut qu'il leva le siège devant Gand et se
retira à Bruges, mandant à toutes manières de gens en Brabant,
en Hainaut, à ceux de Liège, que plus n'envoyassent de
vivres et provisions à cette mauvaise ville de Gand, dont on ne
pouvait avoir raison qu'en la resserrant dans son commerce.
Mais ce n'était pas chose aisée, même pour les seigneurs, et
quant à ceux de Liège, ils refusaient orgueilleusement
d'écouter les envoyés du comte et rien ne put-on gagner
sur eux.

Cependant, comme de coutume, les partis étaient divisés
dans la ville de Gand, et les chaperons blancs n'en étaient pas
seuls maîtres, par grand bonheur. Un parlement s'était ouvert
à Harlebecque-lès-Courtrai, où furent envoyés douze des plus
considérables de la ville afin de traiter de la paix. Lorsqu'ils
revinrent en leur hôtel, tous ceux qui désiraient la paix dans
la ville les venaient trouver, demandant des nouvelles, surtout

à sire Ghisbrecht Grutte et Simon Bette, qui se hâtèrent de dire :
« Bonnes gens, soyez tranquilles, nous aurons une belle paix,
s'il plaît à Dieu. Que ceux qui veulent le bien se tiennent en
repos, les mauvais de Gand seront bientôt corrigés. »

Les braves conseillers avaient parlé trop tôt, et devant trop
de gens, car plusieurs allèrent porter cette nouvelle à Piètre

Le duc d'Enghien tomba dans une embuscade.

du Bois qui toujours continuait à grandement soutenir de ses
avis Philippe d'Artevelde, lequel trop docilement les écoutait.
Comme autrefois son maître Jean Lyon, Piètre du Bois se dit :
« Si quelqu'un est corrigé pour cette guerre, je serai le premier ;
mais il n'en ira pas ainsi que le croient nos beaux seigneurs
revenant du parlement. Je ne veux pas encore mourir, et la
guerre n'est pas encore finie. Il reste bien des fils à

embrouiller. » Et il entra, par la petite porte de derrière, dans la maison de Philippe d'Artevelde.

Or c'était une chose étrange, mais depuis que le comte avait levé son siège devant Gand, et que son fils ne sortait plus tous les jours en armes, dame Marie avait recommencé à trembler et à s'effrayer, plus que jamais depuis qu'il était question de la paix, car elle se disait : « Les chaperons blancs ne s'y accorderont pas ; entre les deux partis, mon fils périra, car il veut le bien de tous en dépit des mauvais conseils que lui donne ce Piètre du Bois, que les saints confondent ! Que n'a-t-il péri en quelque affaire, on dit qu'il s'y porte vaillamment ! »

Ce soir-là, étant aux aguets, la pauvre mère entendit fermer la porte de derrière, et bientôt reconnut la voix de Piètre du Bois dans la salle basse où se tenait sire Philippe avec ses écritures. Il n'écrivait pas alors, mais pensait et méditait, appuyé contre une fenêtre de la chambre. « Savez-vous les nouvelles, Philippe ? » demanda-t-il en entrant.

Artevelde n'était jamais ni pressé ni curieux, ayant été arraché à la vie oisive et douce qu'il avait paisiblement menée à côté de sa mère, pour devenir tout d'un coup capitaine, général et souverain de Gand. Si leva-t-il tranquillement les yeux, disant : « Je ne sais rien, sauf que nos gens sont revenus du parlement d'Harlebecque, et que demain nous devons ouïr à la halle ce qu'ils ont rapporté.

— Moi, je sais déjà ce qu'ils ont trouvé et quel traité on prépare, dit Piètre du Bois, plus actif et remuant dix fois que

Philippe. Certes, tous les traités qu'on a faits et pourra faire, ce sera nous et nos têtes qui en payeront le prix. Il ne peut pas y avoir de paix pour vous et moi, et sachez bien que le sire de Harselle et tous les capitaines dont nous nous aidons et qui soutiennent la guerre, mourront premièrement comme nous ; on l'a déjà donné à entendre dans les hôtels des riches hommes qui reviennent du parlement : eux en seront quittes pour leur argent qu'ils nous ont par force donné et nous payerons pour toute la ville. Nos plus grands ennemis sont toujours auprès du comte. Je vous dirai ce qu'il faut faire ! »

Jusque-là dame Marie, aux espies dans sa chambre, avait entendu presque toutes les paroles de Pietre du Bois, lequel parlait toujours bien haut ; la pauvre femme tremblait de tous ses membres, car elle savait bien qu'il disait vrai et que le traité de paix avec le comte porterait malheur à son fils. « Il est innocent comme l'enfant qui vient de naître, il ne sait pas le mal qu'il fait sur les conseils de ce Pietre », pensait-elle. Mais elle continuait d'écouter avec une croissante angoisse, quand tout à coup les voix tombèrent : Pietre du Bois s'était sans doute rapproché de Philippe et lui parlait à l'oreille ; on n'entendait plus rien. Dame Marie tomba à genoux devant son crucifix pour prier Celui qui écoute toujours.

« Écoutez, disait cependant Pietre, il nous faut signifier ce soir à tous nos capitaines qu'ils soient demain bien appareillés et viennent près de nous au Marché du Vendredi, avec bon nombre des nôtres. Nous entrerons à la halle, vous et moi, avec une centaine de bons compagnons pour ouïr ce que ces

traîtres ont à raconter. Pour le reste, je m'en charge ; avouez-
moi seulement de tout si vous voulez demeurer en vie et en
puissance, car en cette ville et parmi le commun peuple, vous
le savez, qui ne se fait craindre n'a rien. »

Philippe d'Artevelde, laissé à lui-même, ne se fût pas fait
craindre d'un enfant et n'avait jamais fait de mal qu'aux
poissons de la Lys et de l'Escaut ; mais il se fiait à Piètre
du Bois, qui l'avait toujours bien servi, pensait-il, et dont il ne
devinait pas toujours les diverses trames, en sorte qu'il lui
promit ce qu'il demandait. « Un peu tard serait-ce pour me
séparer de vous et ne vous pas avouer de vos faits ? » dit-il
affectueusement, et jamais n'avait parlé si vrai. Piètre du Bois
sortit pour aller prévenir les capitaines. Lorsque dame Marie
voulut embrasser son fils avant la nuit, il dormait la tête
appuyée sur sa table. Elle ne le réveilla pas et, toute dévorée
de soucis, elle s'alla mettre en son lit, où elle ne dormit guère.
Minuit avait sonné à toutes les horloges de Gand, lorsqu'elle
entendit sire Philippe qui regagnait sa chambre. « A-t-il
reposé jusqu'à cette heure ? » pensait-elle.

Pendant qu'Artevelde dormait, Piètre du Bois avait averti
les capitaines et tout se passa au matin comme il l'avait dit.
Lorsqu'on fut entré en la halle, les riches hommes qui avaient
été au parlement d'Harlebecque commencèrent de défiler leur
chapelet et les articles de la paix proposée, finissant par dire
que c'était à condition que deux cents citoyens de Gand,
désignés par le comte, s'en allassent en sa prison de Lille, se
mettant à sa volonté. « Il est si franc et si noble, ajoutèrent-ils,

que bien peuvent être assurés qu'il aura d'eux pitié et merci. »

Les chaperons blancs qui étaient entrés dans la halle avec Artevelde et Piètre du Bois se regardaient entre eux, moins rassurés que ceux qui parlaient. Mais Piètre s'avança vers eux avec sa hardiesse accoutumée, s'écriant : « Comment avez-vous été assez osé, Ghisbrecht, de mettre deux cents hommes à la volonté de Monseigneur, à la si grande honte et déshonneur de la ville de Gand, car mieux vaudrait-il qu'elle soit renversée et détruite que venir à ce traité? Bien savons-nous que vous ne serez pas des deux cents, non plus que Simon Bette; vous avez choisi pour nous, mais nous prendrons les devants sur vous. En avant, Philippe, et sus à ces traîtres qui veulent déshonorer et livrer la ville de Gand ! »

A cette heure, Artevelde était lui-même venu à grande colère, mais il n'avait pas encore prévu le parti pris dès la veille par Piètre du Bois. Il se leva cependant comme contraint par sa voix, il se jeta sur Simon Bette; en face de lui, Piètre avait déjà enfoncé son poignard dans la gorge de Ghisbrecht Grutte, et tous les deux tombèrent à la fois, pendant que les chaperons blancs entrés dans la halle et ceux qui étaient restés dehors crièrent : « Trahis! trahis! » Personne n'osait résister, chacun tremblait pour sa peau, et bien heureux se tenaient les hommes riches et d'anciens lignages qui se purent échapper et rentrer dans leurs maisons. Piètre du Bois avait néanmoins dit à ses capitaines : « Nul ne doit être frappé, sauf ceux que nous choisirons, Philippe et moi. » Aussi les chaperons blancs se dispersèrent-ils dans les rues, disant aux bonnes gens effrayés :

« Les faux et mauvais traîtres, sire Ghisbrecht Grutte et Simon
Bette, ont été châtiés pour avoir voulu livrer la bonne ville de
Gand. » Ainsi finit pour ce jour-là l'affaire, les morts furent
morts, nul ne les vengea, et il ne fut plus question du parlement d'Harlebecque.

Cependant Philippe était rentré dans son hôtel, le poignard
sanglant encore en sa main, et comme homme qui marche dans
son sommeil, il répétait quelquefois par moments : « Trahis !
Trahis ! Gand ! Gand ! » Puis il ne disait plus rien et regardait
seulement les taches de sang qui couvraient ses chausses et
son pourpoint, paraissant étonné de se voir ainsi accoutré.

Piètre l'avait accompagné jusqu'à sa porte, suivis tous deux
par leur escorte de cent chaperons blancs ; mais, en arrivant à
l'hôtel, il se détourna et le laissa rentrer seul. Piètre du Bois
avait une femme et des enfants, dont pas un n'eût osé lever la
voix devant lui, ou trouver mauvais ce qu'il avait fait ; mais
lui-même n'avait pas envie de rencontrer à cette heure dame
Marie. « Ses yeux me reprocheraient d'avoir conduit son fils
au même chemin que son mari ! » pensait-il.

Philippe ne se disait pas qu'il avait été conduit, car il était
fier et ne se rendait aucunement compte de sa faiblesse entre
les mains de Piètre du Bois, mais il avait honte du sang dont il
était couvert et se glissa dans l'hôtel par la petite porte.
Malheureusement pour lui, les servantes se trouvaient toutes
au pied de l'escalier, comptant les piles du linge blanc revenu
de la lessive, et elles s'écrièrent en l'apercevant. Comme il les
faisait taire, dame Marie apparut au bruit et s'arrêta sur le

Philippe fit signe aux servantes de se taire.

palier: Philippe marchait, il parlait, il rougissait à la vue de sa
mère : il n'était donc 'pas blessé. Dame Marie étendit le bras
comme devant une vision terrible.

« Celui qui frappe de l'épée, périra par l'épée! » murmura-
t-elle, avant de tomber dans une de ces défaillances auxquelles
elle était demeurée sujette depuis le jour où messire Jacques
avait été occis devant ses yeux par les gens de Gand qu'il avait
longuement servis. A son réveil, souvent ne se souvenait-elle
point de ce qu'elle avait vu au moment de son mal, et revenait
toujours en sa pensée au temps de son grand malheur. Messire
Philippe eut bien soin de ne la pas revoir avant le souper, mais
le souvenir des paroles de sa mère lui revint aux oreilles,
l'excitant au lieu de l'effrayer : « Si je dois périr, défendons
Gand ! » se disait-il.

Bien en était besoin, car le comte avait dit en apprenant la
mort des deux bourgeois : « Jamais n'auront-ils paix de moi,
que je n'en aie à ma volonté non pas deux cents, mais toute
la ville s'il me fait plaisir. » Et tous ses gens étant aux champs,
ceux de Gand se trouvaient si fort resserrés que nul ne pouvait
être bien assuré de voir denrées au Marché du Vendredi : à
grand peine trouvait-on encore moyen de vivre. Le comte avait
tant fait auprès de ses parents de Brabant et de Hainaut que
nulle ressource ne venait plus de leurs pays pour alimenter
ceux de Gand, en sorte que les mêmes gens se venaient plaindre
et lamenter chaque jour devant la maison de Philippe d'Artevelde, comme de leur souverain capitaine, demandant du pain
à cor et à cri. Dame Marie avait donné tout le blé et la farine

qu'elle avait en ses greniers, mais qu'était cela pour tant de gens? Sire Philippe fit ouvrir les caves de plusieurs abbayes riches, lesquelles fournirent la ville de pain pendant quelques jours; mais ce bien ne dura guère, et il fallut risquer de chercher des vivres au dehors.

Bien douze mille des soudoyers que la ville de Gand tenait à gages, partirent une nuit sous la conduite de François Ackerman, courant les pays et s'arrêtant aux portes des bonnes villes, demandant des vivres pour leur argent. Ce fut ainsi que François Ackerman leur capitaine parvint, lui douzième jusqu'à Liège, où il rapporta si bellement la misère de la ville et des petites gens, que les conseillers résolurent avec l'évêque d'envoyer vers le comte de Flandre pour obtenir encore une fois la paix.

« Si le pays de Liège vous était aussi prochain que le Brabant ou le Hainaut, dirent-ils à Ackerman, vous seriez autrement confortés de nous que vous n'êtes, car bien savons-nous que ce que vous faites, c'est pour défendre votre bon droit et garder vos franchises; mais nous vous aiderons au moins de tout ce que nous pouvons. Achetez par tout le pays la charge de cinq ou six cents chars de blé et de farine, nous vous le permettons, en les laissant passer par Bruxelles, venant de chez nous, bien que la ville vous soit close, car les Bruxellois ont grand pitié de vos ennuis, et ce qu'ils en font, c'est par la volonté du duc et de la duchesse de Brabant qui veulent complaire à leur cousin le comte de Flandre, et c'est raison, car toujours sont les seigneurs l'un pour l'autre. »

Ainsi rentra à Gand François Ackerman, suivi de la longue file

des chars remplis de blé. Assez n'était-ce pour nourrir longuement la ville, mais en attendant grand confort aux malheureux.
Aussi auriez-vous vu sortir de Gand toutes manières de gens,
qui s'agenouillaient sur la route joignant les mains au-devant
du charroi, et disaient aux charretiers et marchands : « Ah!
bonnes gens! Vous nous faites grande aumône quand vous
réconfortez et consolez le pauvre peuple de Gand affamé et
périssant, qui n'avait plus de quoi vivre, si vous ne fussiez
venus! Grâces et louanges à Dieu premièrement et à vous
aussi! »

Quand tous les chars furent déchargés, et les provisions
partagées aux plus malheureux, une escorte de cinq mille
Gantois bien armés reconduisit charretiers et marchands dans
le pays de Liège, hors de tout péril.

Cependant lorsqu'il était entré dans la ville de Bruxelles, lui
troisième, François Ackerman avait vu la comtesse de Brabant
qui était bonne et pitoyable dame et avait promis, comme l'évêque de Liège, d'obtenir du comte un nouveau parlement pour
traiter de la paix. Déjà avait-elle envoyé vers son cousin le comte
de Flandre pour le prier et supplier en faveur de ses gens.

Le comte se tenait alors à Bruges et avait appelé autour de
lui tous ses chevaliers et écuyers, signifiant à toutes les
bonnes villes de Flandre son intention de ne jamais lever le
siège qu'il allait mettre devant Gand que la ville rebelle ne fût
détruite. Cependant, à la requête du duc et de la duchesse de
Brabant et de l'évêque de Liège, voulut-il bien consentir à tenir
un parlement à Tournai, dans les environs de Pâques, avec les

députés venus de Gand, pour lui faire entendre les conditions
auxquelles il leur accorderait la paix. Tous les traiteurs se
trouvèrent réunis à Tournai dès la semaine de Pâques.

Philippe d'Artevelde était cette fois à la tête des douze bourgeois venus de Gand, et avant de partir il avait dit à dame
Marie : « Ma mère, nous sommes accordés, tous les douze qui
allons parler à Monseigneur pour la ville de Gand, que nous
tiendrons à une seule chose, que personne de Gand ne soit
poursuivi ou mort pour cette rébellion ; mais ceux que
Monseigneur voudra voir bannis de la ville et du comté de
Flandre à sa volonté, sans espérance de rappel, ni de revoir la
ville et le pays, nous les lui accorderons, moi tout le premier.
Vous viendrez bien avec moi en Brabant ou Hainaut, n'est-il
pas vrai, ma mère? » Et dame Marie avait dit : « Oui ! Que Dieu
et notre Dame bénissent votre bon dessein, et incline à merci
le cœur de Monseigneur ! »

Telle n'était cependant pas l'intention du comte de Flandre,
car, après avoir fait attendre six jours les traiteurs réunis à
Tournai, il n'y vint point lui-même, mais envoya quatre de
ses serviteurs chargés de dire qu'il n'accorderait jamais la
paix à ceux de Gand, jusqu'à ce que tous les hommes de la
ville, de quinze ans à soixante, ne vinssent, la tête et les pieds
nus, en chemise et la corde au cou, l'attendre sur le chemin
entre Gand et Bruges, et que lors verrait-il ce qu'il avait à
faire, qui il voulait faire mourir et qui recevoir à merci.

Quand cette réponse parvint à Tournai, le bailli de Hainaut,
qui parmi les traiteurs était l'un des plus favorables aux

Gantois, dit à ceux-ci : « Acceptez les conditions de votre seigneur : il ne fera pas mourir tant de gens qu'on pourrait croire, mais seulement ceux qui plus grandement l'ont irrité, et prendra la masse du peuple à merci. — Sire, repartit Philippe d'Artevelde, qui bien parlait pour tous les autres, ayant laissé Piètre du Bois pour garder Gand, nous ne sommes pas chargés si avant par les bonnes gens de Gand que nous les puissions mettre en ce dur parti; si irons-nous demander leurs ordres et volontés. » Ainsi firent-ils, laissant les traiteurs bien assurés qu'ils ne consentiraient pas à de si rudes conditions qu'avait offertes tout exprès le comte, croyant bien avoir réduit Gand à cet état qu'il en serait facilement le maître et donnerait par sa ruine exemple aux autres bonnes villes du pays de Flandre.

Quand Philippe d'Artevelde et ses compagnons rentrèrent à Gand, ils trouvèrent sur leur chemin et venus au-devant d'eux grand'foison de menu peuple qui ne désirait que la paix, et, croyant ouïr de bonnes nouvelles, se réjouissaient bien fort de leur venue. Toutes les voix criaient : « Ah! cher sire Philippe d'Artevelde, consolez-nous et faites-nous savoir comment vous avez réussi! » Mais à ces demandes Philippe d'Artevelde ne répondait mot, mais passait outre en baissant la tête, et plus il se taisait, plus on le suivait pour savoir les nouvelles, en sorte que la moitié de la ville était sur ses talons lorsqu'il se trouva à la porte de son hôtel.

Là seulement il se retourna, disant à tout ce peuple qui l'entourait : « Retournez ce soir en vos maisons, et demain

matin à neuf heures soyez tous au Marché du Vendredi; là
vous saurez toutes les nouvelles et Dieu nous aidera! » Sur
cette parole tous se retirèrent.

Dame Marie était à la fenêtre de la salle basse, voyant et
entendant son fils. Lorsqu'il entra seul dans son hôtel, elle
vint à lui, les bras tendus : « Je n'ai pas besoin de vous
demander si les nouvelles sont mauvaises, dit-elle, ni quelle
est cette paix que voudrait nous imposer Monseigneur; je le
saurai plus tard, et vous aurez tantôt assez à faire : rappelez-
vous seulement que vous tenez entre vos mains l'honneur et
la vie des bonnes gens de Gand qui se confient en vous. »

Ses yeux, si doux et tristes à l'ordinaire, brillaient à cette
heure comme deux étoiles. Philippe s'inclina pour baiser les
mains qu'elle lui tendait. « Soyez tranquille, ma mère, dit-il,
je sais quel sang j'ai dans les veines.... »

Comme il parlait, entra Piètre du Bois que dame Marie
n'aimait guère, et elle se préparait à se retirer quand une
pensée lui vint qui la fit asseoir dans son grand fauteuil en
bois sculpté. Piètre rougit et parut troublé : « Nous pouvons parler devant ma mère, » dit simplement Artevelde, et,
s'asseyant à son tour, il raconta quelles nouvelles il rapportait
de Tournai. « Par ma foi, dit Piètre quand son compagnon
eùt achevé son récit, le comte a raison de dire qu'il ne
prendra à merci âme du monde en la ville de Gand, l'un pas
plus que l'autre; c'est son droit et il est bien conseillé de
s'en tenir, car tous y sont participants, les uns comme les
autres. J'en suis venu à mes fins et à celles de mon bon

maître Jean Lyon : les affaires de la ville sont si embrouillées,
qu'on ne sait par quel bout dévider l'écheveau. C'est maintenant qu'il s'agit de prendre le frein aux dents, et l'on verra
bien de quel côté sont les sages et hardis. Dans peu de jours
la ville de Gand sera la plus honorée du monde chrétien ou la

Philippe raconta quelles nouvelles il rapportait de Tournai.

plus abaissée; mais si nous mourons en cette querelle, au
moins n'y mourrons-nous pas seuls. »

Ainsi parlant, Piètre du Bois regardait autour de lui. Bien
assuré de l'assentiment d'Artevelde, il chercha les yeux de
dame Marie; mais sitôt que la pauvre femme rencontra ce
regard hardi et résolu, elle abaissa ses longues paupières en
se signant deux fois de suite, sans cependant quitter la grande

11

chaise à coussins qu'elle occupait auprès de la table. Pière
sourit et se tourna vers Artevelde :

« Pensez cette nuit au récit que vous pourrez faire de ce que
vous avez ouï à Tournai, afin que dociles gens s'en contentent;
car vous êtes grandement en la grâce du peuple, pour deux
raisons : d'abord à cause du nom que vous portez, car votre
père, Jacquemart d'Artevelde, est resté dans le cœur de tous en
cette ville... » — « Où il fut méchamment occis et massacré »,
murmurait dame Marie. Mais Pièrtre du Bois ne paraissait pas
entendre et il poursuivit : « En outre, vous leur parlez toujours
sagement et doucement, en sorte qu'ils vous croiront et vous
obéiront, soit pour mourir, soit pour vivre. Ayez donc bon avis
sur vos paroles. »

Philippe d'Artevelde avait relevé la tête si fièrement et son
regard était si franc, que pour la première fois de sa vie dame
Marie retrouva chez son fils l'image du grand conducteur
d'hommes qu'elle avait aimé et pleuré comme son mari.
« Pièrtre, dit Artevelde, je pense et penserai à si bien remontrer
les besognes de Gand, que nous, qui en sommes à cette heure
gouverneurs et capitaines, y mourrons ou vivrons avec honneur. — Autre chose ne demandai-je, » repartit Pièrtre, et il
s'en retourna dans sa maison.

Lorsqu'il fut sorti, dame Marie s'en vint vers son fils, et
mettant les deux mains sur ses épaules : « Philippe, dit-elle,
cet homme-ci est un hardi et dangereux conseiller qui de long
temps pense à mal faire. — Je le sais, ma mère, répondit
Artevelde; mais à cette heure il ne s'agit plus que de marcher

tout droit pour vivre ou pour mourir... — M'est avis que ce sera pour mourir, » reprit la mère. Mais elle n'y mit pas autre obstacle, et tous deux allèrent se mettre dans leur lit; si ce fut pour beaucoup dormir, ne le demandez pas.

CHAPITRE IX

Ne demandez pas non plus si le peuple vint le lendemain,
qui était un mercredi, sur la place du Marché pour entendre
les nouvelles de Tournai. Telle foule y était que Philippe
d'Artevelde, entouré des capitaines, fut contraint de monter dans
la halle et de parler aux bonnes gens de Gand par les fenêtres.
Il leur dit comment Monseigneur les avait fait attendre ainsi
que les autres traiteurs venus là par charité et pour l'amour
de Dieu, d'abord parce qu'il n'était pas venu et n'avait personne envoyé de sa part, puis en retardant de donner sa
réponse. « Et voici cette réponse, ajouta-t-il, en baissant
un peu la voix qu'il avait bien claire, en sorte que toutes
gens l'entendaient jusqu'au bout du Marché : il veut et dit
qu'autre chose n'accordera que tous les hommes de Gand,
hormis les prélats de l'église et les religieuses dans les
monastères, de l'âge de quinze ans à soixante, tous nu-tête
et nu-pieds, en leurs chemises, la corde au cou, viennent

par le chemin de Deinze jusqu'à Barlescamp; là ils trouveront Monseigneur de Flandre et ceux qu'il lui plaira d'amener. Et quand il nous verra devant lui, tous à genoux et les
mains jointes, criant merci, il aura de nous pitié et compassion..., s'il lui plaît. Mais je ne puis voir en son conseil autre
chose que l'intention de faire mourir honteusement, par
punition de justice ou de prison, la plus grande partie du
peuple qui sera là venu. Or voyez si vous voulez avoir la
paix à ce prix-là. »

Rien ne montre mieux la grande détresse et lassitude du
pauvre peuple de Gand que le premier moment de silence qui
suivit les paroles de Philippe. On entendait pleurer d'un bout à
l'autre du Marché, personne ne parlait, et Piètre du Bois commençait à s'agiter, murmurant entre ses dents : « Du temps de
mon maître Jean Lyon, tous les couteaux seraient déjà hors de
leurs gaines. » Mais Artevelde lui imposa silence, et faisant
signe de la main au peuple en larmes, il reprit : « Bonnes gens
de Gand, vous avez ouï tout ce que je sais, et comprenez qu'il
faut pourvoir à cette besogne sans délai, car il y a bien trente
mille personnes en cette ville qui n'ont point mangé de pain
depuis quinze jours, tant nous sommes en disette de vivres. De
trois choses l'une : Ou il nous faut enclouer toutes nos portes,
confesser nos péchés et nous enfermer aux églises et aux
moutiers, pour y mourir absous et repentis, comme des
martyrs dont on ne veut avoir nulle pitié. Dieu aura pitié de
nos âmes, et par le monde entier on parlera de notre courage
et de notre loyauté. Ou bien il faut faire ce que demande Mon-

seigneur, et nous en aller la corde au cou, hommes, femmes
et enfants, lui crier miséricorde. Il n'a pas le cœur si dur et si
hautain, que lorsqu'il nous verra ainsi humiliés devant lui, il
ne veuille de son peuple avoir merci. Pour l'adoucir d'ailleurs,

Philippe parlant au peuple de Gand.

je lui apporterai ma tête, car je veux bien mourir pour sauver
ceux de Gand... »

Un murmure de reconnaissance et d'admiration courut dans
la foule; mais Philippe, qui semblait ce jour-là tout voir et tout
entendre, s'aperçut bien que peu de gens diraient : Nenni !
nous n'en voulons pas ! » et il se hâta de reprendre : « Voici le
troisième parti que nous pouvons prendre : que cinq à six

mille hommes des plus hardis et des mieux armés s'en aillent
hâtivement chercher le comte à Bruges pour le combattre. Si
nous mourons en ce voyage, Dieu aura pitié de nous et le
monde aussi, car nous aurons vaillamment et loyalement
soutenu notre querelle. Et si nous l'emportons, comme fit
Judith sur Holopherne, le maître de la cavalerie de Nabuchodo-
nosor, ainsi que nos pères nous l'ont raconté, nous serons le
plus beau et le plus fier peuple qui ait régné dans le monde
depuis les Romains. Maintenant c'est à vous de choisir laquelle
de ces trois choses vous voulez faire. »

Alors ceux qui étaient le plus près de la halle et qui entendaient le mieux ses paroles commencèrent à dire : « Ah ! cher
sire, nous avons telle confiance en vous par tout Gand, que
nous ferons ce que vous nous conseillerez et vous obéirons
tous. » De proche en proche courait la même parole, et tout le
Marché criait : « Sire, conseillez-nous ! »

Philippe jeta un regard, un seul, vers un pilier de la grande
salle derrière lequel s'était cachée dame Marie depuis la première heure du jour, avec l'assistance du gardien de la halle
dont elle employait dès longtemps la femme en sa maison. « Je
veux entendre parler mon fils, comme j'ai maintes fois ouï son
père », avait-elle dit. Philippe l'avait aperçue en s'avançant vers
la fenêtre, et c'était elle qu'il cherchait lorsqu'il se pencha sur
le balcon pour répondre aux cris du peuple. « Par ma foi, dit-il,
je conseille que nous allions tous à main armée vers Bruges, et
quand le comte saura notre venue, il sortira pour nous combattre, l'orgueil de Bruges l'y pousse tous les jours. Si Dieu veut

que la place nous demeure et que nous ayons le dessus sur nos ennemis, nous serons les plus honorés du monde ; si nous sommes déconfits, vendant chèrement notre vie, Dieu aura pitié de nos âmes, et le comte, notre sire, recevra à merci le demeurant. »

Alors une seule voix s'éleva de tout le peuple : « Nous le voulons et autrement ne ferons !

— Hâtez-vous donc de rentrer en vos maisons, dit Artevelde, car demain, sans plus tarder, nous partirons pour Bruges. Les connétables passeront par les paroisses pour désigner les plus exercés aux armes et les mieux équipés. Dans cinq jours nous saurons si nous vivrons en honneur ou si nous mourrons dans ce danger. » A quoi tout le peuple répondit : « Dieu aide ! »

Dame Marie s'était glissée à travers la foule, tandis que les gardiens des portes, sur l'ordre de Philippe, s'en allaient à leur poste pour tenir la ville toute close jusqu'au lendemain, afin qu'oiseau du ciel ne pût porter avis au comte de la résolution désespérée qu'avaient prise ses sujets de Gand. Lorsque Artevelde rentra dans sa maison pour se préparer afin de s'armer dès l'aube du jour, il trouva toutes ses besognes soigneusement appareillées et son dîner qui l'attendait, tandis que dame Marie filait comme de coutume en sa chaise. « Cinquante de vos gens ont à manger de par vous ce midi, Philippe, dit-elle, et je voudrais pouvoir nourrir toute la ville, pour les envoyer fermes et de bon courage au combat ; mais la faim en poussera plus d'un, et je sais bien ce qui se dit à cette heure chez la moitié des menues gens, à ceux qui s'apprêtent pour partir :

« N'ayez nulle espérance de revenir, si ce n'est à votre honneur,
car vous ne trouverez rien. Sitôt que nous aurons ouï les nouvelles que vous êtes morts ou déconfits, nous mettrons le feu
à la ville et y périrons nous-mêmes comme gens désespérés. »

Philippe arrangeait sur la table certains papiers et ordon-
nances de son gouvernement, mais il s'arrêta et dit à sa mère :
« Comment avez-vous su cela, mère, et qui vous l'a rapporté? »
Mais elle dit seulement : « Cachée derrière mon pilier, je voyais
le visage des femmes mêlées à la foule, et à mesure que vous
parliez, j'y ai lu ce que je vous dis : soyez bien assuré que c'est
vérité. — Je le crois, » repartit Philippe.

Au lever du soleil, le jeudi matin, ils partirent environ
cinq mille hommes, bien pourvus d'armes, mais non de vivres,
encore qu'ils eussent pris tout ce qui restait dans la ville.
Philippe d'Artevelde était à leur tête, et à côté de lui l'étendard
de la ville de Gand, entouré par les enseignes des cinquante-
deux métiers. Piètre du Bois et Pierre de Winter commandaient
les compagnies, et ainsi marchèrent jusqu'au vendredi soir,
qu'ils s'arrêtèrent à une demi-lieue de Bruges, prenant bonne
place derrière un étang pour attendre leurs ennemis, et se
fortifièrent à droite et à gauche de leurs charrettes, afin d'y
passer la nuit.

Le samedi matin le ciel était beau et clair, à la grande joie
des gens de Bruges qui célébraient ce jour-là fête et processions
en l'honneur de sainte Hélène, le troisième du mois de mai.
Grande foule se pressait dans la ville, venue des villages et des
bourgs environnants, et ceux qui arrivaient par la route de

Gand disaient à tout venant : « Vous ne savez pas? Les Gantois sont postés derrière l'étang, venus à notre procession? » Lorsque le bruit en vint au comte, il dit aussitôt : « Voilà de folles gens et outrageux : nous les irons combattre, tant qu'aucun pied ne s'en retournera; mais au moins sont-ils vaillants, car mieux vaut périr par l'épée que mourir enragés de famine derrière leurs murailles. »

Pendant qu'on s'apprêtait ainsi dans Bruges à combattre les Gantois, dont l'approche n'avait pas laissé de troubler les processions, Philippe d'Artevelde avait fait dire des messes aux autels dressés dans son camp, et prêcher les frères mineurs venus de Gand à la suite de l'armée, après que dame Marie les avait été demander au prieur de leur couvent. Les discours finis, Artevelde fit prendre dans les chars tout ce qui restait des provisions apportées, disant à ses compagnons : « Beaux seigneurs, vous voyez ce que nous possédons, moins grandement que je ne voudrais, mais nous avons laissé moins encore dans notre bonne ville de Gand. Veuillez donc les partager bellement entre vous, comme des frères, sans outrage ni querelles, car, celles-ci passées, il vous en faudra conquérir de nouvelles, si vous voulez vivre. »

Chacun savait bien que Philippe disait vrai : aussi les pains et le vin, distribués par connétablie, parurent-ils bons à tous les assistants, qui se trouvèrent plus forts après le repas et mieux disposés à combattre leurs ennemis. Lorsque ceux-ci s'approchèrent, bien étaient-ils quarante mille des gens de Bruges et huit cent lances, chevaliers et écuyers, avec le comte, desquels disait un grand nombre : « Ils ne sont qu'une poignée et ne peuvent fuir. Le jour est déjà avancé, attendons à demain pour les combattre quand ils seront affaiblis par le manque de nourriture. » Mais ceux de Bruges n'y voulaient entendre par grand'orgueil, et tout prêts étaient à se ruer contre leurs rivaux, tantôt ennemis, tantôt alliés de leur ville.

Les Gantois, les voyant approcher, marchèrent sur eux en bon ordre, faisant tirer leurs canons et ribeaudequins et présentement se trouvèrent mêlés au milieu de leurs rangs, criant « Gand! » et frappant de toutes leurs forces à droite et à gauche.

Les gens de Bruges avaient coutume, disait-on, de faire plus de bruit que de besogne, et ils le montrèrent bien en cette occasion, car dès qu'ils virent venir les Gantois, de front et résolument, comme pour les assaillir âprement, ils se reculèrent les uns sur les autres comme des lâches, pleins de faux et vain courage, et, jetant à bas leurs bâtons et leurs couteaux, ils tournèrent le dos et se mirent à fuir du côté de leur ville. Alors dirent les Gantois : « S'ils ont peur et se laissent déconfire, suivons-les chaudement et entrons avec eux à Bruges! » Et ainsi firent-ils, renversant et tuant tout ce qu'ils rencontraient et passant sur le corps de ceux qui tombaient et gagnant ainsi les portes de la ville aux cris de « Gand! Gand! »

Les chevaliers et hommes d'armes, voyant ce désarroi, et qu'il n'était pas possible de réunir les gens de Bruges pour les ramener au combat, se séparèrent de leur côté, allant l'un de-ci et l'autre de-là, tandis que le comte, dans l'espoir de recouvrer la ville du dedans, fit passer devant lui sa bannière, pressant le pas, si bien qu'il entra lui quarantième dans la place, et aussitôt envoya clercs et messagers de toutes parts pour ordonner que, sous peine de la vie, tout ce qui se trouvait dans Bruges se rendît sur la place du Marché, où il allait lui-même entre deux rangées de falots, lorsqu'il rencontra quelques-uns de ses serviteurs, qui tout troublés l'arrêtèrent :

« Ah! Monseigneur, lui dirent-ils, n'allez pas plus avant, les Gantois sont maîtres du Marché et de la ville; ils attendent pour s'emparer de vous, vif et en santé, disent-ils, car alors ils auront la paix à leur volonté. Bien des gens de Bruges sont en leur compagnie qui les mènent d'hôtel en hôtel, cherchant ceux qu'ils veulent trouver, et vous aurez grand'peine à vous sauver, car toutes les portes sont gardées, et une grosse troupe de Gantois occupe votre hôtel. »

Quand le comte ouït ainsi parler ses serviteurs, il imposa silence à ceux qui le devançaient, criant : « Flandre au lion! Au comte! » Et il leur dit : « Puisqu'il n'y a moyen de rien recouvrer ce jourd'huy, je donne congé à tous de se sauver comme ils pourront, en éteignant les falots. » Ainsi chacun se dispersa au plus vite, et le comte entra dans une étroite ruelle, seul avec son valet Hans Liesde.

Le valet pleurait et semblait tout éperdu, mais le comte marchait son chemin sans se troubler.

Lorsqu'ils furent environ au milieu de la ruelle, Louis de Flandre s'arrêta, commençant lui-même à débander les courroies de son armure, que son valet s'empressa de desserrer; il

fit jeter tout son harnais dans un grand fossé qui se trouvait au
bout du passage, puis posant sur ses épaules la houppelande
du valet : « Va, dit-il, laisse-moi seul et te sauves, si tu peux ;
si tu tombes entre les mains de mes ennemis, garde-toi de dire
où tu m'as laissé. — Je ne parlerais pas pour sauver ma vie,
Monseigneur », dit le valet, et il s'enfuit, laissant le comte en
grande aventure et péril de sa vie, car à cette heure tous les
habitants de Bruges qui avaient embrassé le parti du comte
étaient traînés devant leurs adversaires les Gantois, et mis à
mort sans autre forme de procès.

Il était environ minuit, et le comte allait et venait par la ville
de Bruges, passant par les plus petites ruelles et derrière les
jardins, sans oser entrer dans aucune maison, où il pourrait se
trouver pris, car ceux de Gand le cherchaient de tous côtés. La
fatigue le gagnait cependant, et il aperçut devant lui une porte
ouverte, et tout près une pauvre femme qui faisait écouler dans
la rue l'eau dont elle avait usé pour laver le linge de ses enfants.
Elle ne vit pas le comte, qui entra avec elle dans sa chambre.

Jamais Louis de Flandre ne s'était trouvé en maison de si
pauvre apparence. Elle était tout enfumée, et noire comme la
bouche de l'enfer par la fumée de la tourbe qui s'y brûlait. Le
petit bouge du devant servait de cuisine et par-dessus un
grenier auquel on montait par une petite échelle ; les enfants
de la pauvre veuve y dormaient sur un grabat.

La femme avait allumé un mince fumeron, et elle distingua
à cette faible lueur l'homme qui se tenait devant elle. Effrayée,
elle s'écria ; mais le comte lui mettant le doigt sur la bouche, et

tremblant que quelqu'un ne l'eût entendue de la rue, lui dit à demi-voix : « Femme, sauve-moi, je suis ton seigneur, le comte de Flandre; mais à cette heure, je suis obligé de me cacher, car mes ennemis me poursuivent. Je te revaudrai au centuple le bien que tu me feras. »

La pauvre femme reconnaissait bien le comte, car elle avait été souvent à l'aumône à sa porte, quand il était en autre état et appareil que celui où il se trouvait maintenant. D'ailleurs elle avait perdu son frère dans une des guerres de Bruges avec Gand et regardait toujours les Gantois comme ses ennemis; elle n'hésita pas, mais poussant le comte du côté de l'échelle : « Sire, dit-elle, montez au grenier et cachez-vous sous le lit en lequel dorment mes enfants. » Le comte ne se le fit pas dire deux fois et la femme resta auprès du feu qu'elle avait rallumé pour faire sécher son linge.

Elle allait et venait, ayant pris dans ses bras le dernier de ses enfants qui dormait dans une vieille corbeille, en la cuisine, lorsque deux coups de pommeau d'épée ébranlèrent la porte disjointe. « Eh! qui va là? s'écria la femme très haut pour avertir le fugitif dans le grenier, lequel entendait très bien et mourait d'inquiétude; vous allez enfoncer une porte qui ne tient pas trop bien. »

Au même moment entrèrent deux routiers de Gand qui couraient la ville; ils avaient rencontré une partie de leurs camarades qui poursuivaient un riche bourgeois de Bruges, et ceux-ci avaient crié en passant : « Nous avons vu un homme entrer céans. » Les deux compagnons poussèrent donc la porte.

et ne virent qu'une pauvre femme, des linges étendus par la chambre, et elle allaitant son enfant. Elle se leva. « Que demandez-vous? » dit-elle.

Le logis n'avait pas grande mine. « Femme, dirent-ils cependant, où est cet homme que nous avons vu entrer céans, puis refermer la porte?

— Vous n'en ferez pas autant quand vous sortirez, dit-elle d'un ton fâché, car tous les ais sont disjoints. Je ne vis homme entrer céans cette nuit; mais je suis sortie, il n'y a pas longtemps, pour jeter un peu d'eau, après avoir lavé, et je suis rentrée de suite en refermant la porte. Je ne sais pas où il aurait pu se cacher, je n'ai que cette chambre et là-haut le grenier où dorment mes enfants. »

L'un des deux routiers n'avait rien attrapé dans le pillage commencé aux rues de Bruges, et il aurait bien voulu trouver l'homme dont on lui avait parlé. Il prit sur la table le méchant fumeron et grimpant deux ou trois échelons qui craquèrent sous ses pieds, il mit la tête à l'entrée du grenier. Son camarade s'impatientait. « Que veux-tu chercher en tel lieu? » marmotta-t-il.

La femme l'entendit qui repartit : « Il n'y a par ici que sire Misère et sa dame Famine, et souvent y font-ils plusieurs jours leur logis. »

La lumière que jetait le fumeron était faible et vacillante, fort heureusement pour le comte dont la houppelande s'était écartée pendant qu'il se glissait sous le lit, en sorte qu'on apercevait le pommeau de sa dague tout orné de pierreries; le routier

Au même moment entrèrent deux routiers de Gand.

12

n'aperçut rien et, retirant sa tête, il redescendit un peu plus vite qu'il n'aurait voulu, deux des barreaux de l'échelle se brisant sous son poids.

La femme se fâcha tout à fait. « Par ma foi, dit-elle, vous pouvez vous en aller ; vous avez enfoncé ma porte et rompu mon échelle, c'est assez de mal pour une nuit.

— Allons, la mère, ne grondez pas, repartit l'autre routier, le premier bourgeois que nous dévaliserons, vous aurez votre part. » Et tous deux sortirent de la maison en grommelant : « Nous perdons ici notre temps, il n'y a rien qu'une pauvresse avec ses enfants ! » Et ils s'éloignèrent.

Le comte avait tout entendu et devinait ce qu'il n'entendait pas. Mille pensées traversaient son esprit, tandis que sa vie se trouvait ainsi en danger. Au matin, lorsque les gens des villages, arrivant pour les processions, étaient venus dire que les Gantois étaient campés non loin de la ville, il pouvait se dire : « Je suis un des grands princes chrétiens du monde ! » et à cette heure en quel état se trouvait-il ? A la merci d'une pauvre mendiante de Bruges qui n'avait que sa porte à ouvrir pour le livrer à ceux qui le cherchaient ! Depuis bien des jours, le comte n'avait prié avec tant d'ardeur Notre-Dame et tous les saints du Paradis.

Cependant le jour venait et le comte de Flandre n'avait pas été trouvé des Gantois : plusieurs disaient qu'il était sorti de la ville le samedi et n'y était point revenu depuis sa déroute ; d'autres assuraient qu'on avait vu ventiler sa bannière et que le comte était assurément encore dans Bruges. Ordre était donné de le chercher ; mais si fiers étaient les Gantois de leur victoire, cinq mille affamés contre quarante mille bien repus, à la porte de leurs maisons, qu'ils ne faisaient plus état de chevaliers ni seigneurs et se tenaient pour les plus grands du monde. Philippe d'Artevelde avait pris possession du château du comte, défendant qu'on pillât ni qu'on prît quoi que ce fût par force en aucune maison et voulait que les Gantois payassent tout ce dont ils auraient besoin : ce que quelques-uns trouvaient un peu dur en une ville conquise, comme ils tenaient Bruges.

La première pensée d'Artevelde en se trouvant maître de la place, n'avait pas été pour le comte de Flandre, ni aucun des chevaliers qui l'accompagnaient, mais bien pour la grande détresse et famine qu'ils avaient laissées trois jours auparavant, à leur départ, dans la bonne ville de Gand. Dès le dimanche, Pierre de Winter, avec un fort détachement, avait marché sur Damme et l'Écluse, où se trouvaient grandes provisions de vins et de blés, qui furent sitôt chargés sur des charrettes et dirigés vers Gand, en sorte que moins d'une semaine après le départ de leurs capitaines les gens de Gand se trouvaient rafraîchis et réconfortés de toutes espèces de vivres, et trois villes riches et bien fournies en leur pouvoir. Si pouvait-on bien dire que la grâce de Dieu leur était venue en grand secours.

Dame Marie fut informée de la victoire de son fils, aussitôt que le sire de Harselle lui-même, demeuré, en l'absence d'Artevelde, capitaine et gouverneur de Gand. Et avec les chars de provisions fut apporté un tonnelet de vin des Canaries, que Pierre de Winter avait particulièrement destiné au cellier de sire Philippe, qui aimait fort ce vin. La pauvre mère, qui n'en avait

cure à l'ordinaire, caressait, de ses mains délicates, le bois du
barillet et le fit aussitôt mettre en perce. « Mon fils en boira

Depuis le départ de son fils, elle ne bougeait plus de l'église.

bientôt à son hôtel de Gand », pensa-t-elle, et elle courut à
Sainte-Pharaïlde pour y porter ses actions de grâces et ses
offrandes; depuis le départ de son fils, elle ne bougeait plus de
l'église, prosternée devant l'autel.

CHAPITRE X

Cependant la nuit du dimanche tombée et comme les portes
de la ville de Bruges s'ouvraient pour laisser rentrer quelques-
uns de ceux qui avaient été envoyés au dehors, un homme,
enveloppé d'une houppelande couverte de poussière et de
toiles d'araignée, se glissa entre les arrivants et ceux qui
leur faisaient fête, se trouvant heureusement bientôt en pleins
champs. C'était le comte de Flandre, qui avait quitté la maison
de sa pauvre hôtesse et risqué l'aventure à la porte entr'ouverte
pour les coureurs. « Ils ne feront pas attention à vous! avait
dit la mendiante, vous ne paraissez ni pillard, ni bon à piller. »
Le comte avait vidé sa bourse entre les mains de la pauvre
femme, qui n'avait jamais vu tant d'or de toute sa vie. « Il me
faudra attendre pour changer une de ces pièces, sans quoi
chacun penserait que je l'ai volée », se disait-elle. Le comte
avait voulu détacher aussi l'agrafe de pierreries de son surcot,
mais la pauvresse avait refusé. « Que ferais-je de ceci, si ce

n'est de me faire piller? dit-elle; que Monseigneur prenne mon
fils aîné en ses cuisines et je me tiendrai pour trop heureuse. »
Louis de Flandre se disait en gagnant la campagne : « J'ai été
bien près de ne plus savoir le goût du pain. »

Il avait erré à l'aventure, ne sachant dans quelle direction il
voulait marcher. Il ne connaissait pas les chemins autour de sa
ville de Bruges, ne les ayant jamais suivis seul et à pied : il
s'assit sous un buisson pour réfléchir, et se tenait caché,
lorsqu'il entendit des pas sur la route et bientôt des voix.
« C'est Robert Mareschaux, se dit le comte qui reconnaissait son
chevalier, et aussitôt de dessous les branches pendantes qui le
couvraient : Robert, est-ce toi? dit-il.

— Ah! monseigneur, s'écria sire Robert, comme je vous ai
cherché tout autour de Bruges! Où vous étiez-vous donc
réfugié? — Sous un lit, dit le comte, dans un grenier; mais ce
n'est ci pas le temps de te raconter mes aventures; fais-moi
trouver un cheval, car je suis brisé de fatigue, et mène-moi
par le chemin de Lille, si tu le connais. — Oui, monseigneur, » repartit sire Robert.

Au premier village se trouva une jument dans l'écurie d'un
brave homme, que sire Robert satisfit de son mieux, car le
comte n'avait plus sou ni maille, ayant tout donné à la pauvresse qui lui avait sauvé la vie. Le comte se tenait bien à
cheval sans selle ni couverture et menait sa bête avec une
corde. Comme ils voyageaient ainsi, l'un à cheval et l'autre à
pied, en assez piteux équipage, ils rencontrèrent, les uns après
les autres, bon nombre des chevaliers dispersés de l'armée du

comte, s'en retournant, qui en Hainaut et en Brabant, qui en Hollande ou Zélande, pour attendre les nouvelles qui leur viendraient de la révolte. Les plus assurés d'entre eux n'étaient pas bien fiers, non plus que le comte, et ne furent pas fâchés

Robert, est-ce toi? dit le comte.

de s'en aller chacun de leur côté, sans se longuement entretenir.

Il n'est pas à demander au contraire si les Gantois qui se tenaient à Bruges étaient contents. La nouvelle de leur succès s'était répandue par toutes les bonnes villes et même à Rouen et à Paris, où elles causèrent d'autant plus de joie qu'on n'en osait pas pleinement parler. Le bruit courait, et c'était vérité, que Philippe d'Artevelde menait train de prince dans l'hôtel du

comte, ce qui ne lui coûtait guère, car il avait toute la vaisselle
d'or et d'argent, les joyaux et beaux meubles qui se trouvaient
en l'hôtel, et chaque jour faisait-il au dîner et souper sonner et
corner par ses ménétriers ainsi qu'il lui plaisait bien, car
musique lui avait toujours été un grand délassement. Le château de Mâle avait aussi été pillé et démoli, les fonts baptis-
maux sur lesquels le comte avait reçu le sacrement du baptême
avaient été effondrés et renversés, et toutes les richesses qui
se trouvèrent en cet hôtel favori de Monseigneur, emportées à
Gand sur des chars et charrettes qui sans cesse voyageaient
entre Bruges et Gand, chargées du butin enlevé dans les maisons des bourgeois de Bruges, dont cinq cents des plus considérables avaient été envoyés en otage pour être gardés à
Gand.

Cette fois, Philippe d'Artevelde laissa Piètre du Bois capitaine
de Bruges pour démolir les portes et combler les fossés, puis
se rendit à Ypres, où toutes manières de gens sortirent au-
devant de lui et le reçurent aussi honorablement et bellement
que s'il eût été leur naturel seigneur, venant recevoir leur serment d'obéissance. Les gouverneurs de maintes châtellenies
en firent autant, et plusieurs villes par menaces ou par attrait.
Artevelde se voyait le maître d'une grande partie de la Flandre,
ainsi que l'avait été son père.

« Hélas! disait dame Marie dans sa maison de Gand lorsqu'elle apprenait ces nouvelles, le malheureux s'en va tout doucement par le chemin que son père suivait efforcément, mais
la fin sera la même. » Au lieu de se tenir triomphante et se

réjouir des honneurs prodigués à son fils, elle assiégeait de
ses prières le trône du Dieu tout-puissant. « Seigneur, ayez
pitié de mon pauvre enfant! » répétait-elle cent fois le jour.

La seule ville d'Audenarde repoussa avec mépris les ordres
du nouveau seigneur de Flandre. Le gouverneur, messire Daniel
d'Halewyn, ne s'y trouvait point alors, mais les trois loyaux
chevaliers qui tenaient la place pour le comte répondirent
chaudement qu'ils ne faisaient pas cas des menaces d'un valet,
fils d'un brasseur de miel, et qu'ils ne pouvaient ni ne voulaient donner ou amoindrir l'héritage de leur seigneur le comte
de Flandre, mais garderaient et défendraient sa ville jusqu'à la
mort.

« Nous verrons bien! dit Artevelde lorsqu'on lui rapporta
cette réponse. Et je jure Dieu qu'il en coûtera peut-être cher au
comté de Flandre, et point n'entendrai-je à autre chose jusqu'à ce que j'aie détruit et mis à bas cette cité d'Audenarde
qui est toujours rebelle aux libertés et franchises du beau pays
qui tout entier s'incline à nous. Je vais appeler toutes les
bonnes villes à mon aide. »

Ce disant, il rentra à Gand pour préparer l'armée qu'il comptait mener devant Audenarde, et semblait à l'entendre parler à
cette heure qu'il fût un grand capitaine, élevé aux choses de la
guerre, au lieu d'avoir, jusqu'à quarante ans, pêché tous les
jours dans les rivières de Lys et d'Escaut.

Point n'est besoin de dire avec quelle joie il fut reçu en cette
ville de Gand d'où il était sorti, quelques semaines auparavant, à la tête de cinq mille affamés, résolus à jouer le tout

pour le tout. Jamais le comte de Flandre n'avait reçu pareil accueil, car de son temps la commune de Gand avait été fière et souvent rebelle à l'encontre de son seigneur; mais quant à Philippe, toutes gens l'adoraient comme un Dieu; il avait par son conseil remis la ville en plus grande renommée et puissance que nulle autre en Flandre, et telle abondance de biens qu'on ne saurait dire toutes les richesses qui leur venaient par terre et par mer de Bruges, de Damme et de l'Écluse, tellement que les vivres se donnaient pour rien et que les pauvres de Gand étaient en train de devenir plus aisés en leurs maisons que les riches de Courtrai et de Valenciennes.

Ce fut ainsi qu'en grand triomphe sire Philippe s'en vint descendre dans son hôtel, la seule maison de Gand qui ne fût pas tendue de soie et de tapisseries pour fêter sa venue. Les gens qui l'entouraient en paraissaient un peu étonnés. Philippe souriait et cependant une ombre de tristesse passa sur son front. « Ma mère a déjà vu paraître et disparaître beaucoup de grandeur! dit-il à Pierre de Winter, qui chevauchait à côté de lui : son cœur ne s'est jamais guéri du meurtre de mon père! — Vous êtes plus grand que messire Jacquemart, et plus solidement assis dans la volonté de tous! » dit le capitaine. Mais Philippe secoua la tête. « Il y a bien des manières de tomber! » murmura-t-il.

Artevelde entra seul dans son hôtel. Sa mère l'attendait dans la salle basse, à son rouet. Il semblait que les voiles de son veuvage fussent plus sombres que jamais; mais lorsqu'il la prit dans ses bras, la pressant tendrement contre son cœur, il sur-

prit dans ses yeux baignés de larmes un éclair de joie si profonde, et une telle reconnaissance envers Dieu, qu'il ne put
s'empêcher de baiser en souriant les petites mains frémis-
santes qui se serraient autour de son cou. « Vos pauvres ne
meurent plus de faim, ma mère, dit-il, et je pense que Kathe
a recommencé à fournir de blé les greniers; la dernière mesure
était entamée lorsque je suis parti! »

Elle le regardait tendrement. « Dieu te garde, mon fils! »
dit-elle simplement, et Philippe se sentit redevenir enfant dans
la chapelle de Notre-Dame à Sainte-Pharaïlde. « Qui dirait céans
que je puis tout ce que je veux en long et en large du comté de
Flandre! » pensait-il en lui-même, avec cette douceur que
n'avaient pu absolument détruire tous les hautains conseils de
Piètre du Bois.

Hors de son hôtel et loin de sa mère Artevelde menait état
de prince. Il avait fait acheter par tout le pays les plus beaux
chevaux et destriers qu'on pût trouver, et il était vêtu de san-
guine et d'écarlate, fourré d'hermine et de menu vair comme
aurait pu être le duc de Brabant ou le comte de Hainaut. Il
n'avait jamais pu obtenir de dame Marie qu'elle éclaircît un
peu ses coiffes. « Veuve je suis, et veuve resterai, » dit-elle ; si
bien que les grands dîners et festins, dont il entretenait souvent
les dames et demoiselles de Gand, se tenaient à la maison de
ville sans que sa mère y parût jamais. « Nous avons toujours
eu assez du nôtre, disait-elle ; ce que vous dépensez en vos fêtes
est l'argent de Flandre, et rien n'en ai-je à faire. » Assez
d'autres s'empressaient d'aider sire Philippe à dépenser les

richesses que ses officiers, receveurs et sergents levaient pour
lui chaque jour par toute la Flandre.

Les préparatifs du siège d'Audenarde avançaient cependant,
et de grands pieux et solides merrains commençaient à être
piqués dans l'Escaut au-dessus de la ville menacée, afin que
Tournai ne la pût secourir par eau. Par bonheur pour ceux de
la défense, sirc Daniel d'Halewyn avait prévu ce fait et bien
grandement approvisionné la ville fort à temps. « A votre ordonnance, tout s'est fait, monseigneur, avait-il dit au comte de
Flandre qui lui recommandait sa ville ; j'accepte la charge et le
fait de la garde d'Audenarde et il n'en arrivera pas malheur par
ma faute. — Daniel, repartit le comte, de ce suis-je bien
assuré. »

Cependant dès le neuvième jour de juin, l'armée de toutes
les bonnes villes de Flandre se réunit devant Audenarde, si
bien fournie de toutes provisions et denrées qu'il semblait que
ce fût un marché de toutes les richesses du monde. Aussi
pouvait-on aller et venir, passer et retourner en toute sûreté à
travers ce camp, de Hainaut, de Brabant, de Liège et même
d'Allemagne, mais point n'y venait aucun marchand de France.
Au contraire une grosse troupe de routiers qui s'étaient détachés
du siège pour piller et brûler les châteaux à travers le pays,
entrèrent en Tournaisis et brûlèrent Seclin et plusieurs villages appartenant au roi, avant que les gens de Lille sortissent
contre eux et les renvoyassent bien battus à leur siège.

Le comte de Flandre se tenait tout triste et désespéré à Hes-
din, dans le comté d'Artois dont il venait d'hériter, car sa

mère, la comtesse Marguerite, venait de mourir, qui était femme
d'un grand courage et ne lui laissait jamais perdre espoir.
Lorsqu'elle s'était vue au lit de la mort, elle lui avait dit :
« Allez voir votre fils de Bourgogne, et lui remettez votre querelle. Tant par habileté que par force, il saura bien dompter
ces orgueilleux Flamands. D'ailleurs, son neveu, le jeune roi
Charles, est derrière lui qui brûle de s'armer, à ce que j'ai
appris, et viendra bien volontiers contre ceux de Gand. »

A peine les jours du deuil de la comtesse étaient-ils achevés,
que le comte de Flandre s'en alla à Bapaume où se trouvait le
duc de Bourgogne, occupé aux affaires du roi de France, et
n'avait pu venir à Arras pour les funérailles. Celui-ci le con-
forta très doucement en ses tristesses et lui dit : « Monseigneur,
par la foi que je dois à vous et au roi, je n'entendrai à autre
chose jusqu'à ce que vous soyez hors de vos ennuis et mes-
chances, ou nous perdrons tout le demeurant. Ce n'est pas
chose possible que de laisser cette ribaudaille gouverner le
pays de Flandre : toute chevalerie et gentillesse serait bientôt
détruite et honnie, comme la sainte chrétienté le serait
bientôt. »

De Bapaume, le comte Louis s'en alla à Arras, où il tenait
en prison bien deux cents bourgeois flamands, qu'il avait reçus
en otages lors de la dernière paix. Les pauvres gens étaient
nourris au pain de misère et à l'eau d'angoisse, et chaque jour
leur disait-on qu'on allait leur couper la tête. Mais aussitôt que
le comte fut arrivé à Arras, il les remit tous en liberté, les ren-
voyant chacun dans leurs villes, après leur avoir fait jurer

d'être bons et loyaux envers lui. Ce à quoi ils ne manquèrent
pour la plupart.

Le duc de Bourgogne était parti pour Senlis où se trouvait le
jeune roi, tout occupé des plaisirs et des amusements de son
âge; les ducs de Berry et de Bourbon étaient avec lui; le duc
d'Anjou, naguère régent en France, était parti pour prendre
possession du royaume de Sicile que lui avait laissé en mourant la jeune reine Jeanne. Au premier parler du roi et de
son oncle de Bourgogne, le jeune monarque lui demanda
des nouvelles de Flandre, mais bien étourdiment et sans
presque attendre la réponse. Le duc ne le fatigua donc pas
pour lors de ses conseils; mais comme l'enfant sortait avec ses
compagnons pour s'en aller voler aux champs, le duc de Bourgogne retint son frère de Berry. « J'ai répondu légèrement
à Monseigneur, dit-il, mais pour vous, je puis bien vous dire
que si on n'y met présentement la main, ces orgueilleux Gantois
viendront à détruire toute gentillesse; ils ont déjà détruit et
brûlé Seclin au royaume de France, et si on les laisse faire, le
comté de Flandre ne sera à recouvrer de cent années. »

Le duc de Berry était plus âgé que son frère de Bourgogne,
moins prudent et moins sage, et toujours disposé à complaire
au dernier qui lui parlait. Les communes de Flandre n'avaient
pas envoyé vers lui et il était tout disposé à leur disputer l'héritage de son frère. « Nous parlerons de ceci au roi, dit-il;
vous et moi sommes les premiers de son conseil, et, le roi
informé, nul n'ira au contraire de notre vouloir. Mais pour
en venir à la guerre contre la Flandre qui depuis si longtemps

est en paix avec le royaume, il faudra consulter les barons, les prélats et les bonnes villes de France. Nous ne saurions engager si grande affaire sans la générale bonne volonté du royaume, car le roi est jeune, et s'il arrivait quelque malheur, on dirait qu'à tort l'avons-nous entraîné. » Le duc de Bourgogne n'avait jamais entendu son frère si bien dire. « Il sera fait comme vous le conseillez, » lui répondit-il.

Comme ses oncles parlaient ensemble, le jeune roi entra dans la salle où ils se tenaient; une pluie d'orage était survenue qui l'avait empêché de lancer son épervier, lequel il portait sur le poing tout encapuchonné, lorsqu'il vint se mêler au discours de ses oncles, et leur dit en riant : « De quoi parlez-vous, beaux oncles, en si grand conseil? Dites-le-moi, je vous prie, si c'est chose que je puisse savoir. »

Les deux ducs se consultèrent du regard : l'occasion était bonne et point ne la fallait-il laisser échapper. « Oui, monseigneur, dit le duc de Berry, que son frère laissait volontiers opiner le premier lorsqu'il s'agissait de parler, ceci est une affaire qui vous regarde grandement. Voici votre oncle, mon frère de Bourgogne, qui se plaint à moi de ceux de Flandre : les vilains du pays ont chassé de son héritage le comte leur seigneur et tous les gentilshommes; ils sont à cette heure plus de cent mille Flamands à assiéger la ville d'Audenarde, qui n'a pas voulu trahir son seigneur. Ils ont là un capitaine, Philippe d'Artevelde, pur Anglais de cœur et de courage, comme l'était avant lui son père Jacques d'Artevelde; il a juré qu'il ne partirait pas de là qu'il n'ait à sa merci tous ceux de

13

la ville, et il en viendra à bout, à moins qu'il ne vous plaise d'y mettre la main. Qu'en dites-vous ? Voulez-vous aider votre cousin de Flandre à reconquérir son héritage que des vilains lui ont arraché par orgueil et grande déloyauté ? »

Les yeux du jeune roi brillèrent d'un éclat inaccoutumé. « Par ma foi, répondit-il, beaux oncles, j'en ai grande volonté ; pour Dieu, allons-y, je ne demande autre chose que de m'armer. Ce sont ces vilains de Flandre qui donnent le mauvais exemple à nos communes de Paris et de Rouen et je suis résolu de m'armer pour la première fois contre eux, comme je le dois faire, si je veux régner en puissance et en honneur ! »

Les deux ducs pensèrent en eux-mêmes que leur affaire était bien et facilement faite, mais ils remontrèrent gravement au jeune monarque qu'il lui fallait assembler les prélats et nobles de France, pour leur exposer sa volonté : « Vous leur parlerez haut et clair comme vous venez de nous parler, reprit le duc de Berry, et tous diront : Nous avons un roi de haute entreprise et de bon courage.

— Par ma foi, avec mes beaux oncles, répondit le jeune roi, hâtez-vous donc, je voudrais que ce fût demain, car dorénavant je n'aurai pas d'autre pensée que de chevaucher pour aller abattre l'orgueil de ces Flamands. »

Les lettres missives contenant l'ordre du roi aux prélats et nobles du royaume ne tardèrent pas en effet à être envoyées ; mais le roi trouvait le temps long, et il disait souvent que tant de parlements ne servaient à rien pour faire bonne besogne. « Nous ne faisons qu'avertir nos ennemis, répétait-il. — Vous allez au-devant de grands périls, monseigneur, répondaient ses conseillers, et vos nobles doivent donner leur avis à ce sujet. » Le petit roi secouait la tête avec impatience. « Oui, oui ; mais qui rien n'entreprend, rien n'achève ! » criait-il. Et tous les seigneurs auguraient bien de cette ardeur guerrière du jeune monarque.

Le bruit des préparatifs du roi de France était arrivé jusqu'à Gand, énormément fier d'être admis à se mesurer directement avec cette fameuse chevalerie française dont la réputation militaire n'avait pas d'égale, fût-elle vaincue, comme à Crécy et à Poitiers. « Si les Anglais n'avaient pas eu leurs archers ! disait-on communément en Flandre, les choses eussent été autrement pour eux. » Les Flamands n'étaient pas exercés au tir de l'arc, mais ils comptaient sur leurs ribaudequins ou petites pièces d'artillerie montées sur une légère brouette, et surtout sur les bâtons noueux qu'ils portaient tous à la main en enlaçant les uns dans les autres leurs robustes bras. « Nous sommes entrés parmi les gens de Bruges comme dans du beurre, disaient entre eux les Gantois restés à la garde de la ville conquise avec Piètre du Bois ; à plus forte raison ne ferons-nous qu'une bouchée des fantassins français. Les capitaines combattront les chevaliers du roi et ceux du comte. »

Philippe d'Artevelde ne savait rien de l'art de la guerre ; on s'en apercevait, disait-on, à la façon dont il avait posté ses troupes devant Audenarde ; mais il avait trop de sens naturel pour ne pas juger que la puissance de Gand, quelque grande qu'elle fût, exaltée dans l'esprit de tous par les succès récents, était hors d'état de lutter contre les forces du roi de France, venant au secours du comte de Flandre et du duc de Bourgogne. Comme il se trouvait à Gand, où il venait parfois pour assister au Conseil de ville et régler les levées d'hommes et d'argent partout ordonnées en Flandre, il se prit tout d'un coup à consulter dame Marie, ce qui ne lui arrivait guère d'ordinaire. Mais c'était elle qui lui semblait un lien subsistant encore entre lui et l'Angleterre; jeune mère, elle avait remis son fils premier-né entre les bras de la reine Philippine pour le présenter au saint baptême; les souverains anglais avaient habité dans sa maison, dîné à sa table; elle avait prodigué ses soins à l'enfant royal qui avait vu le jour sous son toit et qui était devenu le duc de Lancastre....

« Que diriez-vous, ma mère, demanda-t-il abruptement, si je demandais au roi anglais de nous venir en aide? Le roi de France a bien des gens. »

Dame Marie déposa devant elle les pesantes lunettes dont elle était obligée maintenant de se servir pour lire dans ses Heures, le seul livre qu'elle eût jamais dans les mains. « Je m'étonnais que vous ne l'eussiez pas encore fait, dit-elle; l'oncle du petit roi a maintes fois dormi dans le même berceau que vous. »

Quelque respect que Philippe eût pour sa mère, il ne pouvait s'empêcher de se dire intérieurement que c'était bien là raison de femme et non de celles qui gouvernent les princes. Mais dame Marie reprit presque aussitôt : « Puisque le roi de

Philippe consulta dame Marie.

France ne veut pas écouter les raisons que vous lui avez sans doute données de vos querelles avec Monseigneur. »

Artevelde rougit violemment. « Je ne lui ai donné aucune raison, » dit-il, et soudain il lui sembla qu'il avait mal fait et que le bon sens de sa mère n'était pas à dédaigner en fait de conseil. Elle reprit : « Ne lui avez-vous pas demandé de vous remettre en paix avec votre seigneur? » Et elle levait les mains au ciel.

« Non, j'ai mal fait! et j'y vais remédier de ce pas, » répondit Artevelde plus vivement qu'il n'avait coutume de faire, et il courut au Conseil de ville qui venait de s'assembler. Il fut aisément cru de sa proposition et la lettre écrite au roi de France.

Les jours s'écoulaient et le messager envoyé en France ne revenait pas. « J'ai fait ce que vous m'avez dit par grande raison, chère mère, commença Artevelde en descendant de cheval à la porte de son hôtel, revenant d'Audenarde, et point n'ai-je nouvelles du roi de France. Le duc de Bourgogne le gouverne, car ce n'est qu'un enfant; le comte est vieux et lassé, mais son gendre ne laissera point les affaires en cet état, et il nous va falloir combattre toute la puissance de France !

— Vous l'avez bien voulu, Philippe, vous et vos Gantois, Piètre du Bois le premier, mais à cette heure aidez-vous des Anglais, en écrivant au duc de Lancastre; on le dit puissant dans le Conseil de son neveu, et, je vous l'ai dit, les mêmes bras et le même berceau vous ont tous deux reçus.

— Il me faut parler de cette affaire au Conseil, » dit Philippe,

plus doux et conciliant, à ce faîte de sa puissance, que n'avait
été son père avant lui. Les capitaines étaient pour la plupart
à l'armée. « Je ne suis pas pressé que les alliances avec l'Anglais soient faites, dit Artevelde aux bourgeois réunis autour de
lui et dont quelques-uns tremblaient de peur sous leurs robes
de conseillers, effrayés qu'ils étaient par la charge de gouverner
les affaires de Flandre ; ce qu'il nous faut, c'est faire savoir en
France que nous nous sommes adressés aux Anglais. J'ai aussi
pensé que les gens que nous enverrons en Angleterre devront
d'emblée réclamer les deux cent mille écus que Jacques d'Artevelde, mon père, prêta à Édouard, lorsqu'il était devant Tournai. Ce serait finance qui nous viendrait aujourd'hui bien à
point, et jamais les Anglais ne seront-ils plus empressés à nous
en servir qu'à ce jour d'hui, car nous leur pourrions donner
une belle entrée en France qui leur est toute close par Bretagne, excepté Brest, car le duc de Bretagne a juré être bon
Français pour l'amour de son cousin le comte de Flandre. »

Tout le Conseil répondit : « Philippe, vous avez bien parlé
et sagement, pour le bien des bonnes villes de Flandre. » Ainsi
partirent tôt après dix-huit bourgeois de Gand qui passèrent la
mer et chevauchèrent promptement vers Londres où se tenait
le jeune roi Richard, et bien venus étaient-ils, sur la route, des
communes d'Angleterre, qui n'avaient pas oublié les anciens
services des Flamands et disaient que ces Gantois étaient de
braves gens d'avoir déconfit leur comte avec toute sa puissance.

Les seigneurs du Conseil n'étaient pas d'aussi bonne

volonté que les communes pour l'ambassade des Gantois, car
gentillesse a coutume de se tenir ensemble par tous pays, et
les Gantois avaient une mauvaise renommée. Ils furent cependant admis devant le roi Richard, et réclamèrent hardiment
leurs deux cent mille écus, tout en offrant l'entrée de leur pays
au roi d'Angleterre et l'alliance des Flamands. « La Flandre est
sans seigneur, dirent-ils, et quand le roi d'Angleterre y voudra
arriver, il trouvera le pays ouvert et tout appareillé pour s'y
reposer et rafraîchir tant qu'il lui plaira, et emmener avec lui
de Flandre cent mille hommes armés; mais c'est l'intention
des bonnes villes, avant que les alliances passent plus avant,
que la somme dessus dite soit payée en beaux deniers comp-
tants; par là le roi d'Angleterre et les siens feront savoir
qu'ils sont vraiment amis avec les Flamands. »

Les seigneurs du Conseil d'Angleterre se regardèrent, et
quelques-uns se prirent à sourire. Le trésor du roi Richard
n'était pas bien pourvu, car beaucoup de gens y puisaient
à pleines mains qui ne l'auraient pas dû faire, et la révolte
suscitée par John Ball avait rendu difficile de toucher les
impôts.

Le duc de Lancastre, le même qui était né sous le toit de
Jacques d'Artevelde, ainsi que le disait Philippe dans la lettre
particulière qu'il venait de recevoir des ambassadeurs flamands, se tourna vers ceux-ci, disant courtoisement : « Beaux
seigneurs de Flandre, vos paroles demandent conseil, nous
vous répondrons ci-après, » et les Gantois se retirèrent en
disant : « Dieu y ait part ! »

A peine les huissiers de la chambre avaient-ils fermé la porte
derrière eux que tous les seigneurs anglais se mirent à rire
entre eux, disant bien haut : « Avez-vous vu ces Flamands et
l'audace de leurs requêtes ! Ils demandent à être secourus, ils
en ont besoin, disent-ils ; mais avec tout cela ils sont marchands, et il leur faut notre argent. — Ce n'est pas requête
raisonnable que nous aidions et que nous payions... une dette
de quarante ans, » disait le duc de Lancastre qui avait lu la
lettre de Philippe d'Artevelde et trouvait le Flamand bien
présomptueux de rappeler les services qu'avait naguère rendus
son père Jacques d'Artevelde au roi Édouard de glorieuse
mémoire. « L'exemple de ces Flamands tourne la tête à nos
gens ! » disaient les seigneurs, qui ne se pressaient pas de
donner réponse aux Gantois, lesquels s'ennuyaient grandement, attendant en leur hôtellerie que le Conseil d'Angleterre
voulût bien les renvoyer en Flandre avec les bonnes nouvelles
et promesses sur lesquelles comptaient Philippe d'Artevelde et
ses capitaines.

Cependant le comte de Flandre était venu vers le roi Charles
de France, qui se tenait à Péronne, pour lui faire son hommage du comté d'Artois qui lui était récemment échu par
l'héritage de la comtesse Marguerite, sa mère, et grandement
fut réconforté par la guerrière ardeur qu'il trouva chez le
jeune monarque. « Beau cousin, dit celui-ci au comte, nous
vous remettrons prochainement en l'héritage de Flandre, et
abattrons tellement l'orgueil de ce Philippe d'Artevelde et des
Flamands, que jamais dorénavant ils n'auront envie ni puis-

sance de se rebeller. » Le comte de Flandre s'en partit bien satisfait.

Le bruit des promesses du roi à Louis de Mâle et de l'imminence de son entrée en Flandre arriva promptement à Philippe d'Artevelde, qui se tenait devant Audenarde, la seule ville de Flandre qui ne fût pas alors dans son obéissance, sauf Tenremonde. Il feignait de n'en tenir aucun compte. « Par où pense ce roitelet entrer en Flandre? disait-il bien haut. Je ferai tellement guetter tous les passages et entrées, que de cette année il ne sera en leur puissance de se trouver en deçà de la Lys. » Cependant il eut en idée que bon serait et utile d'aller affermir et confirmer toutes les bonnes villes en leur résolution de résistance et s'en vint tantôt à Bruges où se tenait toujours Piètre du Bois, avec lequel il convint de la garde de tous les passages. « Il leur faudrait venir le long de la rivière par Saint-Omer et Bergues, dit-il, mais en ce chemin trouveront tant d'empêchements, d'ornières et de mauvais pas, qu'ils ne se pourront tenir ensemble, avec cela que voici l'hiver où il ne fait pas bon chevaucher. Vous les verrez tantôt tous perdus. »

Piètre du Bois était encore plus orgueilleux que Philippe d'Artevelde, mais il avait plus longuement combattu et connaissait mieux la vaillante impétuosité des chevaliers français; il aurait bien voulu se voir secourir. « N'avez-vous point de nouvelles de nos messagers en Angleterre? — Nenni, dit Artevelde, et je m'en émerveille. Le parlement est maintenant à Londres, et nous ne pouvons tarder à ouïr parler d'eux. Le

roi de France ne se peut tant hâter que nous ne soyons auparavant secourus des Anglais. Le roi Richard fait peut-être déjà
son mandement et verrons-nous paraître les nefs des Anglais
une nuit que nous ne nous y attendrons pas, car le vent est bon
pour sortir d'Angleterre à volonté. »

CHAPITRE XI

DÉFAITE DES FLAMANDS AU PONT DE COMINES.

Cependant le roi de France et ses gens, excités par le duc de Bourgogne, s'étaient plus pressés que ne croyait Philippe d'Artevelde, accoutumé à la lenteur de mouvement des Flamands. Les chefs et capitaines de toutes les batailles étaient déjà ordonnés, et les seigneurs rassemblés autour du roi à Seclin qui tenaient conseil par où ils pourraient entrer en Flandre dont tous les passages étaient bien gardés. Il pleuvait tous les jours et le temps était froid, car on était en novembre, et disaient certains sages, qu'on aurait bien dû attendre l'été pour guerroyer en Flandre et y amener le roi. Le sire de Clisson, connétable de France, n'avait jamais combattu de ce côté-là, et demandait s'il ne se trouvait pas certains gués ou passages par lesquels on pût traverser la rivière de Lys. « Il n'y a nul gué, messire, lui dit-on, et, sur les bords, des marécages à travers lesquels on ne saurait chevaucher.

— Mais d'où vient-elle en amont ? insistait le connétable.

— Du côté de Saint-Omer. — Ah ! si elle a un commencement nous trouverons bien moyen de la passer. Allons vers Saint-Omer, traversons la rivière et allons combattre ces Flamands à Ypres ou devant Audenarde, sans plus tarder ; ils sont tellement orgueilleux et entêtés, qu'ils viendront contre nous sans crainte. » D'autres proposaient divers passages, mais tous les gens qui connaissaient le pays savaient bien que la saison n'était pas bonne pour chevaucher en Flandre. Le connétable finit par décider d'attaquer avec l'avant-garde le pont de Comines. « Nous y exploiterons au mieux que nous pourrons, » dit-il.

Dès la pointe du jour, le lundi matin, sire Olivier de Clisson se mit donc en marche, avançant sans difficulté, car les gens du comte de Flandre les dirigeaient ; mais, en arrivant au pont, les coureurs le trouvèrent défait et Piètre du Bois avec des gens au pied de la chaussée une hache à la main tout prêts à défendre le passage au cas qu'on voulût entreprendre de refaire le pont.

Le connétable et ses chevaliers hâtèrent le pas sur le rapport des coureurs ; mais lorsqu'ils furent devant la rivière ils se regardèrent entre eux : « Comment passer à l'autre bord sans pont ni bateau ? » Les valets furent envoyés le long de la Lys pour chercher un gué, mais ils revinrent disant qu'il n'y avait aucun endroit où passer des chevaux. Il fallut s'arrêter là, dans l'espoir de faire venir le lendemain, par la rivière, des nefs et des claies qui permettraient de refaire le pont, si tant était qu'on pût naviguer, car les Flamands avaient planté de toutes parts des pieux dans le lit de la rivière pour empêcher qu'on y pût passer.

Le connétable et tous ses capitaines étaient donc dans un grand embarras au bord de la Lys, ne sachant comment traverser pour aller combattre les Flamands qui les attendaient en riant d'eux, dans la ville de Comines. Ils étaient bien neuf mille sous les ordres de Piètre du Bois.

Dans le premier détachement de l'avant-garde venant de Lille à Comines, se trouvait, avec dix chevaliers et écuyers de Hainaut et d'Artois, un certain sire de Saint-Py qui bien connaissait le pays, et qui dit à ses compagnons : « Si nous avions seulement deux ou trois batelets que nous pussions lancer la nuit sur la rivière en dessous de Comines, la Lys n'est pas large en cet endroit et avec des cordes attachées aux estacades, nous pourrions bientôt faire passer bon nombre de gens qui prendraient l'ennemi par derrière ; nous gagnerions alors sur eux le passage, car il ne faudrait embarquer que les meilleurs aux armes. »

Ainsi dit, ainsi fait, et le soir venant, dans des batelets, qui passèrent et repassèrent avec des cordes attachées au rivage, sans que les Flamands s'en fussent aperçus, si bon nombre de chevaliers et écuyers se trouvèrent à l'autre bord, que messire Louis de Sancerre vint avertir le connétable. « Je ne sais ce qu'ils font, dit-il, et si le moyen qu'ils ont imaginé est possible pour grand foison de gens, mais je crois qu'une certaine quantité de gens ont déjà passé, et que tous se pressent pour les suivre. »

Le connétable se retourna vers un grand baron de Bretagne qui se tenait à son côté. « Sire de Rieux, dit-il, allez donc voir à ce passage ce que ce peut être, et si nos gens sont à l'autre bord, comme on nous dit. » Le sire de Rieux y alla et quand il vit que bien cent cinquante avaient déjà passé, mit pied à terre et dit qu'il ne retournerait pas vers le connétable, mais s'en irait avec les autres, et ainsi fit.

Le bruit de son passage revint cependant au connétable, qui réfléchit un peu, puis donna l'ordre de tirer sur les Flamands qui gardaient la tête du pont, pour les occuper et détourner leur attention de l'entreprise hardie qu'avait imaginée le sire de Saint-Py. Piètre du Bois et les siens étaient d'ailleurs si assurés qu'aucun passage n'était possible, qu'ils n'épiaient nullement la rive, mais regardaient toujours en se moquant du connétable et des chevaliers arrêtés en face du pont rompu.

Cependant, comme les dernières lueurs du soleil couchant tombaient sur les armures des chevaliers qui venaient à cette fois de passer l'eau, Piètre du Bois et ceux qui se tenaient à côté de lui les aperçurent pour le premier coup ; ils étaient rangés sur la chaussée et virent les hommes d'armes qui étaient réunis vers le bord de l'eau. « Eh! dit Piètre, par quel diable de chemin sont venus ces gens-ci et comment ont-ils passé la Lys? Ils ont dû naviguer en barques et baquets tout le long du jour, car il n'y a ni pont ni passage d'ici à Courtrai. Ce sont de vrais démons enragés! » Les Flamands qui s'étaient rapprochés du capitaine n'étaient pas bien rassurés à cette

pensée; cependant quelques-uns d'entre eux demandèrent :
« Faut-il descendre pour combattre?

— Gardez-vous en bien, repartit Piètre du Bois; ils ne peuvent nous échapper, étant en notre pays et du même côté que nous. Quand ils auront passé toute la nuit dans l'eau sans manger et seront las, sans refuge, nous en viendrons aisément à bout, car ils ne sont pas bien nombreux, et ne seront pas réconfortés des leurs qui restent là-bas sur l'autre rive. »

Le maréchal Louis de Sancerre avait fini par rejoindre ses amis et compagnons sur le bord de la rivière, et lorsque le connétable le sut, les voyant, aux derniers rayons du jour, remonter en une belle petite bataille du côté de Comines, il entra en une si grande colère et tristesse, qu'il se promenait tout le long de la Lys, arrachant à pleines mains sa barbe grisonnante! « Ah! saint Yves! ah! saint Georges! ah! Notre-Dame! criait-il si fort que sa voix allait jusqu'aux Flamands bien ordonnément rangés sur la chaussée à l'autre bord de la rivière; qu'est-ce que je vois là? Je vois la fleur de notre armée qui s'est mise en cruel parti! Pas un valet parmi tant de chevaliers et d'écuyers! Certes, je voudrais être mort quand je vois qu'ils m'ont fait un si grand outrage! Ah! messire Louis de Sancerre, je vous croyais mieux trempé et de meilleur sens que vous n'êtes! Comment avez-vous osé laisser passer tant de nobles chevaliers et vaillants hommes d'armes en terre d'ennemis peut-être forts de dix ou douze mille de ces orgueilleux Flamands qui n'en prendront aucun à merci, en cas que nous ne puissions pas les secourir à leur besoin. Ah! Rohan!

14

Ah! Mauny! Ah! Malestroit! Ah! Conversant! Je vous plains de vous être mis en une telle situation sans mon conseil! Pourquoi suis-je connétable de France? Si vous vous perdez, on s'en prendra à moi, et l'on dira que je vous ai envoyés en telle folie! »

Ainsi parlait messire Olivier de Clisson, qui dès le premier moment avait défendu que personne s'aventurât à travers l'eau. Mais lorsqu'il vit combien de vaillants hommes d'armes se trouvaient à l'autre bord, il dit tout à coup de la voix claire d'un homme habitué à commander : « Je livre présentement le passage à tout homme qui passer voudra ou pourra. » Tous les bateaux ou baquets se trouvèrent aussitôt à l'eau, remplis jusqu'au bord des chevaliers qui s'empressaient sur la rive, car chacun savait bien que c'était le dernier jour qu'on pût passer, tandis que sous les ais disjoints du pont se tenaient dans le marais bon nombre de ceux qui les avaient devancés, leurs lances toutes droites devant eux, à la grande inquiétude des Flamands qui avaient assez à faire pour se garder des traits que leur lançaient les arbalétriers restés autour du connétable et à son obéissance.

Or sachez que les Français qui étaient passés se trouvaient dans la boue jusqu'aux chevilles. Ainsi restèrent pendant toute cette longue nuit d'hiver, aux approches de décembre, en leurs armures, debout sur leurs pieds, le bassinet en tête, sans boire et sans manger. Ils voyaient au-dessus d'eux tous ces Flamands qu'ils n'osaient aller assaillir ni attaquer, attendant le jour et l'assaut de l'ennemi. « Quand ils viendront à nous,

Le passage de la Lys

avaient-ils dit, nous crierons tous d'une voix, chacun son cri, ou le cri du seigneur à qui il appartient, quoique les seigneurs ne soient pas tous ici. Ils seront ébahis, et nous férirons sur eux à grande volonté. Il est bien possible que nous puissions par Dieu les déconfire, car ils sont mal armés, et nous avons nos glaives de Bordeaux, ainsi que nos épées. Jamais les haubergeons qu'ils portent ne les pourront défendre d'être traversés d'outre en outre. »

Toute la nuit durant, froide et pluvieuse, le sire de Saint-Py, qui avait été dès l'abord le conduiseur de cette entreprise, resta aux écoutes, allant et venant du côté des Flamands en se tapissant pour mieux voir ; il se rapprochait alors de ses compagnons, disant bien bas : « Les ennemis se tiennent loin ; peut-être viendront-ils avec le jour, que chacun se tienne prêt. » Ayant ainsi fait plus de dix fois, comme l'aube commençait à luire, il revint plus vite que de coutume. « En avant, seigneurs, dit-il, il n'y a plus qu'à bien combattre ; les larrons viennent à petits pas, bien serrés entre eux. Vous les aurez tantôt ici, car ils croient nous surprendre. C'est à nous maintenant de nous montrer bonnes gens d'armes. »

A ces mots, vous auriez vu les chevaliers et écuyers abaisser leurs glaives à longs fers de Bordeaux et les empoigner de grande volonté, poussant leurs cris de guerre comme les Flamands approchaient, si bien que le connétable qui n'avait guère reposé cette nuit-là, les entendit aussitôt et dit : « Voilà nos gens qui combattent, Dieu leur soit en aide, car nous ne pouvons encore les secourir. »

Arrivant contre les chevaliers français, Piètre du Bois en avant, les Flamands se trouvèrent donc accueillis par le fer tranchant et affilé des glaives de Bordeaux, lesquels transperçaient les mailles de leurs cottes aussi aisément que si c'eût été de la toile doublée; et passaient tout outre et les enfilaient à travers le ventre, les poitrines et les têtes. A chaque pas, les Français avançaient, gagnant terre sur eux, et les repoussaient sans que les plus hardis osassent résister. Piètre du Bois, des premiers, eut l'épaule transpercée et une blessure au visage, si bien qu'il serait mort si ses gens ne se fussent jetés sur lui et ne l'eussent emporté hors de la presse.

La boue était si épaisse sur la chaussée qui conduisait à Comines, qu'on y enfonçait jusqu'à mi-jambe. Les gens d'armes de France commençaient à occire et à abattre les Flamands par centaines, les forçant toujours à reculer vers la ville, et par-dessus tout le bruit de la bataille retentissaient leurs cris : « Saint-Py ! Laval ! Sancerre ! Enghien ! Antoing ! Verstaing ! Sconnevort ! Salm ! Hallewyn ! » tandis qu'ils commençaient à gagner les faubourgs de Comines, auxquels ceux qui se trouvaient là avaient déjà mis le feu, pour les faire reculer.

Dans la ville, les gens avaient pris peur et se sauvaient aux champs par derrière ; les uns couraient de village en village pour donner l'alarme et faire sonner le tocsin, les autres entraînaient après eux leurs femmes et leurs enfants avec ce qu'ils avaient de plus précieux dans l'espoir de gagner Ypres ou Courtrai, laissant leurs maisons pleines de meubles, linges,

grains et bestiaux de toutes sortes que trouvèrent à leur conve-
nance les vaillantes gens de France qui avaient traversé la
rivière de Lys à si grand péril, et qui maintenant entraient sans
résistance dans la place pêle-mêle avec les Flamands qu'ils
poursuivaient.

Cependant le connétable avait donné congé à ses gens de

Les Gantois s'enfuyaient.

rétablir le pont de leur mieux, et passaient les uns de poutre
en poutre sur leurs boucliers, tandis que les autres replaçaient
les planches qu'ils avaient trouvées sous leur main, et
bouchaient les trous avec des claies qu'on avait apportées
pendant la nuit. Il y avait presse sur le pont, car chacun avait
hâte d'aller secourir ceux qui combattaient, si bien que tout

était prêt, réparé et passé, lorsque les gens du comte de Flandre arrivèrent, bien six mille hommes. Le connétable les envoya refaire le pont de Warneton qui était aussi détruit, afin que le charroi pût passer la rivière plus aisément.

Le roi et ses seigneurs apprirent bientôt la nouvelle à l'abbaye de Marquette où ils étaient logés et, montant à cheval, s'en vinrent tout droit sur Comines, d'où le connétable avait balayé tous les Flamands. On l'apprit aussi au siège d'Audenarde et si vint-on dire à Philippe d'Artevelde que six mille des leurs avaient été occis, et Piètre du Bois mort.

CHAPITRE XII

Alors dit le sire de Harselle, qui aisément ne se laissait troubler en mauvaise aventure : « Allez-vous à Gand, Philippe, querir l'arrière-ban de notre ville, et, laissant assez de gens pour garder la place, revenez-nous ; nous irons avec toute notre puissance vers Courtrai. Peut-être le roi de France hésitera-t-il à avancer trop loin dans le pays, vous voyant venir à lui avec tant de forces. En attendant, nous aurons des nouvelles de nos gens qui sont à Londres, ainsi que des Anglais.

— C'est bien dit, repartit Philippe, mais je m'étonne de n'avoir pas encore entendu parler d'eux, car ils savent bien que par la Flandre ils auraient au royaume de France la plus belle entrée du monde. Cependant je m'en vais à Gand, et mettrai sur les champs soixante mille têtes armées, comme on dit qu'a le roi de France. Si Dieu me fait la grâce de le déconfire, avec le bon droit que nous avons, je serai le plus honoré du monde ; si je suis déconfit, pareille fortune est advenue à plus grand seigneur que je ne suis. »

Ainsi Philippe chevaucha vers Gand, lui trentième, et comme il s'arrêtait pour regarder quelques écuyers sortis d'Audenarde pendant la nuit pour escarmoucher avec l'armée, il aperçut, venant au-devant de lui du côté de Gand, un héraut d'armes qu'il reconnut sur-le-champ aux armoiries de son surtout pour être Chandos, le roi d'armes d'Irlande.

« Voici enfin des nouvelles d'Angleterre ! » s'écria Philippe, et tout joyeux, il piqua des deux vers le nouveau venu. « Que m'apportez-vous ? demanda-t-il aussitôt au héraut. — Sire, dit celui-ci, cinq de vos bourgeois reviennent avec un chevalier anglais, sire Guillaume de Farrigton ; je les vis à Douvres, ils vous apportent des lettres dont vous serez content, par les grandes alliances qu'elles vous promettent....

— Ah ! dit Philippe, vous m'en contez trop long, le temps des promesses est passé ; il sera trop tard. » Et il reprit son chemin vers Gand, toute la joie et l'espérance ayant disparu de son visage.

Ce fut avec le même aspect de sombre tristesse qu'il mit pied à terre devant son hôtel. Dame Marie, à la fenêtre de la salle basse, attendait comme elle faisait chaque jour et tout le jour depuis que son fils était parti. Elle lui tendit les bras à son entrée. « Vous venez me dire adieu ? » dit-elle.

Artevelde fit un grand effort sur lui-même, pensant au Conseil de ville qu'il allait convoquer. « Il la faut rassurer à tout prix, » se disait-il, et se penchant vers sa mère pour l'embrasser : « Je

vous viens demander votre bénédiction avant de m'en aller
contre l'armée du roi de France. N'est-ce pas bien de l'honneur
pour un si petit seigneur que moi ? » dit-il en souriant.

Dame Marie ne riait pas ; elle s'était levée de sa chaise et
passait ses deux bras autour du cou de Philippe. « Beau très
doux fils, beau tendre fils, murmurait-elle à son oreille, comme

Que m'apportez-vous ? demanda Philippe.

la reine Blanche de Castille à son fils saint Louis partant pour
la croisade, je ne vous verrai plus, le cœur me le dit bien ! Je
ne vivrai pas longtemps après vous, la gloire des Artevelde sera
finie ! »

Philippe ne répondit pas : soutenant les membres trem-
blants de sa mère, il la replaça sur son fauteuil, puis le cœur
gonflé, les yeux gagnés par les larmes, il baisa deux fois son

front encore blanc et lisse, ainsi que ses mains délicates.
« Adieu, ma mère », murmurait-il à demi-voix, lorsqu'il remonta
sur son cheval.

En jetant un dernier regard sur la maison paternelle, il
aperçut sa mère penchée à la fenêtre ouverte, étendant vers lui
ses mains bénissantes. Le régent de Flandre inclina la tête
pour recevoir cette suprême grâce, et il courut au Conseil.
Quelques heures plus tard, il retournait au camp devant
Audenarde, où l'on venait d'apprendre que Piètre du Bois
n'était pas mort, bien que grièvement blessé. « Ceci est de bon
augure, dit Philippe : la Flandre peut être blessée, mais elle
n'est pas morte. »

Cependant, comme le roi de France, avec toute son armée,
approchait d'Ypres, les gens de la ville commencèrent à prendre
peur ; ils avaient reçu dans leurs murailles bien des gens de
communes éperdus et ruinés qui leur assuraient que le diable
était avec les Français et les avait portés par-dessus la rivière
de Lys. Le Conseil de la ville se réunit, tout ému contre le
capitaine de Gand qu'avait placé Philippe d'Artevelde, en sorte
qu'il y eut bientôt de grosses paroles et du bruit dans les rues,
où le capitaine fut occis. Dès le lendemain matin, les bourgeois
s'allèrent jeter aux pieds du roi, qui eut bon conseil de les
recevoir doucement, afin de ne point décourager ceux qui
auraient envie de se tourner Français ; il les accueillit donc
avec bonté, ne demandant à la ville qu'une contribution de
quarante mille francs pour aider à payer les frais de la guerre.
Ainsi le roi et ses oncles entrèrent à Ypres pour se rafraîchir et

Dame Marie s'était levée de sa chaise.

se reposer; bien joyeux étaient les bourgeois en contemplant la grande puissance qui les pouvait protéger contre la colère des Gantois.

Dans toutes les châtellenies des environs, dès qu'on apprit que le roi avait reçu Ypres à miséricorde, les bourgeois s'emparèrent des capitaines de Philippe d'Artevelde, les liant si serré qu'ils ne pouvaient bouger pied ni patte, et les apportèrent ainsi prisonniers au roi de France, en lui criant merci. Les villes obtinrent miséricorde, moyennant une amende de soixante mille francs qu'elles devaient payer entre elles de Cassel et Dunkerque à Bailleul, mais les capitaines de Gand furent tous décollés, avec d'autant plus de rigueur qu'un nouveau soulèvement venait de surgir à Paris sous le nom des Maillotins, qui s'appuyèrent hautement sur l'exemple des Gantois et proclamèrent l'espérance de leur succès. « Nous verrons bien, quand nous reviendrons vainqueurs de ces vilains Flamands qui empoisonnent tous pays ! » disait le jeune roi à ses oncles.

Philippe d'Artevelde avait réuni cinquante mille hommes et marchait vers Courtrai. Les capitaines laissés à Bruges avaient réussi à maintenir la ville dans l'alliance de Gand. L'armée royale avait quitté Ypres et vint loger entre le mont d'Or et Rosebecque. On était au 28 novembre, la pluie tombait par torrents et les seigneurs français se trouvaient mal couchés par les champs, au milieu de la boue. « Ne viendront-ils pas, ces vilains ? » disait-on par tout le camp du roi. Les Flamands avançaient, on en était instruit par les fourrageurs, mais tous

étaient pressés de combattre, par grande ardeur de vaillance
et aussi pour achever la campagne, qui était dure et pesante à
pareille saison et dans tel pays.

Le mercredi au soir, Philippe d'Artevelde s'en vint enfin
camper en une place assez forte entre le mont d'Or et la ville
de Rosebecque, près de laquelle se trouvait le roi au milieu de
ses gens. A souper, comme il avait réuni autour de lui tous
ses capitaines, il leur dit: « Mes compagnons, nous aurons
demain rude besogne, car le roi de France est là en grande
volonté de combattre. Ne vous alarmez point, nous défendons
notre bon droit et les libertés de la Flandre. Les Anglais ne
nous ont pas secourus, ils attendent l'issue de la bataille ; nous
n'en aurons que plus d'honneur. Avec le roi de France est
toute la fleur de son royaume. Dites à vos gens de tout tuer,
et de ne faire aucune merci ; il ne faut épargner que le roi de
France, c'est un enfant, on doit lui pardonner ; nous l'amè-
nerons à Gand et nous lui apprendrons à parler flamand.

— Il n'est pas permis de dire un mot de flamand dans l'armée
du roi, s'écria un des capitaines venus de Bruges, et bien
que les gens du comte marchent avec ceux du roi, Monseigneur
n'a pas un mot à leur dire, et n'est jamais appelé au conseil
du roi. Tout est décidé par ordre du duc de Bourgogne!

— Pourquoi s'est-il mis en la main de ces Français? » dit
Philippe ; et il reprit : « Les communes de France ne nous
sauront pas mauvais gré de les délivrer de tous les ducs,
comtes et barons qui sont en l'armée ; ils voudraient qu'il
n'en restât pas un. »

Le roi Charles VI, au même moment, avait rassemblé dans sa tente les princes et grands seigneurs dont les Flamands méditaient ainsi la perte. On était un peu inquiet dans l'armée de voir le jeune roi en la dangereuse aventure d'une première bataille avec des manants qui ne connaissaient pas les règles de la chevalerie. La pensée vint aux oncles du roi de confier sa garde au connétable, le meilleur homme de guerre qu'il y eût alors en France. Le roi, un peu embarrassé, lui proposa donc de remettre, pour ce jour-là, à d'autres mains le commandement de l'armée. Le connétable se montra blessé sous la douceur de ses paroles. « Très cher sire, répondit-il au jeune prince, je sais qu'il n'y a pas de plus grand honneur que de garder votre personne. Mais ce serait un grand chagrin pour mes compagnons, s'ils ne m'avaient pas avec eux. Je ne dis pas qu'on ne puisse se passer de moi, mais voici quinze jours que je prépare tout pour le plus grand honneur de vous et de vos gens. Ils seraient bien surpris si maintenant je me retirais. »

Le jeune monarque avait rougi jusqu'aux oreilles, sentant que la jalousie ou la crainte de ses conseillers lui avaient fait commettre une faute. « Connétable, dit-il, je voudrais bien vous avoir demain en ma compagnie, car je sais que feu monseigneur mon père vous aimait et se fiait à vous plus qu'à aucun autre ; mais, au nom de Dieu et de saint Denys, faites ce que vous trouverez le meilleur. Vous y voyez plus clair que moi et que ceux qui m'ont donné leurs conseils. Seulement, venez demain matin à ma messe. »

15

On se sépara et chacun dormait dans les deux camps, sauf, paraît-il, une demoiselle, amie de Philippe d'Artevelde et qui l'avait accompagné en ce voyage. Elle était agitée et inquiète et ne pouvait dormir, en sorte que, vers minuit, elle sortit du pavillon où elle couchait pour voir quel temps il faisait. La nuit était noire, mais on voyait par endroits des fumées mêlées d'étincelles qui s'élevaient en gerbes vers le ciel et qui venaient des feux allumés par les Français dans les taillis et buissons.

Elle regardait ces flammes, quand tout à coup elle crut entendre grand bruit et mouvement sur le mont d'Or entre le camp flamand et Rosebecque. Elle écouta encore et le même bruit vint frapper ses oreilles. Alors, tout effrayée, elle courut à la tente où reposait Artevelde enveloppé dans son manteau, près d'un feu de charbon, et elle le réveilla en criant : « Sire, levez-vous, armez-vous et appareillez, car j'entends grande noise sur le mont d'Or et je crois bien que les Français vont venir vous assaillir. » Philippe, à ces paroles, se leva aussitôt, et, prenant une hache, sortit de son pavillon pour voir si la demoiselle avait dit vrai.

Ce qu'elle avait entendu, il l'entendit ; il lui semblait que le mouvement était bien celui d'une armée qui va attaquer. « Vous nous avez fait bon service en tout », dit-il en rentrant dans son pavillon pour s'armer, et fit aussitôt sonner la trompette qui réveilla tous les dormeurs dans les tentes. Chacun s'arma vivement et l'on courait aux portes du camp, lorsque les nouveaux venus rencontrèrent les sentinelles, qui demandèrent d'où venait cet émoi. « N'avez-vous pas entendu celui du camp français tout auprès du mont d'Or? leur répliqua-t-on en ricanant. Beau guet vous faites!

— Nous avons bien entendu quelque noise sur le mont d'Or, dirent-ils, mais quelques-uns des nôtres ont été voir ce que c'était et n'ont rien trouvé. Nous y avons presque tous été regarder les uns après les autres, mais en vain. Voilà pourquoi nous n'avons pas voulu sonner pour réveiller l'armée, de peur d'en être blâmés. » Ces paroles furent aussitôt rapportées à Philippe d'Artevelde, qui apaisa la querelle et envoya chacun se désarmer. En rentrant dans son pavillon, il se demandait à lui-même d'où pouvait venir cette merveille. « Ce sont, sans doute, les diables d'enfer qui tournoient au-dessus du champ de bataille, sachant bien qu'ils y recueilleront demain grande proie, » pensa-t-il, comme devait le penser deux cent cinquante ans plus tard le comte Louis de Nassau contemplant dans le ciel le choc mystérieux des armées fantômes, dans la nuit qui précéda cette bataille de Mooker-Heyde dans laquelle il devait trouver la mort.

Le jour était venu, mais, avec le jour, une brume si épaisse qu'à peine pouvait-on se voir dans le camp des Flamands, entre un fossé et un bosquet touffu qui protégeaient leurs derrières. Ils apercevaient encore bien moins les Français et dans ces demi-ténèbres, en promenant leurs regards sur les forts pelotons de chaque bourg, de chaque ville, de chaque châtellenie, le courage et l'orgueil montaient au cœur des capitaines, qui s'étonnaient déjà de ne pas voir venir les

Français. Ils étaient tous réunis autour de Philippe d'Artevelde, disant : « Qu'attendons-nous plus longtemps ici, à rester sur nos pieds et à nous refroidir? Allons de bon courage contre nos ennemis, et s'ils ne viennent pas, allons les chercher là où ils se tiennent par-dessus le mont d'Or! » Et Philippe d'Artevelde dit : « A votre volonté, mes maîtres! Allons contre eux et que Dieu y ait part! »

La grosse bataille venait de s'ébranler, marchant par petits pelotons au sortir de l'ombre du bosquet, lorsque trois chevaliers de haute mine et bien montés passèrent tout auprès des derniers groupes, regardant fièrement et attentivement autour d'eux; ils firent ainsi le tour du bosquet, puis passèrent de l'autre côté de la bataille, suivant de l'œil tous ses mouvements. Lorsqu'ils eurent enfin donné de l'éperon à leurs chevaux et disparu dans le brouillard, Artevelde dit à ses capitaines : « Tout coi! Tout coi! Voici le moment de nous mettre en ordre pour combattre; les ennemis sont tout près de nous, sans que nous les puissions apercevoir. N'avez-vous vu ces chevaliers qui viennent de dévisager notre arroi? Ils venaient de par le roi de France, je vous en donne ma foi. Rassemblez donc nos gens. »

Les Flamands riaient dans les rangs en entendant appeler les capitaines, et bientôt se formèrent en une grosse bataille épaisse et serrée pour gagner au plus tôt le mont d'Or. Alors Philippe leur dit : « Seigneurs, nous allons à l'ennemi; lorsque nous l'aurons rencontré, souvenez-vous comment ceux qui nous cherchaient furent déconfits à la bataille de Bruges, parce qu'ils ne purent nous séparer, ni nous ouvrir. Faites de même aujourd'hui, portez vos bâtons tout droit devant vous et entrelacez vos bras, si serrés qu'on ne puisse entrer parmi vous, et puis allez en avant le bon pas, sans vous détourner à droite ni à gauche, poussant sur l'ennemi ; nos arbalétriers feront pleuvoir les traits, nos bombardes tireront et nos canons aussi, dont nos ennemis seront tantôt ébahis. » Et il ordonna aux divers capitaines comment ils devaient faire avancer leurs gens. Ceux de Gand tenaient le milieu et le plus gros corps de la bataille. Bien peu avaient manqué à l'appel de l'arrière-ban.

Lorsqu'il eut ainsi donné ses ordres, Philippe appela son page, jeune fils du sire de Harselle, et qui se tenait à cheval en arrière de la grosse troupe. « Va, dit-il, et m'attends à ce buisson qui tu vois là-bas, bien hors de la portée du trait. Je ne veux pas qu'on me tue le bon cheval que m'a donné ma pauvre mère. Quand tu verras la déconfiture des Français, et que déjà commencera la chasse, tu viendras vers moi, amenant mon cheval, et criant : Artevelde! On te fera place, et je sauterai aussitôt en selle, car je veux être chef de la chasse. Tu me trouveras entouré de mes quarante archers d'Angleterre. C'est grand'honte pour le roi anglais qu'il n'y ait pas ici plus grand nombre de ses gens, en ce jour d'hui. Ci ferons notre besogne, et en serons plus honorés. »

Cependant le connétable, avec messire Jean de Vienne et messire Guillaume de Poitiers qui avaient reconnu l'armée des Flamands, comme l'avait bien compris Philippe d'Artevelde. revinrent vers le roi, et s'inclinant devant lui, ils lui dirent :

« Sire, réjouissez-vous, ces gens sont nôtres; nos gros valets les combattraient aisément. — Dieu vous entende, connétable, repartit le jeune roi dont les yeux brillaient de plaisir. Or sus, en avant, au nom de Dieu et de saint Denys! »

Alors le connétable ordonna de faire passer en avant l'oriflamme, qui ne doit pas d'ordinaire être déployée contre les chrétiens; mais ces Flamands tenaient le parti du pape Urbain de Rome contre le pape Clément d'Avignon, dans le grand schisme qui désolait l'Église; aussi avait-on décidé de ne les point tenir pour chrétiens et de faire marcher contre eux l'oriflamme. Sitôt qu'elle passa ainsi aux champs, la brume, qui était si épaisse qu'à peine voyait-on à deux pas devant soi, se déchira tout à coup, et le ciel parut plus pur qu'on ne l'avait vu pendant toute l'année, à grande merveille en ce vingt-neuvième jour de novembre. Les seigneurs en furent tout réjouis, voyant devant eux, au soleil luisant, avancer à grands pas la grosse bataille des Flamands, tous drus et serrés les uns contre les autres, avec leurs lances devant eux, si droites et en si grand foison qu'il semblait voir venir un bois.

Marchant ainsi contre les chevaliers du roi de France, contre lesquels ils se lançaient en donnant de l'épaule et de la poitrine, fièrement et rudement comme des sangliers, les Flamands furent accueillis par les longs fers de Bordeaux et les glaives acérés qui leur entraient dans la chair et les empalaient sans miséricorde, rompant les mailles de leurs cottes ainsi qu'un linge. Nul ne pouvait rompre leurs rangs, mais aussi ne pouvaient-ils dégager leurs bras, entrelacés ensemble, pour se défendre de leurs bâtons et de leurs couteaux, si bien qu'en quelques instants la bataille de Gand tomba, comme du chaume devant le moissonneur, sous les épées des chevaliers, sans que les arbalétriers et les bombardiers eussent le temps de faire pleuvoir leurs traits sur l'ennemi. Les ribaudequins placés aux deux ailes par Philippe d'Artevelde commençaient à peine à tirer, et déjà Philippe lui-même était abattu, blessé parmi les premiers et séparé des Gantois qui repoussaient violemment les archers anglais pour venir à son secours. Les arcs n'étaient d'aucune ressource en cette foule.

Des deux côtés les Flamands se trouvaient ainsi enclos entre leurs ennemis, lesquels frappaient sur eux comme sur des moutons en un abattoir, faisant voler les têtes et tranchant bras et jambes, tandis qu'entre les hommes d'armes se glissaient sans crainte les pillards qui dépouillaient et volaient les plus apparents, les saignant à la gorge de leurs grands couteaux, comme des chiens, dès qu'ils les voyaient abattus.

Les chevaliers et les écuyers y mettaient aussi la main, mais la presse était si grande qu'on ne pouvait avancer, sous peine de glisser dans le sang des Flamands qui coulait comme les torrents en hiver au flanc des montagnes. Ceux qui venaient à tomber ne se relevaient pas s'ils n'étaient bien aidés, et ce fut ainsi que périrent un certain nombre de Français, étouffés sous le fardeau des ennemis autour d'eux abattus.

Quand ceux des Flamands qui étaient derrière virent fondre et tomber l'avant-garde de leur grosse bataille, les plus avisés commencèrent à jeter leurs bâtons et leurs armes, prenant la

fuite à toutes jambes du côté de Courtrai et ailleurs. Mais si
aisément n'échappèrent aux Bretons et aux Français qui se
mirent après eux à la course et en massacrèrent un si grand
nombre par les chemins, que bien peu en réchappèrent pour
rentrer dans leurs villes et porter la nouvelle de leur défaite.
Les plus braves, les plus hardis, les plus fiers gisaient en un
immense monceau sur le mont d'Or, beaucoup d'entre eux
étouffés sous les corps de leurs compagnons et sans blessures.
Philippe d'Artevelde le premier eût pu aisément être sauvé, s'il
avait pu se tirer de la presse; mais ceux qui le voulurent
défendre étaient si nombreux et si ardents à le rejoindre, qu'ils
furent abattus sur sa personne et l'accablèrent de leur poids.
Ce fut à grand'peine que le roi put faire retrouver son corps,
qu'il fit pendre aux branches d'un arbre. La cause des libertés
et privilèges de Gand était perdue.

Dès que le page qui attendait auprès du buisson, non loin du
mont d'Or, aperçut cette déconfiture et vit les Flamands arrêtés
sur le mont d'Or tombant sous le glaive des Français pour ne se
plus relever, il donna de l'éperon au bon cheval barbe que
dame Marie avait récemment donné à son fils. « Je m'en ser-
virai pour faire la chasse aux gens du roi de France! » avait
dit celui-ci en riant et en remerciant sa mère. Le messager se
hâtait maintenant pour porter à Gand la nouvelle de sa mort.

Tous les hommes du guet étaient sur les murailles; et dès
qu'on aperçut de loin le jeune page qui courait à bride abattue,
les portes s'ouvrirent devant lui comme par enchantement, et
les mains se portèrent au frein de son cheval pour l'arrêter,

afin de savoir les nouvelles ; mais, tirant son poignard, il piquait ceux qui voulaient le retarder dans sa course folle, criant seulement aux gardiens des remparts : « Fermez les

Dame Marie parut.

portes, garnissez les murailles, ou la ville de Gand est perdue ! »

La foule des femmes et des enfants commençait à courir après lui dans la rue, suivant le galop de son cheval, lorsque le messager s'arrêta tout à coup devant la porte de dame Marie d'Artevelde. Le bon cheval barbe, pressé au delà de ses forces, s'était abattu subitement, et le page cherchait en vain à se

dégager, lorsque dame Marie parut à la porte. Un seul regard
sur le jeune homme haletant sous le poids de son cheval expi-
rant, la rage dans le cœur et le désespoir dans les yeux, une
seule prière montant vers Dieu, avec la pensée de ceux qui
gisaient au loin sur le champ de bataille, et la mère, levant les
deux bras au ciel, s'affaissa lentement sur le seuil de cette
demeure où elle avait vu massacrer son mari, où elle venait de
deviner la mort de son fils. Lorsqu'on la releva, elle ne respirait
plus, son cœur était brisé.

Le père et le fils avaient donné leur vie pour les libertés de
la Flandre qu'ils croyaient menacées, à tort ou à raison, et
pour l'amour d'eux dame Marie donnait la sienne. La gloire de
la maison des Artevelde était finie pour toujours!

ROIS DE LA MER

ROIS DE LA MER

PROLOGUE

Le grand empereur Charlemagne était vieux et au terme de
sa course, mais encore voyageait sans cesse dans le vaste
empire qu'il avait construit et soutenait de sa main puissante,
en attendant que la faiblesse et les discordes de ses descendants en laissassent échapper les éléments disparates, comme
les fragments d'un vase magnifique qui se brise par la mala-
dresse d'un serviteur inexpérimenté. Parcourant ses États où
il avait enfin établi la paix et l'ordre après tant de guerres et
de violences, il venait d'atteindre une ville de la Gaule Nar-
bonnaise, soumise depuis longtemps à l'influence de la civilisation qu'avaient les premiers apportée les Romains, et il se
reposait de sa longue chevauchée au milieu de ses leudes les
plus fidèles, causant et devisant avec eux, auprès de la table,
au souper, lorsque tout à coup ses regards perçants, dont
l'âge n'avait point altéré la portée, aperçurent, à l'embouchure
du fleuve qui allait se jeter dans la mer, plusieurs navires
légers de forme, rapides d'allures, qui paraissaient attendre

le retour de l'une des barques, avancée en tête de ses com-
pagnes sur les ondes rapides de la rivière qui baignait la
cité.

Les regards des leudes suivirent la même direction que
ceux de leur empereur, mais ils ne virent et ne distinguèrent
rien d'anormal ni d'inquiétant dans les mouvements élégants
et faciles de l'embarcation qui remontait vers la ville, comme
un serpent glisse sur les eaux, la tête haut élevée et mena-
çante, prêt à percer de son dard l'adversaire imprudent qui
s'aventurerait à mettre obstacle à sa marche rapide. « Ce sont
commerçants étrangers, venus de la mer pour vendre leurs
denrées en cette grande cité, » dit en souriant le plus âgé des
leudes, Angilbert, brave comme l'épée qui ne quittait jamais
son flanc, mais dont la pénétration n'égalait pas le courage,
et qui regardait, tout en parlant, tantôt l'empereur, tantôt l'un
des principaux bourgeois de la ville que Charles avait seul
fait prévenir de son arrivée pour s'entendre avec lui au sujet
de certains droits de péage récemment établis dans la Nar-
bonnaise et dont se plaignaient les habitants. Mais le commer-
çant avait les yeux attachés sur l'empereur, lisant sur son
front des préoccupations que ne partageaient pas encore ses
leudes. « Que voit là-bas le grand Charles ? » pensait-il.

Les yeux de l'empereur, d'un bleu clair, brillants comme
l'éclair et pénétrants comme l'acier affilé du glaive, se reportèrent sur le marchand, riche et habile, dont les navires par-
couraient les mers, chargés des vins exquis que produi-
sait dès lors la terre de France, et revenant au port de

leur départ, encombrés des riches étoffes èt des métaux précieux contre lesquels les capitaines avaient échangé leurs tonneaux de vin; et secouant tristement la tête, il dit au marchand, plus intéressé que tout autre aux manœuvres adroites des barques inconnues qui commençaient à remonter rapidement la rivière : « Ces navires n'appartiennent pas à des commerçants juifs, africains ou bretons, comme vous dites entre vous (car l'empereur n'avait pas perdu un seul mot des remarques contradictoires de ses leudes) ; ils ne sont point chargés de marchandises, mais ils sont remplis de cruels ennemis. »

L'empereur n'avait pas cessé de parler que le riche bourgeois, sans perdre le temps à prendre congé, avait déjà quitté le palais et gagné le port, où il se hâtait de sonner l'alarme, avertissant les capitaines et appelant à grands cris les équipages de ses navires, pour la plupart absents ou endormis. Les leudes autour de l'empereur avaient saisi à deux mains leurs fidèles épées et se préparaient à le défendre contre un péril dont ils ne connaissaient pas la nature et que le grand Charles seul paraissait prévoir. Déjà un tumulte sourd s'élevait au-dessus de la cité, traversé parfois des cris perçants de femmes ou d'enfants effrayés ; mais les yeux de l'empereur n'avaient pas quitté le cours lointain de la rivière, où son regard d'aigle remarquait une soudaine hésitation dans les mouvements rapides et hardis des navires étrangers qui s'étaient subitement formés en une sorte de flottille. Les nouvelles venues de la ville, l'apparence du port tout à coup

arraché à sa torpeur habituelle, n'étaient évidemment pas
favorables aux projets des pirates normands qu'avaient devinés
la pénétration et la prévoyance du grand souverain. Autour
des chefs de l'expédition, sur la barque principale portant
les deux rois de la mer, Jarl et Olaf, on entendait murmurer :
« Charles le Marteau est céans, nos frères l'ont appris parmi
les matelots du port qui commençaient à être eux-mêmes
instruits de son arrivée. La présence de leur empereur va
réveiller ces indolents marchands et bourgeois : notre coup
est manqué pour cette fois ! »

Déjà les ordres brefs et précis des rois de la mer couraient
d'une embarcation à l'autre, les légers navires des Normands
avaient tourné leurs poupes vers l'océan et les voiles se
tendaient sous la brise du soir, pendant que les rameurs
inclinés sur leurs bancs faisaient voler les barques sur les
flots de la rivière. Les bâtiments des marchands, entassés dans
le port, commençaient à peine à s'ébranler pour donner la
chasse aux pirates, et déjà les yeux les plus perçants ne distin-
guaient plus les navivres des Normands à l'horizon, en sorte
que la poursuite devenait vaine et impossible.

Les leudes qui entouraient l'empereur avaient repoussé les
épées dans leurs fourreaux, plusieurs avaient même repris
place à la table du souper, comme des gens soulagés d'une
alarme passagère, mais Charles le Grand ne versait dans sa
coupe ni le vin ni l'hydromel contenus dans les riches cruches
à la portée de sa main ; ses regards anxieux et tristes restaient
attachés sur l'horizon et tout à coup il se leva, repoussant du

genou la lourde table auprès de laquelle il était assis. Il
s'approcha de la fenêtre qui regardait vers l'orient, et comme
il passait brusquement auprès de ses leudes, les plus attentifs
d'entre eux virent avec étonnement des larmes inaccoutumées
briller dans ses yeux. Tous gardaient le silence ; personne
n'osait interroger l'empereur sur le sujet de sa tristesse.

Charles resta longtemps ainsi appuyé contre le montant de
l'huis ; il se retourna enfin, mais son front ne s'était pas
rasséréné et ses traits imposants portaient toujours l'empreinte
d'une profonde angoisse. « Savez-vous, mes fidèles, sur quoi
je pleure ? dit-il enfin aux leudes troublés jusqu'au fond de
l'âme par son émotion. Certes je ne crains pas que ces hommes
puissent me nuire par leurs misérables pirateries : je suis vieux
et toucherai bientôt les rives éternelles ; mais je m'afflige
profondément que, moi vivant, ils aient été si près de toucher
ce rivage, et je suis pris d'un violent chagrin quand je pré-
vois de quels maux ils accableront mes descendants et leurs
peuples. »

Les leudes se turent, aucun d'eux ne s'aventura à rassurer
le grand cœur généreusement troublé pour l'avenir ; car tous
connaissaient le roi Louis, que son père avait récemment placé
sur le trône d'Aquitaine, et nul ne comptait sur son autorité ni
sur son énergie pour protéger l'empire qui lui devait échoir.

16

CHAPITRE I

LE SERPENT DE MER

Dans une petite maison de la côte de Norvège, deux femmes travaillaient ensemble à préparer le saumon fumé et la viande salée qui suffisaient pendant tout l'hiver à la nourriture des braves marins et pirates prêts à prendre la mer. Les femmes mangeaient peu en leur absence, car elles étaient inquiètes et tristes en dépit de la confiance que leur inspiraient le courage et l'énergie de leurs maris; mais les rois de la mer avaient pour habitude invariable d'emporter sur leurs navires les provisions nécessaires pour nourrir tout l'équipage pendant la durée d'une expédition, bien qu'il leur arrivât rarement d'échouer dans une des entreprises de piraterie qui les faisaient redouter comme le fléau de Dieu par les habitants de tout le littoral de la France et de l'Italie, et même bien avant dans les terres; car ils remontaient les fleuves dans leurs barques solides et légères et portaient la destruction dans les villages et les villes plus loin chaque année. Il était question cette fois-là, dans les

conseils secrets des rois de la mer, de porter le feu et le fer
jusque dans l'intérieur de Paris, la plus grande ville et la plus
riche du monde, à ce que pensaient alors les Normands.

Les pirates du Nord venaient les uns de Danemark, les autres
de Suède, de Norvège et même d'Islande, mais ils portaient
uniformément le terrible nom de Normands, qu'ils ont fini par
donner à la province de Neustrie, l'une des plus belles et des
plus riches du royaume de France, lorsqu'ils s'y établirent
enfin.

Dans chaque demeure de la Norvège et du Danemark, on
préparait donc dans ce moment une grande expédition, mais la
mère et la fille qui étaient occupées à fumer les vivres de Bjorn
Arnesohn, n'étaient pas d'accord dans les sentiments et le zèle
qu'elles apportaient au travail. La mère, grande et forte malgré
son âge, et d'une nature grave et rude, prenait un extrême
plaisir et un grand espoir dans l'entreprise, qui s'annonçait
comme très importante et particulièrement glorieuse ; c'était la
première fois que son fils Bjorn allait en mer depuis son
mariage, et elle attachait beaucoup de prix à le voir honoré des
chefs et loué par ses compagnons d'aventures aux yeux de la
jeune épouse qu'il était allé chercher en Islande, pendant une
pacifique expédition de pêche.

« Ce ne sont pas là les jeux favoris des rois de la mer ! répétait-elle souvent, et les pêcheurs de poissons n'ont pas grand
poids dans leurs barques. Il faut des épées plus acérées que
des harpons pour combattre les Francs, lorsqu'il leur passe
dans l'esprit de défendre leurs femmes et leurs enfants. Il est

vrai qu'ils sont sujets à s'enfuir lâchement lorsqu'ils entendent retentir les conques des rois de la mer! » ajouta-t-elle avec un féroce sourire.

Britta, sa belle-fille, baissait la tête et ne répondait pas; elle avait grande crainte de sa belle-mère qui la maltraitait souvent de parole et de langue, ayant même été jusqu'à lever la main sur elle, l'accusant de faire perdre le courage à son mari. Britta ne se plaignait jamais; mais lorsqu'elle se trouvait seule dans sa chambre avec Bjorn, dans le secret de l'intimité conjugale, que l'humeur impérieuse de Rita n'osait pourtant pas violer, il lui arrivait en effet de soupirer tout bas : « Oh! Bjorn, mon Bjorn! pourquoi tes parents t'ont-ils élevé à faire cet affreux métier et à y prendre un si grand plaisir? L'Église de Dieu condamne et maudit ces expéditions dont tu te fais honneur, ainsi que tous les tiens. Vous vivez et vous vous enrichissez du pillage des veuves et des orphelins, de la destruction des saints lieux, et la colère de Dieu finira par tomber sur vous et vous effacera de la face de la terre! — Pourvu qu'il nous laisse la mer! nous ne lui en demandons pas davantage! » répondait parfois Bjorn, avec une irrévérence qui avait déjà coûté bien des larmes à sa femme.

Les parents de Britta étaient morts jeunes, lorsque leur fille était encore dans sa première enfance; ils avaient succombé à l'une de ces famines qui ravageaient alors fréquemment le sol ingrat de l'Islande, lorsqu'une cause inconnue venait à rendre le poisson rare et difficile à se procurer. Les villages islandais étaient alors décimés par la mort. L'enfant avait été recueillie

par son oncle, prêtre dévoué de l'Église chrétienne, véritable
apôtre dans la région sauvage de Jàrs-Zoë, où bien des habitants étaient encore attachés au paganisme de leurs ancêtres;
bien qu'un petit nombre seulement fussent étrangers au
saint sacrement du baptême et repoussassent les doctrines
chrétiennes, celles-ci étaient encore peu efficaces sur la conduite et les sentiments des paroissiens du Père Paul, comme
on l'appelait dans toute l'île. Il prêchait sans relâche,
d'exemple encore plus que de paroles, se dévouant au service
des plus pauvres et des plus méchants, sans jamais paraître
attendre de ses obligés reconnaissance ni services réciproques.
Britta avait été élevée dans une atmosphère de pureté et d'amour
fraternel, qui lui avait fait trouver tout simple de suivre en
Norvège le jeune pêcheur qui s'était épris d'elle avec passion et
assurait à qui voulait l'entendre qu'il ne pouvait pas vivre sans
la nièce chérie du Père. Le prêtre était accoutumé au sacrifice,
et il avait laissé aller son unique trésor, sans laisser paraître
l'étendue de ses regrets. Mais Britta n'avait pas trouvé auprès de
Bjorn tout le bonheur et l'appui qu'elle espérait dans sa naïve
confiance. C'était par hasard et dans une période assez rare
d'accalmie maritime que Bjorn avait consacré à la pêche les
loisirs qui lui avaient valu la découverte précieuse d'une
femme excellente et charmante. Il était d'ordinaire grandement
sous l'influence de sa mère, qui avait toujours exercé sur lui
d'autant plus d'empire que leurs caractères et leurs goûts se
ressemblaient fort. Si Rita avait été un homme au lieu d'être
reléguée par la nature dans un sexe inférieur à ses yeux, elle

Britta.

avait souvent pensé qu'elle serait devenue un des rois de la mer, plus hardi et plus entreprenant que la plupart de ceux qui l'avaient devancée. Elle comptait sur son fils pour accomplir la destinée qui n'avait pu lui échoir en partage, et voilà qu'une nonne, sous le nom de sa femme, s'attachait chaque jour à le détourner de la mer et de ses chances de gloire et de richesse. « Elle me fait mal au cœur avec son fin visage et sa voix douce comme celle d'une tourterelle qui roucoule, pensait-elle souvent. Oh! pourquoi ai-je laissé Bjorn naviguer pendant cette croisière d'Islande parce qu'il n'y avait plus ni poisson fumé, ni pièce de monnaie à la maison? Il eût mieux valu mourir de faim tous deux que mourir de honte, ce qu'elle nous vaudra si on la laisse faire. »

Les pensées de la belle-mère à l'égard de sa belle-fille allaient parfois jusqu'à la soif du meurtre.

Mais Bjorn aimait sa femme, douce, patiente, adroite et sans cesse occupée à lui plaire et à lui être utile. Versée dans tous les arts du ménage et plus civilisée que ne l'avait jamais été Rita, la table du jeune mari était mieux et plus abondamment servie que par le passé, sans que Britta semblât jamais manquer des ressources nécessaires pour alimenter le ménage; elle travaillait sans relâche avec une activité tranquille qui ne connaissait pas la fatigue, et comme elle ne parlait pas des mauvais traitements que lui faisait subir sa belle-mère, Bjorn ne pensait pas à la protéger. La pauvre enfant tremblait d'avance à l'idée de ce qu'elle aurait à souffrir lorsque son mari serait parti pour une expédition lointaine, dans laquelle son cœur ne serait même pas libre de le suivre avec joie et confiance. Elle aurait été bien étonnée elle-même si on lui avait dit qu'elle pourrait faire valoir cette raison auprès de Bjorn pour le retenir dans une carrière plus pacifique. Elle avait compris, dans une certaine mesure, l'esprit de son oncle, qui ne cherchait jamais à convaincre ses fidèles que par les motifs les plus nobles et les conseils les plus élevés. « Ce serait de l'égoïsme de laisser voir à Bjorn la crainte que j'éprouve à la pensée de me trouver seule avec sa mère! pensait la jeune femme. Il l'aime et lui a toujours été soumis. Je ne troublerai pas son cœur par mes terreurs, mais je demanderai jour et nuit à Dieu de le préserver de faire mal, quand cette obéissance à la loi divine devrait coûter sa vie ou la mienne! Oh! si le Père céleste voulait accepter le sacrifice de la mienne! »

C'est dans ces dispositions d'esprit contradictoires que travaillaient à côté l'une de l'autre la belle-mère et la belle-fille, attendant à chaque instant l'ordre des rois de la mer Sweyn et Astrud, qui avaient réuni autour d'eux les plus hardis et les plus entreprenants de leurs chefs, pour tenter l'assaut de Paris. Plus d'une fois déjà les Normands, sur leurs barques rapides, avaient remonté la Seine bien au delà de Rouen, pillant et dévastant villes et villages, églises et monastères de la riche Neustrie, et c'étaient les récits de ces expéditions sacrilèges qui faisaient frissonner la conscience délicate de Britta. Que deviendrait-elle si Bjorn trempait jamais ses mains dans le sang des prêtres du Seigneur, d'un serviteur du sanctuaire, s'il rapportait jamais dans la petite chaumière norvégienne un de ces

calices, un de ces ostensoirs dont les rois de la mer se plai-
saient parfois à parer la table de leurs festins, disait-on? Elle
priait Dieu que la main de son guerrier se desséchât plutôt que
de commettre un tel crime!

Bjorn rentrait en courant comme ces douloureuses pensées
se succédaient rapidement dans l'âme de sa femme, aggravant
d'instant en instant ses inquiétudes et ses remords. Britta était
douée d'une imagination puissante que sa pieuse éducation
avait tournée du côté de la conscience et souvent des scrupules.
Comme son mari s'écriait en entrant : « L'appel des rois est
arrivé, nous mettons à la mer demain à la pointe du jour! »,
la jeune femme, surexcitée par l'urgence du départ en même
temps que par les craintes qui bouillonnaient silencieusement
dans son âme, se jeta dans les bras de Bjorn sans songer cette
fois à la présence de sa belle-mère et cria en fondant en
larmes : « Oh! Bjorn, promets-moi pour le moins que tu ne
porteras pas la main sur les lieux sacrés et que tu protégeras
les saints du Seigneur dans la mesure de tes forces! »

Bjorn n'eut pas le temps d'exprimer son étonnement et la
pensée qui errait déjà sur ses lèvres : « Comment pourrais-je
reconnaître les saints de ton Seigneur au milieu de la bataille? »
lorsque sa mère, devançant et dépassant le sentiment du jeune
homme, frappa tout à coup rudement Britta au visage, disant
très haut : « Taisez-vous, folle! voulez-vous lier les mains du
guerrier par une promesse insensée, à l'heure même où il part
pour le combat? »

La jeune femme s'était réfugiée derrière son mari sans pro-

férer une plainte, essuyant silencieusement le sang qui coulait
de sa joue effleurée par le couteau que la vieille Rita tenait dans
sa main au moment où elle l'avait frappée; mais Bjorn avait
étendu le bras pour protéger sa femme, et ses grands yeux
bleus tout ouverts semblaient demander l'explication du spectacle inaccoutumé d'une pareille violence, lorsque la douce
voix de Britta murmura à son oreille : « Ce n'est pas la première fois que ta mère me frappe, Bjorn de mon cœur!

— Mais ce sera la dernière! s'écria le jeune guerrier, tout
à coup émancipé de la tutelle maternelle qui avait duré trop
longtemps. Grâce aux puissances du ciel, mes yeux se sont
ouverts avant que je vinsse à te laisser entre les mains de ma
mère. Tu prendras dès demain le chemin de la maison de ton
oncle, mon navire t'y portera avant de rejoindre le prince Siegfried, notre chef, et je viendrai te chercher au retour pour te
fixer en une hutte à toi seule, avec notre petit Éric; apporte-le-
moi, afin que je l'embrasse avant de finir les préparatifs de
notre départ. »

Britta sortit en quête de l'enfant, roulé dans ses bandes
d'écorce de bouleau. Elle comprenait sans peine que Bjorn
voulait se trouver seul avec sa mère. A peine en effet avait-
elle fermé derrière elle la porte de la cabane, que le jeune
guerrier, se tournant vers sa mère, dit d'un accent bas et terrible que Rita reconnut en frissonnant comme la voix de son
époux Arne : « Je n'aurais pas cru que la jalousie et la colère
pussent aveugler ma mère jusqu'à frapper un être faible com-
damné à subir ses violences sans se plaindre. »

Rita était fâchée et honteuse, mais elle murmura cependant :
« Je n'ai pas nourri mes fils du lait des lâches, et je ne veux
pas que leur sang soit glacé dans leurs veines par de faibles
conseils. » Mais Bjorn s'était détourné et ne paraissait pas l'en-

Britta se jeta dans les bras de son mari.

tendre. Il entassait dans un tonneau les provisions de saumon
fumé préparées le jour même par sa mère et par sa femme,
fermant l'un après l'autre les caisses de mouton salé et les
outres d'hydromel dont il devait charger sa légère barque. Le
jeune guerrier n'était ni assez riche ni assez puissant pour
posséder l'un des plus grands navires à voiles qui appareil-

laient à cette heure dans le port d'où les pirates normands devaient prendre la mer; mais une barque solide et bien astiquée lui appartenait en propre; il l'avait nommée *la Britta*, depuis qu'il avait ramené dans sa demeure la jeune Islandaise qu'il allait reconduire dans la paisible demeure de son oncle, si peu de mois après l'avoir enlevée triomphalement au milieu des pleurs et des regrets de toutes les femmes et de tous les enfants du village. Bjorn avait pour la première fois de sa vie dans la gorge une sorte d'étranglement qui le faisait penser aux larmes des pauvres Islandais.

Britta avait apporté le petit Éric à son père, et pendant que le guerrier le tenait dans ses bras, effleurant le front du nourrisson de sa longue barbe blonde, la jeune femme disait tout bas : « As-tu bien réfléchi, mon Bjorn, à ce que tu as dit tout à l'heure et crois-tu que ta mère, qui vieillit après tout, puisse supporter seule les ennuis de l'absence et les fatigues du travail solitaire, si elle n'a plus Éric pour la charmer, ni Britta pour l'impatienter chaque jour ?

— Si elle s'en aperçoit et qu'elle en souffre, tu pourras revenir ici! repartit Bjorn d'une voix sèche et dure qui ressemblait encore à celle qu'avait entendue sa mère; mais je ne puis te laisser en butte à de mauvais traitements qui s'aggraveraient infailliblement en mon absence. Prépare tes habits et ceux de l'enfant, tu partiras demain avec moi dès l'aube du jour. »

Britta était trop heureuse pour insister davantage. Jamais elle n'avait osé espérer que son mari prendrait ainsi sa défense contre sa mère elle-même, et bien des fois, dans ses accès de

découragement, elle s'était laissée aller à dire tout bas : « Oh!
pourquoi m'a-t-il épousée, puisqu'il avait sa mère qui est tout
pour lui ? »

Pour la première fois la jeune femme sentait à quel point la
vie de son mari était intimement unie à la sienne, et elle se
promettait, pendant qu'ils seraient en mer, de lui recommander
de nouveau de protéger les pauvres, les faibles et les serviteurs
de Dieu, contre lesquels les rois de la mer exerçaient d'ordinaire leurs violences sans le moindre remords.

Le jour se levait à peine le lendemain, que Britta, chaudement enveloppée de fourrures en prévision des froidures de la
mer du Nord, se trouvait déjà sur le rivage, portant Éric entre
ses bras. Elle tenait à la main un petit paquet de linge, et elle
avait des provisions dans un panier. Malgré tout son regret de
voir Bjorn partir pour une expédition qu'elle regardait comme
maudite, elle ne pouvait s'empêcher de se sentir heureuse, car
elle allait revoir son pays natal et celui qui lui avait tenu lieu
de père : à peine avait-elle osé espérer de les visiter jamais
lorsqu'elle avait pris le chemin de la Norvège avec son nouvel
époux.

Rita était là aussi, le front couvert du voile de deuil des
veuves qu'elle laissait de côté au logis, mais sans lequel elle
n'eût jamais voulu affronter les regards de ses voisins. Toute la
population du village était réunie sur la grève, car de chaque
maison sortait un jeune guerrier. Les rois de la mer étaient
suivis par tous les hommes valides et par quelques vieillards
qui eussent mieux fait de rester à leur foyer pour penser à la

mort qui les menaçait. Ceux-là étaient presque tous des païens qui n'avaient pas reçu le baptême et qui ne se faisaient pas faute de dire qu'ils espéraient mourir de la mort des braves, sur le champ de bataille, en face des ennemis.

Personne, parmi les habitants du petit hameau, n'avait entendu parler de la querelle qui avait eu lieu, la veille, dans la maison de Bjorn Arnesohn, mais personne non plus n'ignorait la haine de Rita pour sa belle-fille, en sorte que les matrones heureuses de la paix de leur foyer se réjouissaient toutes de voir leur jeune sœur à l'abri des mauvais traitements et des injures que chacune avait prévues pour elle en l'absence de son mari. On ne parlait guère, car la nature des Norvégiennes était silencieuse et réservée : seule une vieille femme, mère de sept fils tous embarqués sur les navires du prince Siegfried, murmura doucement en passant près de Bjorn, sombre et activement occupé d'organiser le départ sans paraître apercevoir aucun de ceux qui l'entouraient : « Béni soit le grand Dieu du Ciel qui t'a ouvert les yeux à temps, mon fils ! »

Le jeune guerrier ne répondit pas, mais ses regards se portèrent avec une douceur singulière sur Britta, que Rita venait de repousser brusquement, comme elle soulevait l'un des tonnelets d'hydromel destinés à la barque; mais à cette vue la douceur disparut des yeux de Bjorn, qui s'avança à grands pas pour faire monter sa femme dans l'embarcation avant l'heure. La jeune Islandaise ne résista pas. En effet, que laissait-elle en partant ? Rien que des souvenirs douloureux et tristes. Bjorn s'en allait avec elle, et le petit Éric était pressé contre son sein. Elle se retournait cependant pour chercher sa belle-mère, afin de lui faire ses adieux, mais Bjorn se hâtait, les sourcils froncés, et elle n'eut que le temps de faire signe de la main à la vieille femme isolée, dont la jalousie farouche repoussait loin d'elle les soins et la compagnie de ceux qu'elle aurait dû aimer et protéger ! Une heure plus tard et toute la flottille prenait la mer : les barques, au nombre de six, qui se dirigeaient vers l'Islande, se séparaient déjà du gros de l'expédition, faisant plus que toutes les autres force de rames. Le rendez-vous assigné aux retardataires se trouvait fixé sous les murs mêmes de Paris, dans le cas où elles n'auraient pas pu rejoindre les autres à l'entrée de la Seine, sous Rouen.

Tous les jeunes guerriers de l'expédition étaient dans la joie : les uns chantaient tout haut quelque vieille Saga scandinave, brandissant les lances, les haches et les larges glaives fraîchement aiguisés dont ils comptaient frapper les Francs vaincus ; d'autres s'empressaient de faire flotter au vent les innombrables enseignes particulières des barques et navires ; car, malgré la discipline farouche qui régnait jusqu'à un certain point dans l'escadre, nul n'oubliait, les chefs moins encore que les autres, que l'égalité la plus absolue régnait parmi les guerriers pirates faisant partie de l'expédition volontairement à leurs risques et périls, en sorte que chaque Normand possesseur d'une barque avait le droit de lui donner son nom, en la décorant de ses insignes. Les regards émus de Britta rencontraient donc, à l'avant de l'embarcation qui l'entraînait vers l'Islande, une figure imparfaite et grossièrement tra-

17

vaillée au couteau, qui rappelait cependant ses traits et que
Bjorn avait lui-même sculptée pendant les longues soirées de
l'hiver.

Bjorn était absorbé par les ordres qu'il donnait aux trois
guerriers qui l'accompagnaient comme compagnons et frères
d'armes. L'un d'eux appartenait en effet à la même famille et
il n'était pas le plus brave des guerriers qui avaient attaché
leur sort à celui du jeune homme. Deux enfants de quinze à
seize ans, aux longs cheveux blanchis par le soleil et le vent,
accompagnaient les guerriers, afin de s'exercer en leur société
et par leur exemple à la vie des mers. Britta avait déjà proposé
à son mari de prendre la place de l'un des rameurs et ses
longs bras robustes et souples paraissaient bien aptes à la tâche
qu'elle réclamait ; mais Bjorn l'avait doucement repoussée sur
le banc qu'elle avait quitté pour s'avancer au milieu des
rameurs : « Et ton fils ? » avait-il dit en souriant.

La jeune femme regardait l'enfant endormi au bruit des
rames et des vagues, rose comme une fleur et soigneusement
couvert de ses vêtements chauds qui commençaient à lui
peser sous la détente du sommeil. Il était si charmant ainsi,
respirant doucement et souriant dans son rêve, que les regards
triomphants de la jeune femme se reportèrent de son visage
à celui de son père pour provoquer son admiration ; mais
Bjorn avait déjà quitté sa famille et s'était élancé à l'arrière du
petit navire, mis en danger par une manœuvre maladroite de
l'enfant chargé du gouvernail. Britta soupira doucement et
regagna sa place sans rien dire, fort à temps du reste, car

Éric commençait à se réveiller et eût bientôt fait retentir l'air de ses cris s'il n'eût pas aperçu auprès de lui sa mère, aussi soumise déjà à ses volontés impérieuses que Rita avait pu l'être naguère aux caprices de son petit Bjorn.

Le temps était beau, les rameurs robustes et exercés, en sorte que la barque volait sur les eaux. Plus d'une embarcation devait couler sous les haches des Francs pendant les nombreux combats sur l'Escaut, sur la Seine, sur la Garonne, et, bien des siècles plus tard, retrouvée dans quelque crue subite des fleuves, rappeler aux populations étonnées les incursions féroces qui avaient naguère désolé des régions redevenues paisibles. Britta se disait que le trajet ne serait pas long et elle regrettait la timidité et la crainte qui l'avaient empêchée de renouveler ses prières à son mari en faveur des pauvres femmes franques et des églises consacrées à Dieu. « Je n'aurai peut-être pas le temps de lui parler quand nous toucherons le sol chéri de l'île, pensait-elle ; il sera si pressé de rejoindre le prince Siegfried. »

Elle ne s'était pas trompée ; en effet, à peine la terre apparut-elle aux yeux ravis de la jeune femme et, avec la terre, le promontoire sur lequel étaient bâtis l'église de son oncle et le modeste presbytère qu'il habitait, en compagnie de quelques malheureux sans asile recueillis par ses soins, que Bjorn faisait signe à sa femme de rassembler ses bagages et ceux d'Éric. « Je ne ferai que toucher terre, dit-il, pour te mettre aux mains de ton oncle ; tu lui expliqueras toi-même le motif de ta venue. Je ne veux pas avoir à rougir devant lui des

violences de ma mère. Pauvre mère, elle est seule à présent!
Elle l'a bien voulu!

— Je pourrais retourner! » murmurait Britta ; mais le front
de son mari s'était couvert de nuages. — Bjorn Arnésohn n'est
pas homme à commander pour changer aussitôt d'avis comme
une girouette au gré des vents, » dit-il sèchement, et Britta
n'insista plus, car elle savait qu'il avait dit vrai.

Les habitants du petit hameau islandais s'étaient rassemblés
sur la rive, comme les Norvégiens étaient venus pour voir
partir la flottille ; leur pasteur était en tête comme toujours.
« Apportez-vous de bonnes ou de mauvaises nouvelles? » cria-
t-il comme la première des barques abordait au rivage ; mais il
n'en demanda pas davantage, car il avait aperçu une femme
dans le petit navire armé en guerre, et cette femme c'était
Britta, sa fille, son enfant chérie qu'il avait donnée l'année
précédente au jeune guerrier norvégien qui l'aimait! S'était-il
déjà lassé d'elle et revenait-elle à son nid ancien, comme un
oiseau des mers battu et meurtri dans son premier vol, pour se
réfugier à l'ombre du sanctuaire et de la tendresse paternelle!

Toutes ces pensées inquiètes se succédaient plus rapides que
l'éclair dans le cerveau du vieux prêtre, mais le soin avec
lequel Bjorn assistait les mouvements un peu lents de sa
femme, chargée de l'enfant dans ses bras comme de celui
qu'elle attendait, rassurait le cœur troublé du vieillard tandis
qu'il s'avançait au-devant de Britta. Les barques voisines
déchargeaient déjà les provisions ou les fourrures du commerce d'échange avec les Islandais, quand la jeune femme

se laissa tomber en pleurant dans les bras ouverts pour la
recevoir. « Britta vous dira pourquoi j'ai dû l'amener ici, »
s'écria le jeune guerrier que le prêtre contemplait avec un
étonnement muet, et il se retournait déjà pour courir à sa
barque, lorsque Britta, abandonnant son oncle, se suspendit à
son cou, murmurant à travers ses larmes : « Souviens-toi !

— De toi et d'Éric, toujours, jusqu'à la mort ! » répondit le
guerrier. Mais Britta ajouta : « Rappelle-toi la pitié et la foi en
Dieu ! » A cette dernière requête, Bjorn ne répondit que par un
regard. Il enjambait déjà le rebord de sa barque et saisissait
une rame que ses compagnons n'avaient pas quittée ; l'embarcation disparut bientôt aux regards voilés de Britta, que son
oncle soutenait tendrement dans ses bras.

A la cour de France, on était bien inquiet. La valeur des
armées sans chef et sans direction royale restait trop souvent
sans effet, et, depuis bien des années déjà, les descendants
dégénérés du grand empereur Charlemagne avaient eu recours
à leur bourse ou à celle de leurs sujets plutôt qu'à leurs
armes pour repousser les Normands. Quelques années auparavant, le frère de Charles le Chauve, Pépin, roi d'Aquitaine,
dont la mémoire eût dû encore être toute pleine du souvenir
glorieux de son aïeul, avait traité d'égal à égal avec les rois de
la mer. Sans doute ceux-ci lui avaient promis sa part des
dépouilles, car ils menaçaient alors la riche et puissante ville
de Toulouse, et ils arrivèrent sous ses murs, accompagnés par le
prince qui aurait dû protéger ses vassaux. Ils l'assiégèrent et
la prirent, puis ils la pillèrent, non pas à demi, non pas à la

hâte, en gens qui craignent d'être surpris, mais à loisir, en
toute sécurité, en vertu du traité d'alliance qu'ils avaient
conclu avec le souverain du pays. L'indignation avait été
grande contre Pépin, mais il ne s'en souciait guère, prêt,
comme tous les Carlovingiens de cette période historique, à
succomber sous les coups des ennemis de l'intérieur ou de
l'extérieur, plutôt que de se défendre les armes à la main.

Le roi et empereur Charles le Chauve, à la même époque,
commençait pour la première fois à encourager l'établissement
des terribles rois de la mer en France. L'un d'eux, Hastings,
qui avait couru les aventures de piraterie pendant plusieurs
années et qui avait trouvé les ruses les plus hardies pour pénétrer dans le sein même des villes, menaçait Paris, comme l'un
de ses émules avait menacé Toulouse. L'empereur était
retranché à Saint-Denis, et il entra en négociations avec le
chef normand. Les barons parlaient de résistance, mais l'empereur envoya chercher l'abbé de Saint-Denis, homme sage
et de bon sens, qui avait grand'peur de voir piller l'abbaye.
Charles le Chauve le chargea de traiter avec les Normands, et
le grand ecclésiastique se trouva sans doute fort étonné
lorsqu'il put constater que l'esprit du barbare n'était pas
moins subtil et retors que le sien, en sorte que ce ne fut qu'à
grand'peine et par des promesses accompagnées de présents
tangibles que le prêtre décida le païen à recevoir le baptême et,
avec le sacrement, le comté de Chartres avec tous ses biens,
droits et privilèges, dont l'empereur se trouvait heureux de
pouvoir alors disposer. Hastings s'établit donc dans ses nou-

veaux États, servant plus d'une fois d'intermédiaire entre les souverains français et ses pareils, danois ou norvégiens, lorsqu'ils serraient de trop près les demeures royales. Charles le Gros avait su tout de suite se tourner vers lui, lorsqu'il avait entendu parler des nouveaux projets des pirates contre Paris. Le chef, devenu comte, avait conservé certaines habitudes de pillage qui ne différaient pas beaucoup de celles des seigneurs ses égaux, sauf par une certaine férocité violente qui ne se rencontrait pas très souvent parmi les grands vassaux de la couronne. Tout chrétien qu'il fût devenu de nom, le comte de Chartres ne se faisait pas faute de violer les privi- lèges des couvents et des églises et ne respectait en aucune façon le droit d'asile lorsqu'un de ses ennemis se réfugiait dans le sanctuaire. Déjà l'une des bandes des rois de la mer, envoyée en avant-garde sous la conduite de Roll, déjà célèbre parmi ses compagnons, avait marché sur Rouen, et l'avait emporté d'assaut. Les seigneurs de Neustrie étaient effrayés. Les troupes gallo-franques étaient sur pied, commandées par le duc Renaud. Auprès de lui se tenait l'ancien pirate Hastings. Le soir, dans la compagnie des guerriers francs, Hastings se vantait de ses exploits passés comme pirate. « Un jour, disait- il, nos barques avaient navigué bien loin, jusqu'en Italie. De la mer nous apercevions une grande ville, remplie de monuments de marbre et d'or; quelques-uns des nôtres disaient que c'était Rome. Je n'en savais rien, mais je pensais que je serais content de voir Rome et de prendre une part des richesses accumulées dans les églises chrétiennes. Mais mes compagnons n'étaient pas nombreux, la ville paraissait grande et bien munie. J'eus recours à la ruse. J'envoyai un message à l'évêque, disant que j'étais malade à la mort et désirais recevoir le saint baptême, afin de paraître comme chrétien devant le tribunal du Christ. L'évêque le crut et envoya un prêtre pour me baptiser. Nous avions caché la plupart de nos guerriers dans le fond des barques, afin de ne pas effrayer les moines. Le prince Bjorn, Côte-de-Fer, que j'avais élevé et qui n'avait jamais voulu me quitter, soutenait ma tête sur la couche qu'on m'avait préparée dans le plus grand des navires, comme si je n'avais pas la force de me tenir sur mon séant. Je fis semblant de parler avec peine, d'une petite voix de mourant, mais le prêtre tremblait si fort, qu'il ne faisait pas grande attention à nous et demandait seulement à regagner en sûreté la terre ferme. Comme nous avons ri de ses terreurs, une fois qu'il a été parti! Deux jours plus tard, une barque drapée de deuil gagnait le port pour annoncer ma fin et demander à me déposer en terre sainte. Toute la flottille des Normands tenait à rendre honneur à mes funérailles, comme à l'un de ses principaux chefs. L'évêque et le gouverneur de la ville n'osèrent pas se refuser à un si pieux désir, et le cercueil fut apporté dans l'église, accompagné d'un certain nombre de nos meilleurs guerriers; les autres barques se rapprochaient insensiblement du rivage, car les chaînes du port avaient été levées pour laisser passer l'embarcation funèbre.

« Le service commença, le prince Bjorn à la tête du cercueil:

pas un des guerriers ne bougeait ni ne prononçait une parole, lorsque tout à coup je repoussai le drap mortuaire de la bière, et je bondis, l'épée à la main, au milieu de l'église, en criant de toutes mes forces : « A l'assaut! » Le prince Bjorn était à côté de moi, tirant sa longue lame ; les hommes du dehors s'étaient jetés dans l'église ; les Normands qui y avaient suivi le deuil fermèrent les portes, massacrant d'abord les prêtres et ceux de la ville qui avaient été curieux d'assister aux funérailles. Mal leur en prit, car le trésor de la cathédrale fut aussitôt pillé, les morts dépouillés de leurs objets précieux et la ville mise à sac. Nous reprîmes alors le chemin de nos navires, chargés de tant d'or et de dépouilles qu'il nous fallut nous diriger sur-le-champ vers les côtes de la patrie, de peur de couler avec toutes nos richesses. C'est le malheur qui est arrivé précisément au prince Bjorn lorsque j'ai acquis le comté de Chartres du roi Charles le Chauve et qu'il ne voulut pas rester avec moi : il reprit la mer avec un si riche butin, que plus ne devait jamais avoir besoin ni envie de plus grandes richesses ; mais la mer était avide de ses biens et il périt pendant la traversée, avant d'avoir pu regagner la terre du roi son père. »

Les seigneurs de Neustrie étaient accoutumés aux pillages des rois de la mer, et ils ne reculaient pas eux-mêmes devant la violence lorsqu'elle leur promettait de solides avantages ; mais ils se regardaient cependant les uns les autres en entendant le comte de Chartres revenir avec un plaisir évident sur ces aventures de crime et de sacrilège qui composaient toute l'existence des pirates, naguère ses compagnons. L'un des barons qui siégeaient et buvaient avec Hastings, du nom de Tiébold, avait depuis longtemps jeté des regards de convoitise sur le beau comté de Chartres et il avait en vain réclamé de l'empereur Charles le Chauve la dotation dont celui-ci avait honoré le Danois. A l'ouïe du récit vantard d'Hastings, il ne put s'empêcher de dire : « Tu as tort de dormir ainsi dans la tranquillité de ton comté, Danois, car le roi Charles n'est pas comme son aïeul et il désire ta mort, en vengeance de tout le sang chrétien que tu as répandu naguère et que tu n'épargnes pas encore aujourd'hui dans tes domaines. Souviens-toi donc des maux que tu as faits et sois sur tes gardes, car tu pourras bien être chassé à l'improviste. »

L'ancien pirate avait un peu perdu de la hardiesse qui le distinguait naguère, mais il avait conservé une grande impassibilité de visage, en sorte que ses traits ne manifestèrent aucune émotion à l'ouïe de l'interpellation de Tiébold. Le lendemain, il devait gagner les bords de l'Eure pour s'entendre avec les Normands et leur chef Rollon.

« Vaillants guerriers, dit-il à la troupe assemblée des envahisseurs, d'où venez-vous? Que cherchez-vous ici? Quel est le nom de votre seigneur? — Nous sommes Danois, repartit Rollon, tous également maîtres entre nous. Nous venons expulser les habitants de cette terre et nous la soumettre comme notre patrie. Et qui es-tu, toi qui nous parles si hardiment? — Vous avez peut-être entendu parler quelquefois d'un certain Hastings qui, sorti de chez vous, est venu ici avec beaucoup de navires et a pris possession d'une partie du royaume des Francs? — Ouî, dit Rollon, nous en avons entendu parler. Cet Hastings avait bien commencé, mais il a mal fini. — Voulez-vous vous soumettre au roi Charles?

— Nous ne nous soumettrons jamais à personne. Tout ce que nous conquerrons par nos armes, nous le garderons comme notre droit. Va dire cela, si tu le veux, au roi dont tu te glorifies d'être l'envoyé! »

Hastings retourna porter la réponse au duc Renaud, et Rollon se mit en marche vers Paris, où il devait rencontrer le prince Siegfried. Mais le comte de Chartres était resté troublé et inquiet de se trouver pris entre deux feux.

« Si mes frères d'autrefois venaient à triompher! pensait-il, ou si les intrigues de Tiébold inspiraient contre moi de la défiance aux Francs! Je sais ce que je ferai. Je vais vendre le comté à Tiébold, et je profiterai de la présence de nos navires. » Huit jours plus tard le comte Tiébold prenait possession du comté de Chartres, tandis qu'Hastings, chargé de toutes les richesses qu'il avait pu accumuler, pendant les dix années qu'avait duré son élévation, aux dépens du pays Chartrain, et faisant commerce pour lui-même des navires normands engagés dans la rivière de Seine, prenait le chemin du Dane-mark, où il devait séjourner le temps nécessaire pour recruter des compagnons et se procurer une flottille avant de reprendre la vie de pirate qui exerçait sur lui un irrésistible attrait.

Cependant les barques commandées par Bjorn avaient fait une si grande hâte, que le rendez-vous fut fidèlement tenu à

Rouen et toutes les forces des Normands étaient arrivées devant Paris. On était au 25 novembre, l'air était froid et humide; mais peu importait aux rois de la mer et à leurs guerriers, couverts de cuirasses épaisses en cuir bouilli et armés de longues lances qui leur permettaient de frapper les ennemis à terre du bord de leurs embarcations. Les larges épées qu'ils portaient tous à la ceinture ne sortaient de leur fourreau que lorsque le combat devenait corps à corps. La cité de Paris s'étendait tout entière devant leurs regards. Jusqu'à ce jour, ils n'avaient assiégé et pillé que les faubourgs de la grande ville; mais maintenant ce n'était plus Saint-Denis ou Saint-Germain qu'il s'agissait d'emporter d'assaut. Les remparts des deux abbayes étaient solidement réparés et tout autour de la ville s'étendait une double enceinte de fortifications, de murailles garnies de tours, de créneaux et d'une foule de combattants de martiale apparence. Les Normands, même les plus intrépides, s'arrêtèrent à la vue de cette civilisation qui paraissait unie à tant de courage et de prévoyance habile. Le prince Siegfried avec les rois Sweyn et Hadrad, le chef Rollon et les plus célèbres guerriers parmi les coureurs de mer se réunirent à bord de la *Gudruna* que montait Siegfried. Le navire lui avait été donné par sa mère, qui avait imposé son nom au nouveau serpent de mer. Le conseil fut long et orageux. Les jeunes guerriers étaient pour la plupart désireux de monter aussitôt à l'assaut. Mais pour sa part Bjorn hésitait à attaquer les abbayes et les églises : il n'avait pas encore eu le temps d'oublier les ardentes supplications de Britta.

Siegfried et Rollon, ordinairement les plus entreprenants, proposaient d'entrer en pourparlers avec l'évêque. « J'irai seul, dit Siegfried, et je demanderai à parler au chef des prêtres. Partout où nous avons passé, j'ai trouvé les pasteurs des peuples plus soucieux de leur salut et de leur bonheur que les ducs et les comtes qui siègent en la présence du roi et de l'empereur, sans s'inquiéter des souffrances des petits et des pauvres.

— Nous ne leur portons pas le bonheur non plus, prince, » dit Rollon d'une voix ferme, et Siegfried ne répondit pas. Il avait dépêché un messager à l'évêque, qui parut bientôt sur les remparts, revêtu de sa longue robe violette et attendant avec calme la venue du Normand, qui descendit de son navire hérissé de lances et peuplé de guerriers pour pénétrer seul dans la ville assiégée. Les pirates étaient montés sur le pont de leurs embarcations et tendaient l'oreille pour saisir quelques mots de l'entretien, qui avait lieu en français. Le prince Siegfried avait tant et avait si longtemps couru les mers, qu'il parlait à peu près le langage de tous les pays où il avait porté le fer et le feu ; mais le pirate parlait bas et l'évêque plus bas encore. Les guerriers normands s'irritaient de ne pas entendre, mais les Francs qui entouraient le prélat ne comprenaient pas mieux que leurs ennemis, lorsque Siegfried commença d'une voix insinuante à laquelle il n'avait pas souvent recours : « Prends pitié de toi-même et de ton troupeau, évêque, disait-il, permets seulement que nous puissions traverser cette cité ; nous ne toucherons nullement à la ville et nous nous efforcerons de vous conserver tous vos biens à toi et au vaillant comte Eudes, chef de cette place de Paris. »

L'évêque Gozlin s'était redressé : il était aussi grand que le chef Danois et, dans ses vêtements sacerdotaux, il paraissait si imposant, que le pirate lui-même inclinait la tête devant sa majesté souveraine. Le prélat parla à son tour. « Cette cité, dit-il, m'a été confiée par l'empereur Charles, le roi et le dominateur, après Dieu, de toute la puissance de la terre. Il nous l'a confiée, non pour qu'elle causât la perte du royaume, mais bien pour qu'elle le sauvât, dans la volonté de Dieu ; si ces murs avaient été confiés à ta garde, comme ils le sont à la mienne, ferais-tu ce que tu me demandes ?

— Si jamais je le faisais, repartit Siegfried, que ma tête soit condamnée à tomber sous le glaive et à servir de pâture aux chiens ! Mais si tu ne cèdes à nos prières, dès que le soleil commencera son cours, nos camps lanceront sur toi des dards empoisonnés ; et quand le soleil finira sa course, ils te livreront à toutes les horreurs de la faim, et cela ils le recommenceront tous les ans.

— Tu as répondu toi-même, reprit l'évêque, tu sais aussi bien que moi que je ferai mon devoir. » Il pouvait répondre du comte Eudes, fils aîné de Robert le Fort, comte d'Anjou, de la même race que Charlemagne, tué naguère dans un combat contre les Normands. Le jeune Eudes, tout récemment devenu comte de Paris, était animé de la soif de la vengeance, en même temps qu'il était résolu à défendre, en compagnie de l'évêque, la cité confiée à leur dévouement.

Ni les Normands, assiégeants, ni les Parisiens, tremblant derrière leurs murailles, n'avaient prévu la longue durée de la lutte qui commença en effet le lendemain à la pointe du jour. Les Normands, hors de leurs navires, avaient retranché leurs camps sous les murailles mêmes de Paris, et ils coururent à l'assaut de la tour la plus haute, qui semblait défier leurs efforts de toute sa magnificence et de toute sa grandeur. La hache à la main, quelques-uns cherchent à saper les fondements de la tour, pendant que les autres font pleuvoir une grêle de traits sur ses défenseurs. Mais à l'attaque répond la résistance. Le comte Eudes était monté sur son cheval de bataille, ainsi que son frère Robert. Un neveu de l'évêque, l'abbé Ebbon, aussi brave que les seigneurs de la terre, ne leur cédait nulle part le pas pour combattre à grands coups d'estoc et de taille. Une flèche aiguë vint le frapper à l'épaule. Les cris des blessés et des mourants se mêlaient aux gémissements des morts comme aux plaisanteries tantôt hardies, tantôt grossières, des combattants. Sur la tour, encore debout malgré les assauts qu'elle reçoit de toutes parts, se tenait le comte Eudes, encourageant et poussant ses troupes au combat contre les Normands occupés à saper le pied de la tour. Sur le sommet du monument était allumé un feu intense qui brûlait sans relâche, faisant bouillir une grande quantité d'huile, de cire et de poix préparés en un mélange horrible pour le verser sur la tête des Danois.

Point n'était besoin de guerriers pour ce travail : seule une femme, mère d'un jeune soldat né à Saint-Denis parmi les

vassaux de l'abbaye, et tué naguère dans un combat contre
les Danois, suffisait à cette tâche, qu'elle regardait comme une
juste vengeance pour la mort de son fils unique. Dès que
l'un des guerriers s'approchait de la marmite bouillonnante
afin de remplir un seau pour le jeter sur la tête des assaillants, la femme aux cheveux épars, semblable à une sorcière
qui prépare un enchantement funeste, repoussait vivement
l'intrus et, armée elle-même d'une longue cuillère, versait la
poix enflammée sur les longs cheveux des Danois, qui sen-
taient brûler leur chevelure avec la peau de leur tête, tandis
que la mère irritée leur criait du haut de sa tour : « Malheureux
brûlés, courez vers les eaux de la Seine et tâchez de nous
revenir avec une perruque mieux peignée ! » Le comte Eudes
riait, en passant auprès de la furie, de ce rire sardonique et
cruel que les hommes trouvent dans la haine et la violence
de la bataille. A chaque pas de ces infortunés vers leurs
navires, ils rencontraient tantôt le vaillant comte, l'épée nue
à la main, ou son rival de gloire et de bravoure, l'abbé Ebbon,
qui, d'un seul coup de son javelot acéré, avait enfilé sept Danois se pressant auprès de la tour. « Voilà une belle brochette !
s'écria le prélat, qu'on l'emporte à la cuisine de Monseigneur ! »

Tant que l'on combattait ainsi entre guerriers, sans porter
la main sur les personnes ou les choses saintes, Bjorn était
aussi ardent dans la lutte que les plus braves des fils de la
mer. Il se tenait seulement loin de l'abbé Ebbon, qui avait
endossé une cuirasse par-dessus sa robe sacerdotale, mais

qui s'interrompait parfois dans son œuvre de mort pour donner la bénédiction suprême à quelqu'un des guerriers francs percés par les flèches des Danois. « Celui-là est bien un prêtre, se disait Bjorn, et tout en frappant nos frères, il n'oublie pas d'absoudre les siens pour leur ouvrir les portes du paradis. Je suis chrétien, mais si je tombais, il ne s'approcherait pas de moi. Les hommes de Dieu ne devraient pas frapper du glaive. »

Bjorn avait à peine pensé ainsi qu'un cri de triomphe, parti des rangs des Danois, lui fit lever la tête du travail de sape auquel il se livrait avec une vigueur que redoublait la crainte du danger moral qui pouvait résulter pour lui de la persistance de l'abbé Ebbon sur le théâtre de la lutte. Une flèche lancée de la main robuste de Rollon avait transpercé Judith, la mère furieuse qui combattait avec une passion ardente à venger son fils mort de la main des Normands. Son voile de deuil, ses longs cheveux grisonnants étaient teints de sang, mais, de sa main défaillante elle repoussait sa fille aînée qui se penchait sur elle pour chercher à bander ses plaies, et, lui montrant la marmite embrasée, l'envoyait à sa place de combat. Seule, une seconde enfant toute jeune et frêle encore soutenait la tête de sa mère lorsque le prêtre lui donna l'absolution sainte. Il n'avait pas le loisir de lui demander si son âme était purifiée des étreintes de la haine et de la vengeance qui avaient envoyé son enfant tenir sa place auprès du réchaud fatal. Le dernier soupir avait à peine effleuré les lèvres glacées de la mère morte, que les deux enfants, soulevant d'un

18

même effort la marmite bouillonnante, remplissaient les seaux
des soldats empressés auprès du brasier. Les pelles et les
cuillères de fer dont se servait leur mère n'allaient pas assez
vite au gré de leur désespoir et de leur vengeance.

La nuit venait cependant sans que les Francs eussent
abandonné la possession de la tour, à demi démolie et sapée
dans sa base, sans que les Normands renonçassent non plus
à s'en rendre maîtres. Les nuages qui avaient chargé le ciel,
pendant tout ce jour, de leurs ombres épaisses commençaient
à se résoudre en une pluie battante accompagnée d'un vent
glacé. Les hommes du Nord étaient accoutumés à tenir peu
de compte des eaux du ciel comme de celles de la mer, mais
l'obscurité croissante ne leur permettait plus de diriger leurs
dards, et ils couraient même le risque de frapper quelqu'un
des leurs, confondus dans la mêlée. Les rois de la mer avaient
pris rapidement conseil de leurs chefs et les conques des
Danois commençaient à sonner le rappel au vaste camp sous
les murs de Paris. Les cadavres des Francs étaient peu à peu
enlevés par les prêtres envoyés de la part de l'évêque. L'abbé
Ebbon avait déposé sa cuirasse, élevé le crucifix d'argent de
la paroisse et ne paraissait plus songer qu'aux offices sacrés.
Peu à peu le camp des Normands s'illuminait d'innombrables
torches et les grands feux éclairaient la nuit noire sans lune
et sans étoiles. Les chants de l'Église retentissaient déjà sur
les fosses creusées à la hàte.

Bjorn n'avait reçu aucune blessure dans le combat. « Britta
prie son Dieu pour moi à toute heure du jour et de la nuit,

pensait le jeune guerrier, et je n'ai pas tiré une seule flèche contre ce prêtre de malheur dont le bras doit être lassé à force de frapper les nôtres. Comment a-t-il pu tout d'un coup reparaître dans ses robes d'église et chante-t-il comme un bienheureux sur la tombe des braves, ainsi que faisaient les Walkyries dans les anciens temps? Mais les chants se taisent, on entend du bruit autour de la tour. Que se passe-t-il là? Vont-ils abandonner cette ruine? »

Et Bjorn, qui était de garde à l'une des entrées du camp, s'avançait en se penchant, son javelot à la main, cherchant à pénétrer les ténèbres qui lui paraissaient par instants légèrement éclairées par la faible lueur d'une lanterne qui paraissait voilée. Le jeune guerrier entendait un bruit incessant, comme le murmure d'une grande ruche; parfois le son d'un marteau ou le grincement d'une scie lui assurait que de certains travaux se poursuivaient dans l'enceinte des fortifications qui semblaient sur le point de succomber quelques heures auparavant. « Réveillerai-je le prince Siegfried? » pensait Bjorn, particulièrement attaché au chef norvégien qui l'avait emmené dans son expédition. Il a vaillamment combattu tout le jour, il a reçu quelques légères blessures, il doit être las; attendons encore.

Et Bjorn Arnesohn attendit, toujours aux aguets, bien loin de songer à prendre du repos lui-même, tant il était occupé de surveiller les mouvements mystérieux des ennemis.

La longue nuit de novembre était encore loin de sa fin lorsque le jeune guerrier pénétra enfin dans la tente du chef.

« Je n'ai pas le droit de rester chargé de la responsabilité de ce
que j'ai vu, » pensait Bjorn, qui, la pluie cessée, voyait des
ombres nombreuses s'agiter à la lueur plus hardie des torches
et des lanternes. Siegfried était étendu sur une peau d'ours
jetée à terre; il avait détaché son long glaive, mais le couteau
norvégien était passé à sa ceinture, et le justaucorps de cuir
bouilli n'avait pas quitté ses épaules robustes; au premier mot,
il fut sur pied. « Allons voir! » dit-il à la vigilante sentinelle.

C'était un des surnoms du prince Siegfried, parmi les aventuriers de son peuple, que de l'appeler : Œil d'aigle. Ce regard
particulièrement pénétrant et ferme perçait les ténèbres infi-
niment mieux que la vue plus ordinaire de Bjorn, et son
expérience guerrière lui révéla sans peine le secret des répa-
rations que subissait la tour défendue et attaquée sans relâche
pendant la journée.

« Nous trouverons les brèches bouchées et les remparts
relevés quand le jour se lèvera, dit le chef à son fidèle cham-
pion, mais le mortier sera frais et les pierres molles; nous
aurons bientôt raison de ces travaux nouveaux, que nous ne
pouvons d'ailleurs pas empêcher, les Normands ne combattant
pas la nuit. Allons dormir, Bjorn. » Et une autre sentinelle
prit la place du guerrier fatigué.

CHAPITRE II

En effet, à peine les premières lueurs encore douteuses du matin commençaient-elles à paraître, que les Danois virent le soleil pâle de l'hiver se refléter sur le sommet d'une tour plus élevée que n'était celle attaquée la veille. Les brèches de l'ancienne tour avaient été garnies de planches et leur hauteur semblait maintenant menacer les nues. Les Normands riaient entre eux des faibles défenses opposées à leurs sapes et à leur haches ; et d'ailleurs, aux premiers regards, le fourneau qui avait lancé sur eux tant de feux dans le dernier combat, leur paraissait éteint, avec la vie de la femme qui avait travaillé contre eux tout le jour.

Les conques retentissaient sur tous les navires qui couvraient la rivière à plus de deux lieues de distance. On se demandait, dans Paris, ce qu'était devenu le fleuve : le sapin, le chêne, l'orme et l'aune humide en cachaient toute la surface.

Les guerriers francs paraissent derrière les meurtrières de

la tour renouvelée; ils sont aussi empressés et aussi courageux
que la veille, aucun des chefs n'a manqué à l'appel; mais que
peuvent une poignée de héros contre les flots sans cesse renou-
velés des envahisseurs? Deux cents guerriers francs peut-être
sont préposés à la garde de la tour, tandis que quarante mille
hommes du Nord sortent à flots pressés des navires et des
camps.

Aux premières lueurs de l'aurore, un certain nombre de
Danois étaient partis pour piller les environs de la capitale et
rapporter des provisions fraîches à leurs compagnons affamés,
qui se gardaient bien de toucher aux provisions apportées de la
patrie lointaine, lorsqu'ils se trouvaient à portée des bœufs et
des moutons des contrées envahies. A mesure que les cavaliers
revenaient, poussant devant eux des convois d'animaux éperdus, les nouveaux arrivants déjà repus des provisions qu'ils
avaient dévorées sur place, au milieu des paysans désolés et
sans résistance, couraient prendre la place de leurs compagnons au sein du combat; et nul ne cherchait à se soustraire à
cette nécessité de la bataille, car ceux qui revenaient blessés
ou brûlés par les seaux de poix ou d'huile bouillante, pensant
trouver auprès des femmes qui avaient accompagné l'expédition, quelque soulagement à leurs maux, étaient accueillis par
des reproches et des injures, même par leurs propres épouses
qui les voyaient apparaître, souffrants et défigurés. En vain les
pauvres brûlés espéraient trouver quelque soulagement
dans les ondes du fleuve à leurs cruelles tortures, les
femmes les repoussaient loin de l'abri des navires. « Où

cours-tu? criaient-elles, fuis-tu d'une fournaise? Ainsi donc,
enfant du démon, aucune victoire ne pourra te rendre maître
de cette tour? Ne t'ai-je pas comblé de venaison, des dons de la
terre et de la vigne fertile? Que viens-tu encore chercher ici?
Est-ce déjà un asile pour ta fatigue ou de nouvelles provisions
pour ton appétit glouton? Les autres cherchent-ils ainsi le
repos honteux? S'ils y viennent, puissent-ils recevoir le même
accueil que toi! »

Les guerriers ainsi repoussés et insultés retournaient au
combat, enviant le sort de ceux de leurs compagnons dont
les femmes étaient paisiblement demeurées au logis. « Celles
qui accompagnent les expéditions n'ont jamais été les meilleures
et les plus douces, pensaient les pauvres maris maltraités, et
elles deviennent de vraies mégères dans les camps ou sur les
navires, au spectacle des pillages et des massacres! Tu es
heureux, toi, Bjorn : ta Britta n'apprend qu'à prier dans son
presbytère d'Islande, elle ne criera pas comme ces furies!

— C'est précisément pour cela que je ne serais pas fâché de
l'avoir près de moi, à cette heure, pensait le pauvre Bjorn qui
venait de recevoir un seau d'huile et de poix bouillante,
qu'Edith, la fille aînée de Judith, lui avait lancé au visage comme
il montait, son javelot à la main, à l'assaut des remparts de
planches qui commençaient à se calciner sous l'action des grands
feux que les Danois avaient allumés, d'endroit en endroit, au
pied de la tour. Le jeune guerrier avait heureusement fermé les
yeux par un naturel instinct, mais les gouttes enflammées s'étaient
attachées à la peau de son visage, de ses bras, de ses mains, se

mêlant à ses longs cheveux blonds, en sorte qu'en retombant à terre il piétinait d'angoisse au milieu des morts et des mourants que nul n'avait le loisir de venir relever. Au même instant une roue embrasée, lancée du sommet de la tour, frappe à la fois six hommes, fils d'une seule mère, qui rivalisaient de courage et d'audace parmi les compagnons du chef Rollon. Ils tombèrent tous ensemble, et la mère, assise au foyer lointain, ne saura pas, de longtemps, qu'elle est privée d'enfants.

Cependant Bjorn, à demi aveuglé par la poix et l'huile brûlantes, crie de toutes ses forces : « Combattons le feu par le feu », et il cloue du bout de son dard le vêtement enflammé d'un Franc mort à la porte inférieure de la muraille. D'autres guerriers imitent son exemple, et bientôt la tour est enveloppée de flammes qui s'élèvent comme des torches embrasées le long du revêtement de planches élevé pendant la nuit. Le comte Eudes, toujours à la tête de sa poignée de vaillants défenseurs, sent que le moment est venu de quitter la tour qui a déjà coûté tant de sang, les ordres courent de rang en rang et, l'ombre d'une fumée épaisse protégeant la retraite, les Francs évacuent les hauteurs de la tour que les Danois trouvent vide et à demi écroulée, lorsque leurs cris de victoire retentissent enfin au sommet des créneaux ébranlés.

Le soir, dans la tente du chef Rollon, Bjorn tout couvert de sang, tout noirci par la fumée et le visage bouffi par les brûlures qui l'avaient atteint le matin même, reçut des mains du prince Siegfried un collier d'or, en récompense des exploits de son courage et de son habileté au combat. « Continue comme tu as commencé, Arnesohn, dit le roi de la mer, et si Héla ne t'entraîne pas trop tôt dans son triste royaume, ton nom sera bientôt au nombre des plus hardis, renommés dans nos demeures au delà des mers ! »

La pensée de Bjorn se reporta rapidement vers le paisible presbytère qui abritait Britta, puis vers la mère hardie et farouche qui l'avait élevé pour les aventures des mers. « Ma colombe prépare-t-elle Éric pour le vol du vautour? » se demandait-il.

Tandis qu'on se réjouissait et que l'on récompensait les braves dans le camp des Normands, les braves parmi les Francs se lamentaient ou restaient muets, déplorant amèrement cette première et désastreuse épreuve de leurs forces insuffisantes pour la résistance.

« Il faut attendre le secours promis par l'empereur Charles, » disait l'évêque Gozlin; mais le comte Eudes ne répondait pas, car il savait par expérience la faiblesse et l'indifférence indolente du souverain. L'abbé Ebbon, débarrassé de son armure et rendu tout entier aux armes religieuses de la foi et de l'espérance, parlait d'une promenade solennelle des reliques de sainte Geneviève, comme devant agir puissamment sur l'esprit des habitants de Paris et les encourager à se porter tous en masse aux remparts, pour seconder les efforts des hommes d'armes et des guerriers par le poids du nombre. Les chevaliers ne niaient pas l'action religieuse et morale de la sainte patronne de Paris; mais ils ne comptaient guère sur le courage indiscipliné et douteux des artisans et des bourgeois. Le conseil de guerre tenu cette nuit à l'évêché était bien triste.

Cependant les remparts ne se trouvèrent pas dégarnis de défenseurs le lendemain matin, ni la brèche ouverte dans la muraille par la destruction de la tour. Les maçons et les soldats avaient élevé dès la veille une seconde ligne de retranchements, qui se trouva prête lorsque la tour fut tombée au pouvoir des Danois. Quelques-uns des hommes du Nord s'y portèrent seuls, le matin, comme pour affirmer leur victoire, mais non pour combattre ; le camp était presque désert, les malades et les blessés avaient été transportés dans les navires pour recevoir les soins que réclamait leur état, les morts reçurent les derniers devoirs et les nombreux Normands valides, non rassasiés de carnage par le combat de la veille, couraient les environs de la ville en maraude et en pillage, par troupes assez nombreuses pour s'assurer la victoire si quelqu'un s'aventurait à faire résistance, mais sans que les chefs eussent mis la main à l'ordre des escouades qui s'étaient formées dans chaque bande, le matin, des amis et des compagnons accoutumés à combattre ensemble. Malgré ses blessures, Bjorn avait formé un peloton qui marchait sous sa conduite. Les Danois surtout avaient subi de graves pertes, mais le nombre de leurs guerriers était si grand, que les chefs ne s'en inquiétaient pas et prenaient tranquillement un jour de repos, bien assurés, d'après l'expérience de la veille, que Paris tomberait bientôt en leur pouvoir.

Cependant le comte Eudes et son frère Robert le Fort avaient

reçu de l'empereur une missive qui ranimait un peu leurs
espérances. Le duc Henri, le plus vaillant des guerriers réunis
autour du trône de Charles le Gros, paraissait avoir enfin pris
en main les intérêts menacés de l'empire et il écrivait à ses

Le conseil de guerre tenu à l'évêché était bien triste.

compagnons d'armes qu'une armée se préparait pour aller les
rejoindre, moitié Français, moitié Gaulois. Dans les diverses
provinces soumises au joug de l'empereur, l'appel aux armes
avait été si péremptoire et si urgent, qu'une bonne portion des
troupes pour le moins ne pouvait tarder à s'avancer sur la
capitale, et le duc lui-même comptait marcher à leur tête. Les

Normands semblaient avoir eu vent de ces nouvelles, car les
assauts furent bientôt repris avec ardeur. Le mois de décembre
tout entier s'écoula en escarmouches peu importantes, mais
sans cesse renaissantes. La glace et le froid, comme la neige de
janvier et de février, retinrent les rois de la mer dans l'immo-
bilité, à laquelle ils étaient souvent habitués pendant cette
saison rigoureuse : les courses de maraude ne cessaient pas,
mais il fallait cependant laisser des guerriers à bord des navires.
Un jour qu'une grande expédition s'était dirigée du côté d'Argenteuil et une autre vers Saint-Denis, une troupe de Gaulois
de la Cité s'était glissée sur la glace solide, les torches cachées
sous des corbeilles, comme des marchands traversant le fleuve
pour aller à leurs affaires, et plusieurs des navires danois
s'étaient tout à coup trouvés enveloppés de flammes. Les
femmes avaient fait force de bras et de courage pour arrêter
l'incendie qui menaçait de gagner toute la flotte, tant les navires
normands étaient étroitement serrés sur le fleuve et pris dans
les glaces comme sur les mers du Nord.

Lorsque les guerriers revinrent de leur maraude, chargés
comme à l'ordinaire de leur butin, et se trouvèrent en face des
bâtiments détruits par le feu, des blessés et des morts qui
avaient péri dans les flammes, Bjorn qui commandait une
escouade ne put s'empêcher de dire tout haut : « C'est la
vengeance du Dieu des chrétiens dont vous avez en ce jour
pillé le sanctuaire à Argenteuil. Quand j'ai vu en vos mains les
ornements du prêtre et les vases sacrés, je me suis dit que
nous payerions bien certainement cet outrage ! Ce sont les

femmes qui en ont porté la peine! » On murmurait dans les rangs contre les paroles de Bjorn.

Les troupes de l'empereur tardaient à venir. Le comte Eudes, perdant patience, sortit seul, une nuit, de la ville, accompagné seulement de deux écuyers, pour aller presser le secours depuis si longtemps promis. On avait soigneusement caché aux Parisiens le départ de leur comte, mais une inquiétude vague régnait cependant dans la population, comme si elle sentait que des mains moins fermes tenaient en ce moment les rênes du gouvernement dans la capitale. Un trouble nouveau dévorait d'ailleurs depuis quelque temps tous les cœurs. Une maladie provenant de la fatigue et de la tristesse minait depuis plusieurs semaines l'évêque Gozlin, jusqu'alors resté l'âme de la résistance. Des prières pour son rétablissement avaient été ordonnées dans toutes les églises; mais les prêtres du Seigneur n'avaient pas repris confiance, et ils disaient partout aux fidèles que la colère de Dieu n'était pas encore apaisée envers son peuple, discours qui ne relevaient pas le courage de la population.

Enfin, l'évêque succomba à son mal, implorant jusqu'à son dernier souffle la miséricorde de Dieu envers le peuple de Paris.

Il semblait que les prières du prélat mourant eussent été entendues, car à peine le cri de la désolation se faisait-il entendre dans toutes les rues et ruelles : « Nous avons perdu notre père! », qu'un autre cri retentissait à son tour : « Voici venir le secours de l'Empereur! » Ce nouveau cri venait de tous les veilleurs qui ne quittaient jamais leur poste, chargés qu'ils étaient d'avertir les Parisiens des mouvements des ennemis, et, cette fois, des espérances de délivrance. Sur les hauteurs de Montmartre apparaissaient déjà les rangs pressés de plusieurs masses d'hommes armés, et à leur tête, la hache d'armes à la main, comme décidé à s'ouvrir le premier un passage à travers les tentes des Normands postés sur cette partie des remparts, le comte Eudes, son étendard de la Ville de Paris flottant derrière lui, arrivait à bride abattue sur le corps des Danois qui cherchaient pêle-mêle à s'opposer à son passage.

Les rois de la mer n'avaient pas été aussi bien informés que de coutume par leurs espions et ils n'avaient pas prévu l'approche subite du comte de Paris, en sorte que les Normands furent repoussés en désordre, non sans une assez grande perte, et que le comte Eudes rentra triomphant, accompagné d'un corps de troupes assez nombreux qui s'ouvrit, comme lui, un chemin à la pointe de l'épée. Les bourgeois de Paris pensaient : « Voilà de bons défenseurs qui ne sont pas inutiles, car nous sommes fort dépourvus, mais ce sont aussi bien des bouches, et de robustes même. Mais où trouver du pain pour les nourrir? » La ville de Paris commençait à se trouver fort resserrée par l'anneau de fer des Normands, qui ravageaient si fort tous les environs de la capitale, que les vivres y entraient difficilement et se faisaient rares.

Les nouveaux guerriers amenés par le comte de Paris suffisaient à défendre les remparts, en sorte que les assauts perpétuels des Normands étaient repoussés, mais ils étaient hors

d'état de faire lever le siège. Le comte Eudes expédiait messages
sur messages au duc Henri.

Enfin, on annonça l'approche de l'armée impériale ; mais
cette fois les Normands n'étaient pas pris à l'improviste, un
grand nombre d'entre eux sortaient d'ordinaire le soir sur les
navires depuis que les Parisiens avaient cherché à y mettre
le feu ; mais lorsqu'on sut l'approche du duc Henri, une
activité silencieuse s'empara de tout le camp des hommes du
Nord qui ne se retiraient pas sur la rivière. Autour des camps
retranchés qui ceignaient la ville, les barbares creusèrent, la
nuit, un large fossé recouvert de terre et de broussailles tra-
versées sur divers points par d'étroits sentiers. Puis ils se
renfermèrent dans leur camp, bien munis des fruits du pillage
ainsi que des provisions apportées du Nord et qu'on tira de la
cale des navires. « Nous voilà assiégés à notre tour ! » disait
Rollon à Siegfried qui s'irritait des cavalcades autour du
camp, par lesquelles les guerriers francs cherchaient à se
rendre compte des points faciles à attaquer. « Si nous sortions
de nos retranchements, les hommes de l'empereur seraient
bientôt dispersés, repartait Siegfried ; mais mieux vaut les
laisser, ils ne tarderont pas à se retirer et nous aurons Paris à
notre discrétion. Deux jours de pillage dans les hôtels et les
églises, nous serons riches pour jamais. » Rollon partageait
les sentiments de Bjorn, bien qu'il n'eût jamais été baptisé, et
il n'aimait pas à entendre parler du pillage des églises. « Je
voudrais que, dans tous les pays du monde, le buisson gardât la
vache et le lieu saint le prêtre ! disait-il parfois en soupirant,

comme lassé de désordre et de pillage. — Où seraient alors les
rois de la mer? demandaient en riant Sweyn et Siegfried. —
Sur la terre, à rendre justice! » répondait Rollon. Mais ses
compagnons d'armes préféraient les aventures et la violence.

Le duc Henri chevauchait presque seul un jour, la troupe
de ses gens était en arrière, et il croyait avoir découvert
un point d'attaque, lorsque des éclaireurs normands cachés
dans un petit taillis, au delà du fossé, se montrèrent tout à coup,
les armes à la main et l'insulte à la bouche : « Jusqu'à quand
te promèneras-tu ainsi autour de nos retranchements, au lieu
de nous attaquer en face, ô homme de l'empereur! » disaient-
ils d'une seule voix.

Les Danois parlaient leur propre langue, que ne comprenait pas le duc Henri, mais les gestes et le ton possèdent une
éloquence propre, et le guerrier gallo-franc, furieux, ne s'arrêta pas à réfléchir qu'il était seul ; mais, se ruant sur les insul-
teurs, il lança contre eux son coursier. O infortune! à peine
le cheval avait-il posé ses pieds rapides sur le terrain mouvant
qui recouvrait le fossé, qu'il enfonça soudain jusqu'au poitrail.
Les Normands, s'élançant alors en grand nombre sur le chevalier sans défense, l'eurent bientôt massacré, et ils se préparaient à entraîner son cadavre dans le camp, lorsque les
Francs, s'apercevant de la chute de leur chef, pressèrent leurs
chevaux et accoururent à son secours. Consternés par sa mort,
ils combattirent avec fureur autour de son corps, et le rappor-
tèrent à Paris.

La désolation était grande dans le petit conseil de la défense,

car il n'y avait pas d'illusion à se faire, en perdant son chef
l'armée gallo-franque avait perdu son âme. Les Normands le
comprenaient aussi bien que le comte Eudes. « Nous aurons
enfin bon marché de ces Parisiens! » disait le prince Siegfried,
et la même assurance était répétée sous toutes les tentes
et à bord de tous les navires lorsque les dernières files de
l'armée de l'empereur disparurent derrière les hauteurs de
Montmartre. Les Danoises et les Norvégiennes commençaient à trouver l'expédition très longue et à avoir hâte
d'aller retrouver les petits enfants qu'elles avaient confiés
aux soins des vieilles mères. « Nous ne saurions quitter les
bords de la Seine avant d'avoir eu Paris à notre volonté, »
disaient les chefs.

Dans la ville, le nouvel évêque, l'illustre Anschéric, qui avait
remplacé le fidèle Gozlin, avait appelé dans toutes les églises le
peuple chrétien désolé et abattu. « Nous laisserons-nous décourager par les victoires des ennemis du Dieu des armées,
lorsque à peine nous l'avons supplié de combattre pour
nous? » disaient les prêtres dans toutes les chaires, et des
prières publiques furent partout ordonnées, la châsse de sainte
Geneviève et celle de son illustre protecteur et ami saint
Germain, de son vivant évêque d'Auxerre, furent promenées
dans toutes les rues, déposées sur toutes les places, où la foule
s'assemblait pour rendre hommage aux saintes reliques en
jonchant de fleurs le passage de la procession; on était en
plein été, les moissons étaient achevées, et les greniers pleins,
ce qui permettait encore la maraude aux Normands.

19

Tout à coup, au milieu des larmes et des invocations pas-
sionnées de la foule, tandis que les femmes, les mères et les
filles des combattants s'arrachaient les cheveux et se meurtris-
saient la poitrine de leurs poings, une figure majestueuse et
grave apparut aux yeux des fidèles éperdus. Les vêtements
sacerdotaux, tels que saint Germain les portait à l'autel et qui
étaient parfois depuis lors exposés à la vénération des prêtres,
enveloppaient sa personne imposante; il ne semblait pas marcher, mais glisser à travers les rues, le bras levé, la main tendue comme s'il donnait encore cette bénédiction épiscopale que
le peuple de Paris avait souvent implorée de sa charité; ceux
des fidèles qui n'étaient pas à genoux se prosternèrent à cette
vue, la plupart baissant le front comme dans un lieu saint. Les
plus endurcis ou les moins convaincus restaient seuls debout,
suivant l'apparition mystérieuse du saint prélat que Dieu semblait envoyer des demeures éternelles au secours de sa bonne
ville de Paris.

Les Normands attaquèrent ce jour-là l'un des plus solides
remparts de la défense, la grosse tour qui faisait pendant à la
première, assiégée par les barbares au début de leurs efforts.
Bjorn avait été honoré du poste de porte-enseigne du prince
Siegfried et il combattait au premier rang avec sa vaillance
accoutumée sans s'inquiéter du sort général de la bataille,
frappant d'estoc et de taille les ennemis qui se trouvaient à
sa portée, trop près pour l'usage du javelot ou du dard. Plusieurs fois déjà il avait eu recours au grand couteau danois
passé à sa ceinture, et jamais l'arme terrible, maniée par un

Les yeux rencontrent le regard terrible de l'apparition.

bras robuste, n'était revenue à lui sans être rouge du sang de
l'ennemi. Mais tout à coup, ô merveille! une ombre imposante
passe entre le soleil et le jeune Normand, si rapprochée qu'il
semble à celui-ci voir les plis flottants d'une robe de femme; il

Seul un religieux demeuré sur la tour.

lève le bras et frappe de toute sa force, sans regarder devant
lui. Mais sa main vient à retomber sans rencontrer de résistance, son couteau n'est pas teint de sang. Il lève alors les yeux
et rencontre les regards terribles de l'apparition céleste,
armés de la colère et de la puissance divine par le Très-Haut
lui-même.

Le porte-bannière avait été sur le point de laisser échapper
le fanion de son chef, car il était tombé sans vie comme frappé
de la foudre à l'aspect imposant de saint Germain. Ne connais-
sant pas son nom, ne sachant pas d'où il venait, la majesté de
l'apparition l'avait terrassé et lorsqu'il se releva éperdu et
encore tout troublé, la foule de ses compagnons avait passé sur
son corps étendu, fuyant de la ville et du pont qui conduisait à
la tour devant l'irrésistible puissance dont l'Éternel avait armé
le bras de son serviteur par la bénédiction accordée aux
fidèles.

Cependant les Danois, honteux d'avoir fui devant un seul
ennemi qui n'était peut-être même pas un homme, revenaient
déjà à la charge contre la tour, apportant dans leurs bras et sur
leurs épaules un amas de paille, dont ils formèrent des monceaux au pied des murailles, pour y mettre aussitôt le feu. Les
défenseurs des remparts, qui avaient repris courage à la
suite de l'apparition du saint évêque, s'enfuient de nouveau,
ouvrant eux-mêmes toutes les portes de la tour, pour échapper
à l'incendie.

Seul un religieux, les pieds nus dans ses sandales, vêtu
de sa robe de bure, ceint d'une corde grossière, demeure
sur la tour, tenant haut élevée la croix sur laquelle expira
Notre-Seigneur Jésus-Christ pour expier nos péchés.

La fumée montait vers le ciel en ondes épaisses, mais à la
fumée ne se mêlaient pas les jets de flammes, comme si la
croix luttait seule contre l'incendie allumé par des mains barbares. Les monceaux de broussailles tombaient consumés,

s'éteignant peu à peu, et avec eux s'éteignait l'ardeur des Normands, qui se retirèrent sans autre assaut contre la tour, dont le religieux avait tranquillement refermé les portes. La droite de l'Éternel s'était élevée, la droite de l'Éternel avait fait vertu!

CHAPITRE III

DÉVOUEMENT DE FEMME

Depuis que Britta était arrivée en Islande, dans le petit presbytère de son oncle, fuyant les humeurs et les mauvais traitements de sa belle-mère, par la volonté décidée de Bjorn, la vie lui paraissait s'écouler comme un long enchantement de paix active. L'apôtre du petit district de Jars-Zoë avait vieilli depuis le mariage de sa nièce chérie, et si le zèle de la maison de Dieu continuait de le dévorer, s'il prêchait toujours, s'il allait visiter les malades et les mourants sans s'inquiéter de la température et de la distance, ses forces trahissaient souvent son courage et il ne racontait pas combien de fois il lui était arrivé de se trouver étendu par terre, entre les jambes de son bon petit cheval, sans savoir comment il était venu là. Il se relevait sans rien dire, et se remettant en selle, il reprenait le cours de ses visites charitables. Si les paroissiens avaient été initiés au secret de ces fréquentes syncopes, ils eussent pu reconnaître quel jour elles avaient eu lieu, par le redoublement de ferveur que faisait naître chez le bon prêtre ce sensible rapprochement du monde invisible et éternel.

Il allait ainsi, épuisant goutte à goutte les forces vives de son existence dans une lutte continuelle avec le mal patent ou secret, lorsque Bjorn, à son départ pour la grande expédition normande contre Paris, avait jeté Britta avec Éric sur la côte, sans avertissements préalables qui pussent faire prévoir au vieux prêtre le bonheur qui se préparait pour lui. Depuis l'arrivée de sa nièce, le presbytère avait changé d'aspect, moins cependant que son maître. Le prêtre avait rajeuni tout à coup. L'ordre et le soin qui régnaient au logis se reflétaient sur les vêtements propres et raccommodés du fidèle serviteur de Dieu, sur l'ombre d'embonpoint qui commençait à paraître sur son visage, et surtout à l'expression radieuse qui se lisait dans ses grands yeux bleus. Outre les joies paisibles de l'intérieur, le prêtre avait trouvé la sympathie et l'assistance dans sa tâche journalière. « Tu me vaux mieux qu'un vicaire, » disait-il souvent à sa nièce.

Quand Britta habitait l'Islande, elle ne quittait pas le presbytère, où elle veillait au ménage, aux approvisionnements nécessaires dans un pays pauvre, sous un climat rude; elle était bonne et charitable pour les malheureux qui venaient implorer son secours en faveur des corps et des âmes, mais elle n'allait pas les chercher et ne faisait aucun effort pour étendre la sphère de ses devoirs et de son activité.

Elle était revenue maintenant, avec son enfant dans ses bras, transformée par la maternité et par la souffrance personnelle.

Il semblait qu'elle eût tout appris des épreuves et des douleurs
de la vie, dans ces deux années passées loin de son pays natal,
à supporter doucement et silencieusement le joug austère de
Fru Rita. Elle s'était courbée sous la main puissante de Dieu,

Le vieux prêtre allait visiter les pauvres.

surélevant son âme par l'angoisse journalière de la patience;
rentrée dans l'atmosphère sereine du petit presbytère, elle
s'était redressée tout à coup, pour courir au secours des
pauvres et des infortunés.

Personne ne demandait l'aumône dans le district de Jars-Zoë,

qui ne comptait presque plus de pauvres après le long
ministère du bon prêtre, mais lui seul connaissait les efforts
prodigieux de l'économie et du travail incessant, qui réussis-
saient à conserver dans la plupart des familles les nécessités
primitives de l'existence. Plus d'une fois il s'était aperçu que le
pain contenait plus de farine d'écorce de bouleau séchée que
de seigle ou d'avoine, et le poisson fumé qui servait à l'alimen-
tation de la population eût souvent manqué à plus d'un
ménage, lorsque les froids se prolongeant empêchaient de
reprendre la pêche, sans les contributions secrètement tirées
des approvisionnements du presbytère et discrètement apportées dans les sacs, derrière la selle du petit cheval.

Jamais la pêche n'avait été si fructueuse que dans le court été
qui suivit en Islande le retour de Britta, jamais la vieille servante que le prêtre avait été obligé d'installer au presbytère,
après le mariage de sa nièce, n'avait eu tant d'ouvrage dans les
mains. Jamais une barque ne rentrait dans la petite rivière de
Jars-Zoë, sans que le plus beau lot de poisson ne fût apporté
au presbytère, comme offrande amicale au saint prêtre. Chacun
savait d'ailleurs que c'était aussi la part des pauvres. Britta
avait apporté de Norvège des procédés nouveaux de conser-
vation et les caves à provisions comme les séchoirs regor-
geaient de ressources pour l'hiver précoce et rude des régions
glaciales.

Cependant, chaque jour, une partie des trésors amassés
pour la mauvaise saison prenait déjà le chemin des chaumières
lointaines où la pauvreté étroite régnait sans partage. Dans

une hutte plus basse et plus triste que les demeures voisines, se cachait un vieux païen, naguère mêlé à toutes les aventures de mer, dont il n'avait rapporté en Islande que des blessures et des membres perclus. Il gisait dans son repaire comme un animal frappé à mort, redouté et haï de tous, sauf du bon prêtre qui travaillait patiemment au salut de son âme immortelle.

Ce fut l'un des premiers soins du charitable serviteur de Dieu de faire connaître ce pauvre malade à sa nièce, qui n'avait jamais entendu parler de lui. Il n'avait regagné la terre natale qu'un peu après le mariage de Britta. Depuis le jour où elle avait accompagné son oncle dans la triste hutte, pas une semaine ne s'était écoulée sans qu'elle allât le visiter, lui apporter des provisions, renouveler le linge de son lit et de sa personne, arranger et balayer le pauvre logis abandonné. Ses visites devinrent encore plus fréquentes lorsqu'elle crut s'apercevoir que le malade ne recevait pas seulement avec reconnaissance ses bons offices matériels, mais qu'il écoutait volontiers les paroles timides et simples que la jeune femme se sentait obligée à murmurer de la part du Dieu sauveur. « Si le pauvre Rolf pouvait voir la lumière avant de mourir! » pensait-elle.

Depuis six mois, Britta chevauchait ainsi sur le bon petit bidet que lui avait abandonné son oncle, répétant de plus en plus ses visites, car la faiblesse de Rolf semblait augmenter chaque jour. Elle en était venue, dès que les soins du ménage étaient achevés et que la cuisine était en ordre après le repas

du matin, à remettre son petit Éric entre les mains de la vieille
Astrud, et à prendre tous les jours le chemin de la pointe
éloignée de Jars-Zoë, qu'habitait le vieux Rolf. Le bon prêtre,
voyant quel intérêt particulier elle portait au païen mourant,
l'avait sans rien dire déchargée du soin de tous les autres
malades du vaste district, sauf dans les cas assez fréquents
où le ministère d'une femme devenait indispensable à quelque
autre femme ou à un enfant.

— De quoi vous entretenez-vous dans tes visites de tous les
jours au vieux Rolf? demanda un jour curieusement le vicaire.

Britta rougit jusqu'aux oreilles : « Tant qu'il a pu parler, il
m'a raconté ses aventures et les combats des rois de la mer
en France et en Italie. Maintenant c'est moi qui essaye de lui
faire comprendre que.... il y a du mal à tuer les hommes, à
insulter les femmes et à piller les églises.... Je crois qu'il commence à s'approcher du Dieu mort sur la croix ! Mais il a tant
de peine à compter sur l'amour et le pardon !

— C'est déjà beaucoup d'avoir amené ce vieux coureur de
mer à le désirer ! » repartit le prêtre, qui ne s'était pas douté
des progrès religieux qui s'accomplissaient silencieusement
dans l'âme endurcie de l'ancien pirate.

Le lendemain dans la journée, comme Britta venait de partir
dans la direction accoutumée, son oncle, qui s'était rendu dans
une autre partie éloignée du district, se sentit tout à coup
pressé du désir de voir le vieux Rolf, et de juger par lui-même
de l'état de sa santé matérielle et morale. « C'est cependant
bien loin, se disait-il, tout en marchant vers la pauvre hutte

isolée; mais il me semble que Dieu m'y appelle aujourd'hui, sans retard! » Et instinctivement il pressait le pas, comme obéissant à une voix d'en-haut.

Il approchait de la cabane lorsque, au milieu du grand silence de la grève et de la mer glacée, il entendit une voix douce et forte qui répétait très haut comme à une oreille engourdie : *Agnus Dei qui tollis peccata mundi, dona nobis requiem.*

La voix avait un accent indéfinissable de supplication et d'angoisse. Le prêtre hâta sa marche et se mit à courir : « C'est Britta! pensa-t-il, et Rolf va trépasser! »

Il heurta au même instant à la porte de la chaumière. La voix faiblit un moment et le prêtre entra, la bénédiction de paix sur les lèvres. Il regardait du même coup le vieux pirate : un sourire d'une douceur inconnue errait sur sa bouche. Britta murmurait toujours : *Agnus Dei, Agnus Dei,* comme si elle appuyait sa foi chancelante sur le sacrifice suprême : *Absolvo te!* dit le prêtre, *ite, anima redempta.*

Rolf poussa un dernier soupir de soulagement et de délivrance. Le prêtre s'avança pour soutenir à la fois la tête expirante et sa nièce pâmée. « Oh père! dit-elle comme elle l'appelait souvent, Dieu vous a mis au cœur de venir si loin à cette heure où j'avais un si grand besoin de vous.

— Dieu m'appelait de ce côté, et j'ai obéi à sa voix, » repartit simplement le prêtre, et tous deux s'agenouillèrent auprès du cadavre dont le front semblait rayonner.

« Il avait trouvé Jésus-Christ, comme l'apôtre saint Paul

sur le chemin de Damas! dit la jeune femme en se relevant, et il était si heureux, si content! Il m'a tout pardonné! répétait-il. Oh! père, que la miséricorde de Dieu est une belle chose! Dieu l'accorde à mon Bjorn, et le garde devant ce Paris qui le retient si longtemps! »

Le vieux Rolf était enterré en terre sainte, au grand étonnement de tous ceux qui l'avaient connu païen obstiné, et l'air commençait à devenir plus doux, les glaces à se disjoindre, comme si le printemps approchait. Britta travaillait patiemment à relever les fils qu'elle avait laissé tomber l'un après l'autre pour consacrer tous ses loisirs au vieux Rolf. Elle avait souvent de la peine et on semblait lui en vouloir dans plusieurs demeures; mais elle ne se troublait pas et persévérait dans ses charitables efforts, laissant l'Esprit divin de paix et de charité souffler sur les cœurs comme les vents tièdes du printemps sur les glaces du pôle. « La mer sera bientôt ouverte, » disaient les vieux pêcheurs.

Les glaçons commençaient à se disjoindre chaque jour davantage lorsqu'une barque venue de Norvège aborda tout près du presbytère, aussitôt hélée par le prêtre, qui offrit l'hospitalité au pêcheur. « Comment se porte Fru Rita? » demanda-t-il au nouveau venu, dont la demeure était assez rapprochée de l'habitation de Bjorn en Norvège. Les communications n'étaient pas possibles pendant l'hiver entre la terre ferme et l'Islande; d'ailleurs les rapports qui existaient entre Britta et sa belle-mère n'avaient pas été de nature à les faire rechercher.

« Fru Rita? répète le pêcheur comme s'il se rappelait avec peine ce nom.

— Oui, la mère de Bjorn Arnesohn.

— Ah! cette méchante sauvage? Eh bien, je ne crois pas

Le vieux prêtre bénit Rolf mourant.

qu'elle soit plus malade que de coutume; elle ne voit personne et on ne la visite guère; elle accueille tout le monde par des injures : elle reste donc toute seule dans sa chaumière, avec ses deux yeux éteints ou à peu près.

— Fru Rita devient aveugle? » demande une voix douce, d'un ton effrayé. Britta venait de paraître à la porte du presbytère derrière l'épaule de son oncle qui faisait entrer le pêcheur. Il reconnut de suite la jeune femme.

« Ah! vous êtes ici, Fru Britta? dit-il d'un air étonné; nous nous étions demandé si votre mari vous avait emmenée avec lui là-bas, loin de la langue et des griffes de votre belle-mère. Tous les combats de Paris ne peuvent être aussi cruels que cette vieille femme. Les enfants n'approchent pas de sa hutte à cent pas. Elle leur jette des pierres ou des brandons embrasés.

— Oh! savez-vous quelque chose de Bjorn? » s'écria la jeune femme sans rien répondre au sujet de sa belle-mère. Et le pêcheur se mit à rapporter les nouvelles récemment venues du siège de Paris par deux barques qui avaient ramené un certain nombre de blessés et de malades, avec quelques morts de marque qui avaient demandé à reposer dans leur terre natale. Bjorn allait bien et grandissait en réputation et en honneur, avaient dit les pilotes des barques venues de France, lorsque Fru Rita, un voile noir sur ses yeux malades, était sortie de sa demeure pour interroger les nouveaux arrivants. Il était même devenu le porte-bannière du prince Siegfried.

Toute la soirée, devant le feu brillant de la petite cuisine, Britta et son oncle accablèrent le pêcheur de questions sur les nouvelles du siège qui n'avaient pu parvenir jusqu'en Islande depuis plus de huit mois que la flottille des Normands avait quitté les régions du Nord; mais Britta n'avait plus rouvert la bouche sur la farouche aveugle, enfermée dans sa hutte. « Elle en a peur, même de si loin », pensait le Norvégien.

Le pêcheur venait à peine de gagner son lit de paille dans le grenier du presbytère, lorsque Britta qui avait attendu son oncle devant le feu de sa cuisine, pâle comme la mort, à l'exception des pommettes rouges, dit au moment même où le prêtre refermait la porte derrière lui : « Il faut que je retourne auprès de ma belle-mère, ô mon père! Il le faut! »

Le vieillard appuya sa main caressante sur l'épaule de Britta, rigide et froide dans son agitation contenue; et il dit avec douceur : « Je pense aussi que c'est ton devoir. J'étais sûr que tu jugerais de même.

— Tout de suite, reprit Britta. Ce qu'elle a dû souffrir dans son isolement est inouï, et aveugle par-dessus le marché! Tout de suite! Demain!

— Si le Norvégien veut retourner et t'emmener dès qu'il aura fini les affaires pour lesquelles il est venu à Jars-Zoë, repartit le prêtre. Je ne connais pas d'autre moyen de partir. Aucune de nos barques de pêche n'a encore pris la mer. »

Britta se taisait, sentant les difficultés auxquelles se heurtait sa généreuse résolution, et son oncle reprit : « Si le Norvégien tardait trop longtemps, je prendrais mes rames et je te conduirais moi-même. » Et comme la jeune femme faisait un geste d'étonnement et de reconnaissance, le prêtre continua, d'un accent devenu tout à coup solennel : « Retiens bien ce que je dis : Ma fille, Dieu te donnera l'âme de ta belle-mère pour ta couronne de gloire dans son paradis! »

Britta tomba à genoux, auprès de la chaise de son oncle : « Vous l'espérez? » demanda-t-elle d'une voix étouffée.

Et le prêtre répondit : « J'en suis sûr ! »

Ni ce soir-là, ni les jours suivants, l'oncle ni la jeune femme ne dirent un mot du sacrifice que le plus austère devoir leur imposait à l'un et à l'autre. La joie sereine était entrée dans le presbytère avec Britta et la quitterait avec elle. Le prêtre restait seul avec son Dieu.

La jeune femme s'en allait, avec le même appui céleste, affronter sans Bjorn la vie qu'elle avait déjà trouvée si dure lorsque la présence et la tendresse de son mari adoucissaient le sacrifice de sa volonté propre, en rendant sa présence obligatoire dans la demeure de famille. Aujourd'hui, elle marchait volontairement à la souffrance, sans attachement pour sa belle-mère, par compassion pour son cruel isolement et parce que le devoir lui apparaissait si clair et si supérieur, qu'il n'y avait pas lieu à hésiter ou à discuter avec elle-même. Le pêcheur norvégien l'emmena au bout de trois jours.

« Si j'avais su que vous voudriez revenir auprès d'elle, je n'aurais pas parlé des yeux de Fru Rita, » répéta dix fois le pêcheur.

La nuit commençait à tomber, si tant est que la nuit tombe jamais en Norvège au mois de juin, lorsque Britta, son petit paquet sur les épaules, tenant par la main Éric qui commençait à marcher, vint heurter doucement à la porte bien connue, où elle aurait pu entrer en maîtresse, car la chaumière appartenait à Bjorn. Deux fois, trois fois, point de réponse; enfin Éric commença de pleurer, sa mère était inquiète, elle souleva le loquet et pénétra dans la maison.

Fru Rita gisait étendue sur le pavé.

Entre la petite fenêtre encore éclairée par le soleil décrois-
sant et le foyer éteint comme si depuis longtemps on n'y avait
rien fait cuire, gisait Fru Rita, étendue sur le pavé comme
une masse froide de sombres vêtements et d'ossements
décharnés. Telle fut du moins l'impression de Britta lorsque,
soulevant la vieille femme dans ses bras, elle la coucha sur le
lit d'édredon, maintenant transporté dans la cuisine, sans
doute pour épargner le feu et les pas, se disait Britta, le cœur
serré pendant qu'elle cherchait en vain dans la petite laverie
quelque trace des jattes de lait aigre qui y reposaient d'habitude, quelque goutte des cordiaux de cerise ou de genièvre que
la vieille femme était naguère habile à fabriquer. Rien! absolument rien! nulle part! Sur la table, un petit morceau de
plat-brod, plus desséché que de coutume après les quatre ou
cinq mois ordinaires de sa fabrication, pas même de l'eau dans
les cruches!

Britta saisit Éric sous un bras, un pot à lait de l'autre main
et courut sans reprendre haleine jusqu'à la chaumière la plus
voisine où le pêcheur qui l'avait ramenée d'Islande était en train
de se réjouir avec sa femme et ses filles. Les trois fils étaient
en mer ou au siège de Paris avec Bjorn.

« Vite! criait la nouvelle arrivée, sans autre cérémonie, du
lait, de l'eau de cerises, ce que vous voudrez : ma belle-mère
se meurt, et je crois bien, Dieu me pardonne, que c'est de
faim! »

De faim! Pareille chose n'était jamais arrivée en présence
de la mer inépuisable et de la richesse de ses eaux poisson-

neuses. Toute la maisonnée du pêcheur courait déjà à la suite
de Britta, chacun avait saisi la première bouteille qui lui était
tombée sous la main. La table était heureusement bien garnie
ce soir-là, car on fêtait le retour du père et l'heureuse issue
des affaires qui l'avaient emmené en Islande.

Comme on approchait de la chaumière, la jeune femme
arrêta d'un geste ceux qui l'accompagnaient et qu'elle avait
devancés à la course. « Gardez Éric, dit-elle en tendant la main
vers une bouteille de lait, il faut que je pénètre seule! » Et personne ne lui résista; la femme du pêcheur prit Éric dans ses
bras.

Elle n'avait pas bougé, la pauvre grand'mère immobile et
glacée; Britta souleva doucement sa tête, humectant patiemment les lèvres de lait, puis elle eut recours au genièvre dont
le pêcheur avait glissé un flacon dans sa main au moment du
départ. Le spiritueux réchauffa la bouche froide, un léger
tremblement passa sur les lèvres. « Freya! » appela Britta qui
sentait ses forces défaillir.

La fille aînée du pêcheur qui répondit à l'appel était grande et
forte, elle portait dans ses bras une charge de débris de bois
ramassée à la hâte sur la grève, et allumant le feu dans l'âtre,
toutes deux se mirent à frictionner vigoureusement le corps
amaigri et inanimé, qui se réchauffa peu à peu sous leurs
mains, sans que la parole parût renaître sur les lèvres glacées.
La vie avait disparu depuis longtemps du regard.

Britta avait dit : « Dieu me pardonne! » car elle regrettait
d'avoir cédé à la volonté de son mari comme à ses craintes

personnelles en consentant à partir pour l'Islande. Les voisins de Fru Rita disaient à leur tour : « Dieu nous pardonne! » car ils n'avaient pas mesuré la fierté farouche de la vieille femme, ni sa faiblesse physique aggravée de la cécité presque complète qui ne lui avait pas permis de prendre les rames et d'aller à la pêche lorsque les provisions laissées par Bjorn, fort diminuées par les besoins de l'expédition lointaines, s'étaient trouvées épuisées.

Éric s'ennuyait de rester au seuil de la maison, il échappa aux mains qui le retenaient et poussa la porte pour entrer dans la cuisine. Au bruit des pas enfantins, encore chancelants, elle parut se ranimer légèrement et murmura : « Thékla! » Britta ouvrit de grands yeux étonnés, mais deux larmes perlèrent aux cils de la jeune femme. « Il y a vingt ans que sa petite Thékla est morte! murmura-t-elle; c'était la sœur aînée de mon Bjorn. »

Éric s'était suspendu à la robe de sa mère, et il se préparait à crier de toutes ses forces, lorsque celle-ci le prit dans ses bras; en le soulevant de terre, la main de la jeune femme effleura les doigs raidis et glacés de sa belle-mère, que cet attouchement parut étonner; les sens engourdis se ranimèrent comme l'intelligence et elle dit nettement : « Britta! »

Ce qu'elle paraissait avoir oublié, c'était l'absence de sa belle-fille; mais, au lieu de l'humeur constante qui régnait d'ordinaire sur son front, elle avait probablement éprouvé involontairement le soulagement et les soins que lui avait prodigués Britta pendant sa syncope; car elle se borna à dire : « Il n'y a

pas de provisions dans l'armoire ». Britta rougissante repartit :
« J'ai apporté des saumons d'Islande et du mouton que je vais
cuire. »

Dans son cœur la jeune femme pensait : « Mon oncle ne s'est
pas trompé, je n'ai pas à craindre l'humeur qui m'avait amenée
naguère à fuir la chaumière, et je sais maintenant que le Seigneur Dieu me donnera vraiment son âme. »

Britta avait déjà commencé à faire la cuisine et elle avait
donné au pêcheur qui l'avait accompagnée la commission
de lui fournir du poisson pour son ménage jusqu'à ce qu'elle
pût organiser la pêche journalière. Elle n'était pas partie
sans ressources du presbytère, car le prêtre savait que
l'argent dans la poche assurait un certain degré d'indépen-
dance nécessaire au bien-être possible de la jeune femme
auprès de la belle-mère, dont elle redoutait si fort le caractère
hautain et violent. Aussi lorsque avec les forces renaissantes
reparut une certaine humeur impérieuse qui avait paru
d'abord oubliée, Britta résolut de marcher simplement tout
droit son chemin pour le plus grand bonheur de la vieille
femme, sans paraître s'apercevoir des volontés contradictoires
qui eussent entravé à chaque instant ses meilleures intentions. Elle avait beaucoup appris pendant son séjour auprès
de son oncle, et l'expérience des caractères différents des
pauvres l'avait rendue plus habile à discerner le moyen de
se conduire elle-même et aussi d'exercer sur les autres une
influence salutaire. D'ailleurs, dans l'ensemble, la situation
était bien changée : Fru Rita avait éprouvé la tristesse de

la solitude, les angoisses de la misère impuissante et les atteintes de la maladie ; la vie que sa belle-fille avait ramenée par sa présence dans la petite demeure ressemblait si peu à l'existence qu'elle avait péniblement traînée depuis le départ de son fils, qu'elle ne pouvait s'empêcher d'éprouver involontairement quelque chose de cette reconnaissance que Britta exprimait quelquefois en la faisant remonter tout droit à ce Dieu dont elle osait maintenant entretenir hardiment la vieille païenne.

Les rumeurs lointaines du siège de Paris parvenaient assez souvent aux deux femmes dans leur chaumière de Norvège ; la mère, engourdie par l'âge et les infirmités, se relevait tout à coup pour écouter les récits des pêcheurs qui avaient rencontré en mer quelque expédition de pirates allant rejoindre la grande armée de tous les Normands devant la capitale de la France. Plusieurs fois une petite escouade de barques danoises ou norvégiennes avait ramené des mourants ou des morts. Le roi Sweyn avait ainsi regagné sa sauvage patrie, et le navire qui avait rapporté son cadavre était chargé de tant de trésors, que la pompe barbare des funérailles était mélangée d'un souffle de triomphe. Jamais une si grande quantité d'or ou d'objets précieux n'avait été débarquée en Norvège. Que serait-ce donc après la prise et le pillage de Paris ?

Britta travaillait sans relâche avec un courage qui lui tenait lieu de forces. Dès le matin, elle vaquait aux soins du ménage, préparait le repas et mettait à la portée de sa belle-mère les

objets dont celle-ci pouvait avoir besoin, et puis, dès que la
petite fille chargée d'exécuter les ordres de la vieille femme
et de veiller sur le petit Éric était arrivée de la chaumière
la plus prochaine, la jeune femme détachait sa barque et
partait pour la pêche. « Il semble que la bénédiction des saints
pêcheurs de la mer de Galilée soit sur mes filets, pensait
souvent la jeune femme, je ne reviens jamais à vide, et j'ai
toujours de quoi donner à manger à ma mère, à Éric et à
la petite Freya. » La jeune servante était payée en poisson
pour son travail de la journée.

« Dieu veut me garder de jamais revoir ma pauvre mère
dans l'état où elle était quand je suis arrivée, poussée par un
mouvement de l'Esprit divin! » pensait Britta.

Nul sur toute la côte et parmi les pêcheurs n'était jaloux
du bonheur exceptionnel de Britta sur la mer profonde.
« Sa tâche est assez lourde, » se disait-on.

Elle devenait cependant chaque jour moins pénible. Depuis
le moment où, à l'appel d'un devoir impérieux, Britta et son
oncle avaient bravement fait le sacrifice de leur douce vie
commune, le chemin s'était aplani devant leurs pieds. Jamais
le prêtre n'avait prêché avec tant de succès en Islande,
consolé tant de cœurs, baptisé tant de chrétiens nouveaux,
et il écrivait à Britta les joies de son ministère sacré, comme
pour lui faire sentir que Dieu avait suppléé au vide de son
absence.

La jeune femme n'écrivait guère, elle n'avait pas le temps
et ses mains endurcies aux rudes travaux de la mer avaient

maintenant de la peine à manier une plume; cependant, lorsqu'une dépêche abordait en Islande venant de Norvège, elle
apportait toujours au prêtre solitaire de Jars-Zoé cette conso-
lante assurance : « Je travaille, je suis contente, Dieu est avec
moi! » Au bout de quelques mois elle ajouta même : « Ma
mère commence à m'aimer! » Le vicaire rendit longtemps
grâces à Dieu ce jour-là.

CHAPITRE IV

Il y avait plus d'un an que l'armée des Normands avait quitté les pays du Nord pour aller ravager les côtes de France et porter cette fois le pillage et la mort jusqu'à la capitale du royaume. Ils étaient bien nombreux, bien hardis et bien impitoyables dans leur sauvage avidité, et cependant le comte Eudes et son frère Robert, secondés par les prêtres et un petit corps de bourgeois qui prêtaient vaillamment leur concours aux guerriers, avaient jusqu'alors réussi à protéger la cité contre les assauts répétés des Normands. Les femmes danoises et norvégiennes avaient succombé en grand nombre aux émanations pestilentielles de la rivière encombrée par les corps morts qui y tombaient à chaque combat. Quelques-unes avaient regagné la patrie sur les barques chargées des ordres envoyés par les chefs. Bjorn croyait toujours sa femme paisiblement en Islande; il s'était séparé de sa mère avec colère et rancune, aucun message particulier n'était parvenu en Norvège du jeune héros dont la renommée allait grandissant dans l'expédition lointaine. « Ce sera un chef ! » disaient parfois les jeunes guerriers. « Non ! grommelaient les vieux pirates, il s'arrête toujours à la porte de l'église ! »

Cependant la famine et la contagion gagnaient Paris. Le comte Eudes n'avait pas exposé le peu de guerriers éprouvés dont il disposait pour les envoyer dans la campagne lever à la pointe de l'épée le droit du *hériban*, impôt spécialement destiné à soutenir les guerres contre les Normands, et d'ailleurs quelle aurait été la région vers laquelle on aurait pu se diriger avec espoir de trouver encore quelques bœufs dans les étables, quelques moutons dans les prairies? Les pirates avaient depuis longtemps tout enlevé. Les convois de vivres qui entraient parfois à grand'peine dans Paris étaient peu considérables et presque toujours attaqués au passage par les Normands. Les pauvres assiégeaient les monastères et les portes des églises, les hommes et les femmes tombaient d'inanition et mouraient de faim dans la rue, et la suette exerçait les ravages de la contagion sur les malheureux affaiblis par le besoin. Dans le petit et très pauvre peuple on commençait à dire que mieux vaudrait laisser entrer les Normands dans la ville que de souffrir ainsi plus longtemps. Le comte de Paris, bien instruit par les prêtres et les moines du mécontentement croissant de la population inférieure qui n'avait rien à perdre, était constamment dans la crainte d'une trahison.

Les messagers du comte Eudes se succédaient auprès de l'empereur Charles, chaque jour plus alourdi par la graisse et la bonne chère. Il n'y prêtait aucune attention, bien qu'il eût ordonné de lever le *hériban* dans tout l'empire. « Les comtes et les ducs qui entourent Charles et partagent ses plaisirs et sa coupable oisiveté se partageront les fruits de l'impôt destiné à combattre les Normands, disait le comte Eudes à son frère, et nous n'en toucherons pas un denier. » Robert secouait la tête : « Les Normands seront peut-être plus heureux que nous », murmurait-il. Déjà l'empereur Charles le Chauve avait donné le honteux exemple du payement d'une rançon aux pirates, ainsi naturellement ramenés sur nos côtes par les calculs de leur avidité.

Le mois de novembre était revenu avec ses jours courts et son ciel gris et pluvieux, lorsque le bruit se répandit dans Paris que l'empereur se mettait en marche pour secourir enfin sa ville. Les Normands en furent sitôt instruits, que le comte de Paris en vint à juger que certaine trahison infâme dans l'intérieur même de la cité, partant peut-être du conseil des chefs, tenait probablement les ennemis au courant des nouvelles importantes.

Une armée plus nombreuse que les sables de la mer et convoquée par décret impérial de tous les domaines de Charles le Gros apparut bientôt en effet dans les environs de Paris. Elle était devancée par six cents Francs des plus braves et des plus expérimentés aux choses de la guerre; mais sur les derrières de cette élite de soldats choisis, les Danois avaient placé des

embuscades nombreuses qui tombèrent à l'improviste sur le
corps marchant vers Paris. Les Normands poussaient leurs cris
de guerre, et l'air était obscurci de leurs dards ; mais les
seigneurs francs s'étaient retournés et, se ruant sur l'ennemi
sans avoir égard au nombre effrayant des assaillants, ils les
mirent bientôt en déroute. Contre leur habitude, ces hommes
fuyaient, se réfugiant pêle-mêle dans les églises des faubourgs
ouvertes pour la prière du matin. Le porte-bannière Bjorn fut
entraîné par la foule des fugitifs dans un temple voisin de celui
que venaient d'occuper les deux frères Théodoric et Aledramme
à la suite d'une troupe épaisse de Normands éperdus. Les deux
comtes avaient fermé la porte derrière eux et s'escrimant
d'estoc et de taille avec leurs longs glaives à deux tran-
chants, ils fauchèrent autour d'eux la masse des Danois confondus et croyant voir parmi eux les héros vengeurs de
l'Asgard. Lorsque tous les ennemis furent massacrés, les
deux frères remontèrent à cheval. Aledramme avait été atteint
d'un léger coup de couteau à la joue, Théodoric n'avait pas été
touché. Ils rejoignirent gaiement le reste de l'avant-garde,
louant Dieu qui les avait couverts de son bouclier au milieu
des ennemis.

Bjorn cependant s'était trouvé porté par la foule de ses
compagnons en déroute en face de l'autel d'une petite église.
Le prêtre revêtu de ses habits sacerdotaux commençait l'office,
lorsque le tumulte du combat vint retentir à ses oreilles.
Absorbé par le service divin, il ne se retourna même
pas et continua ses prières. Bjorn était arrêté derrière lui,

admirant le calme sang-froid du prêtre et prêt à le protéger si
quelque bras hostile s'étendait contre lui. Mais l'émotion et
le respect qui avaient saisi Bjorn touchaient aussi ses farou-
ches compagnons. L'église était petite et mesquine, elle ne
devait pas contenir de grandes richesses ; les Normands s'écou-
lèrent peu à peu, sans avoir porté la main sur l'autel. Le
prêtre acheva paisiblement sa messe et Bjorn, demeuré le dernier pour s'assurer qu'un dernier outrage ne serait pas commis,
pensa encore une fois en se retirant à pas lents : « Assurément
les prières de Britta sont autour de moi pour me garder des
crimes qu'elle redoute. »

Les Normands irrités avaient regagné leurs camps et leurs
navires, plus offensés qu'effrayés par le magnifique appareil de
l'armée franque. Ils ne se trompaient pas aux apparences,
et savaient bien que Théodoric et son frère étaient des héros
rares à rencontrer parmi les comtes de Charles le Gros.
« D'ailleurs, disaient les hommes du Nord en se désarmant,
ceux des nôtres qui sont tombés sous leurs coups dans cette
église n'étaient en possession de la force de leurs bras ni de
leur vaillance accoutumée. Ils avaient certainement subi en
entrant sous ces voûtes les enchantements des prêtres du
Christ, qui les avaient rendus faibles comme des femmes ! »

Bjorn pensait à part lui qu'il connaissait des femmes coura-
geuses comme les hommes et que le prêtre qu'il avait vu ce
jour-là, disant sa messe à l'autel en présence de l'irruption
des Danois, n'avait pas besoin d'enchantements pour surpasser
en héroïsme tous les guerriers les plus renommés.

Pendant la nuit, les sentinelles normandes, exactes à leur poste, avaient entendu quelque mouvement dans leur camp, mais les porte-enseignes étaient sur pied, chargés du mot d'ordre des chefs, et les simples guerriers n'avaient qu'à les laisser passer sans mot dire. Bjorn reposait à l'entrée de la tente du prince Siegfried et il avait reçu pour instruction de son chef l'ordre de laisser passer le messager de l'empereur. Un moine se présenta à l'heure où la nuit jetait sur la terre ses voiles les plus épais, accompagnés d'une pluie torrentielle; il avait montré à Bjorn un anneau, gage de sa mission secrète, et le jeune guerrier l'avait introduit chez le chef.

Le jour était levé depuis longtemps et les Normands, remis de leur panique de la veille, décidaient de ne pas marcher au combat afin de battre à leur tour les Francs; mais loin de faire sonner les conques guerrières, les chefs s'étaient peu à peu rassemblés dans la tente du prince Siegfried, celui de tous qui comptait à cette heure, et après ce long siège, le plus grand nombre d'adhérents fidèles et bien portants. L'intimité était grande d'ailleurs entre Siegfried et le comte Rollon, dont la réputation comme sagesse et bon conseil égalait le renom de sa bravoure. Les plus indisciplinés et aventureux parmi les Danois s'étaient dispersés en expéditions particulières de maraude, et le camp était plus paisible que d'habitude autour de la tente du conseil. L'égalité vantée des hommes du Nord n'empêchait pas les plus vaillants et les plus sages de dominer leurs compagnons. L'Éternel Dieu n'a pas voulu l'égalité des facultés et de l'influence sur la terre, ni peut-être même dans son ciel.

Les chefs rassemblés avaient longtemps discuté avec animation; les coupes de vin et d'hydromel circulaient parmi eux

Le moine avait montré à Bjorn un anneau.

sans troubler un seul instant ces cerveaux du Nord, accoutumés aux liqueurs fortes dans leurs régions glacées et qui combattaient ainsi l'humidité froide et les miasmes fiévreux qui montaient de la Seine. Les viandes avaient été apportées

et le grave conseil devenait un festin, lorsque Bjorn entra
dans la tente, dont il avait continué à garder l'entrée, et
sans rien dire il tendit au prince Siegfried l'anneau impérial que celui-ci avait déjà vu pendant la nuit. « Le moine
est revenu? » demanda le chef, et Bjorn fit un signe affirmatif. « Qu'il attende à quelques pas d'ici, » dit Siegfried, et
le porte-enseigne emmena le messager dans une tente voisine
d'où il ne pouvait entendre les voix animées et souvent les
éclats de colère des chefs. Le guerrier avait bien deviné de
quoi il s'agissait.

La discussion dura quelque temps encore; le moine fut
enfin appelé sous la tente du conseil : Siegfried et Rollon,
véritables chefs de l'armée normande depuis la mort du roi
Sweyn, l'avaient évidemment emporté et les contradicteurs de
leur opinion, jeunes ou vieux, se tenaient ensemble avec
humeur en un petit groupe d'entêtés, domptés par la majorité
et le poids du suffrage. Siegfried s'avança, comme le premier
des négociateurs : « Va dire à l'empereur Charles que les
Normands acceptent de sa main la rançon de sa ville de Paris,
et que, suivant sa proposition, nous traverserons paisiblement
les provinces de l'Empire qui nous séparent de la Bourgogne,
dont nous ferons à notre volonté; elle n'appartient pas à ton
maître. »

L'accent du prince était bref et décidé, il parlait comme un
souverain accordant une grâce, non comme un négociateur
concluant un traité, et les guerriers autour de lui disaient :
« Il a bien parlé! » Quelques-uns des mécontents dans le

conseil joignaient même leurs voix à celles de leurs frères d'armes.

Le moine baissa la tête ; sous sa robe de bure se cachait à cette heure un cœur de Franc humilié et révolté par la honteuse mission dont il avait été chargé ; mais son supérieur avait parlé, ce n'était pas à lui de résister. « L'argent est prêt », murmura-t-il, et Siegfried repartit : « Qu'on l'apporte ».

Les sacs étaient nombreux et pesants, car les Normands avaient exigé sept cents livres d'argent massif avant de délivrer Paris du cercle de fer qui le tenait resserré depuis plus d'un an. Le moine les compta soigneusement, attentif jusqu'au bout à remplir son odieux traité ; puis se redressant tout à coup comme Siegfried poussant le trésor du pied ordonnait à Bjorn de le faire porter sur les navires : « Que le Maître du ciel et de la terre vous maudisse tous ! » s'écria-t-il, et il sortit, sans qu'aucun des couteaux danois quittât le fourreau. Tous les assistants comprenaient la fureur du petit moine.

Dix jours plus tard, le siège de Paris était levé, les navires essayaient de remonter la Seine pour longer les côtes, afin de regagner les fleuves de la Bourgogne. Les chefs, en chargeant les barques, avaient tristement constaté l'absence d'un grand nombre de leurs meilleurs guerriers. Si la situation des Parisiens ne leur avait jamais permis de livrer une bataille rangée, ils n'en avaient pas moins défendu vaillamment leurs remparts, et bien des Danois avaient péri dans les escarmouches sous les javelots ou les épées des Francs. D'autres avaient succombé aux fièvres amenées par les miasmes empestés de la rivière roulant des cadavres. Beaucoup des survivants étaient affaiblis et malades. Bjorn était du nombre.

Il avait courageusement lutté en silence contre la langueur et la maladie, tant que les Normands se trouvaient en face de leurs ennemis obstinés de Paris, mais aujourd'hui l'empereur Charles avait payé sa rançon et c'était à vrai dire une nouvelle expédition qui commençait. Bjorn ne résistait plus au mal qui le rongeait et il se chargea volontiers de commander la petite flottille des barques qui partaient pour le Danemark et la Norvège, ramenant non seulement les malades et les mourants, mais le trésor de l'armée, la rançon de Paris et les innombrables richesses enlevées par les maraudeurs dans les églises, les monastères et les maisons aisées des environs de la capitale. Rollon et les Danois qui l'avaient accompagné à Rouen avaient conquis encore plus de richesses que leurs frères d'armes. Tous ces trésors étaient confiés à la garde et à la probité de Bjorn.

« Je suis bien assuré que tu ne prendras pas le chemin de quelque région lointaine, avait dit le prince Siegfried en souriant, et que tu n'emporteras pas les conquêtes de notre bras sur la terre étrangère, comme l'avait fait ce Hastings, qu'on a appelé un moment le comte de Chartres. »

Bjorn ne prit même pas la peine de protester; il savait bien que ses compagnons comptaient sur lui comme sur eux-mêmes, « un peu plus peut-être, » disaient quelques-uns.

Bjorn mit donc à la voile devant Paris, regagnant Rouen, sans combattre, sans descendre à terre. Il avait pris à ce sujet

Que le Maître du ciel et de la terre vous maudisse tous!

les conseils du comte Rollon, qui lui avait dit : « Je viens de la Neustrie : il y a là des hommes robustes, paisibles, dans l'habitude de la vie, mais qui ont tous trop récemment souffert de nos déprédations pour ne pas nourrir dans leur cœur la haine et la vengeance qui donnent du courage aux plus timides. Les gens que tu emmènes avec toi sont malades ou blessés, tu ne pourrais pas résister avec leur seul concours aux attaques de la population du pays. Il te faut naviguer tout droit en pointant de suite vers le Nord, afin de bien convaincre les gens de la Neustrie que tu n'as pas d'intentions hostiles. Le mieux serait de prendre avec toi les provisions nécessaires, afin de n'être pas obligé de débarquer une seule fois et de ne pas donner lieu aux riverains de te courir sus. »

Bjorn sentit la sagesse des conseils du comte Rollon et la dernière expédition de maraude dans les environs de Paris fut destinée à ravitailler les barques en partance pour le Nord. Les provisions apportées naguère de la patrie étaient depuis longtemps épuisées.

Les Normands étaient tous aussi bons marins que braves guerriers, en sorte que le porte-bannière du prince Siegfried n'était pas inquiet de la navigation entreprise dans la plus mauvaise saison de l'année. Il pensait seulement bien souvent que la mer ne devait pas être libre autour des côtes de l'Islande et qu'il lui faudrait peut-être attendre plusieurs mois avant d'aller chercher sa Britta dans le paisible presbytère où son cœur la suivait toujours. « J'aurai ainsi le loisir de rendre obéissance à tous les ordres des chefs, se disait-il : je laisserai le trésor en sûreté sous la garde des vieux rois qui ne peuvent plus faire partie des expéditions. Je verrai ma mère et je lui ferai comprendre qu'elle doit vivre en paix et en amitié avec Britta si elle veut que je continue à habiter sous son toit. Sinon, je bâtirai une maison nouvelle; je ne veux pas, quoique la demeure soit mienne, chasser de la maison où je suis né la mère qui m'a donné le jour. »

Le jeune guerrier pensait ainsi dans les rêveries solitaires de la mer, sans se rendre compte à lui-même de l'influence qu'avait exercée sur lui la douceur paisible de sa femme Islandaise et chrétienne, formée par le saint Évangile pour être la règle de sa vie. Il se doutait encore bien moins de l'action qui avait agi sur sa mère depuis le retour de cette même Britta naguère maltraitée par elle et qu'il croyait avoir éloignée de Fru Rita pour tout le temps de son absence.

La flottille était annoncée sur les côtes de Norvège depuis plusieurs jours, mais la mer était si mauvaise qu'elle ne permettait pas d'aborder dans aucun des petits ports ou havres qui découpaient la grève, s'enfonçant parfois dans des fiords paisibles qui auraient reçu les barques en toute sécurité si l'approche en avait été possible. Enfin le jour vint où les voiles rouges des bâtiments normands apparurent à l'horizon, et Britta, folle de joie et d'agitation, rentra dans la hutte pour crier à la pauvre mère paralysée sur sa couche : « Voici venir les nôtres ! Les navires sont en vue ! »

Ni Britta ni sa belle-mère ne se doutaient que la flottille fût commandée par l'homme qu'elles aimaient suprêmement l'une

et l'autre; les bruits si lointains venus de la côte de France
n'avaient pas nommé Bjorn, encore peu connu de ses compatriotes au moment du départ pour l'expédition; la réputation
qu'il avait conquise depuis lors, la confiance croissante qu'il
inspirait aux chefs n'étaient pas encore parvenues aux oreilles
de sa mère et de sa femme. Britta courut cependant sur le
rivage. « Quelqu'un me donnera bien des nouvelles du bien-
aimé, » pensait-elle dans son cœur ému. L'idée ne lui était pas
venue que le sort cruel des combats eût pu la priver de son
mari, et que Bjorn pût être de ceux qui dormaient leur dernier
sommeil sur la terre de France.

Ses regards attendris ne devaient pas le saluer les premiers;
comme elle se tenait sur la grève avec les autres femmes, attendant le navire et les trois barques qui fendaient enfin rapidement les flots, Britta sentit une main qui se posait sur son bras:
c'était celle de l'enfant qui veillait d'ordinaire auprès de la
vieille mère lorsque la jeune femme allait pêcher. « Fru Rita
pleure, elle crie, dit-elle d'un air effrayé, elle a voulu sortir
de son lit, et elle est tombée, je n'ai pas pu la relever...; alors
j'ai couru..., j'avais peur! »

Freya pleurait. Britta jeta un regard sur les navires qui
approchaient, puis elle se retourna et, prenant la main de
l'enfant, elle courut aussi.

La vieille Rita, ses cheveux blancs en désordre, le front teint
de sang par sa chute, était restée à moitié chemin entre le lit
vide et la porte ouverte par laquelle sifflait le vent glacé de
décembre. Elle était froide et inanimée. Freya se remit à crier

en l'apercevant, mais Britta, saisissant entre ses bras ce corps
amaigri, la porta d'un seul effort jusque sur sa couche d'édredon, cherchant à la ranimer contre son sein. « Mère, murmurait-elle en lui frottant les mains et les pieds, ne mourez pas
avant d'avoir reçu des nouvelles de Bjorn, vous les emporterez
à son père dans la patrie éternelle ! »

La vieille femme semblait se ranimer; une faible chaleur
reparaissait sur ses joues, et un petit mouvement agitait les
paupières, un feu clair brillait dans l'âtre, l'eau commençait à
chanter dans le grand vase de cuivre. Freya était plus entendue
aux soins ordinaires du ménage qu'elle n'était apte à agir dans
un accident inattendu, et elle secondait Britta dans ses efforts
pour faire couler quelques gouttes de cordial entre les dents
serrées, lorsque la porte de la chaumière s'ouvrit, et le vent
recommença à souffler. Britta n'avait rien entendu, la neige
assourdissant les pas, mais elle sentit le froid sur la tête de la
malade soutenue sur son épaule. « Ferme la porte, Freya, »
dit-elle. Au même moment, elle entendit un pas qui n'avait
pas retenti à son oreille depuis plus d'un an : « Bien aimé ! »
s'écria-t-elle.

La mère mourante ouvrait précisément ses yeux éteints,
mais comme Britta elle n'avait pas oublié la démarche chérie.
« Bjorn, » murmuraient ses lèvres tremblantes, et le fils stupéfait
de la présence inattendue de sa femme, consterné de l'état dans
lequel il retrouvait la mère qu'il avait quittée dans toute son
impérieuse vigueur, se pencha sur le lit de mort, soulevant à
son tour la tête défaillante. Rita murmurait : « Aime-la bien,

elle est revenue ici comme un ange! Dieu est bon! Ayez pitié, Seigneur! »

Elle ne parlait plus. Britta était à genoux, les yeux pleins de larmes et serrant de toutes ses forces le pan de la veste fourrée

Bjorn pressa dans ses bras sa jeune femme.

de son mari qu'elle portait parfois à ses lèvres. Il était là, et sa vieille mère expirait dans la foi! Britta répétait dans son cœur les paroles de la mourante : « Dieu est bon! »

Le dernier soupir flottait sur les lèvres tremblantes, le mari et la femme restèrent un moment prosternés. Lorsqu'ils se relevèrent, Bjorn pressa dans ses bras la jeune femme qui contemplait avec stupeur les traces laissées sur le visage chéri par les fatigues de la guerre et les ravages de la fièvre. « Quand es-tu venue ici? demanda-t-il à voix basse. — Il y a six mois, quand j'ai appris que ta mère devenait aveugle, sans avoir personne pour la soigner! Elle a été bonne pour moi, Bjorn; elle était presque morte de faim quand je suis arrivée; j'ai travaillé pour elle. Ses yeux fermés pour la terre se sont ouverts pour le ciel, j'ai appris à l'aimer!

— Et moi je t'aime! » s'écria Bjorn.

Éric venait d'entrer, et il tirait son père par la manche : « Père! » disait l'enfant.

Dans le cœur et l'esprit encore confus du guerrier normand naissait une vie nouvelle. « Le Dieu de Britta nous a gardés! » pensait-il.

FIN

29070. — Imprimerie Lahure, rue de Fleurus, 9, à Paris.

LIBRAIRIE HACHETTE ET Cie, 79, Boulevard Saint-Germain, Paris

COLLECTION IN-8 A L'USAGE DE LA JEUNESSE

1re Série, format in-8 jésus

CHAQUE VOLUME : BROCHÉ, 7 FR. ; CARTONNÉ, TRANCHES DORÉES, 10 FR.

ABOUT (Eo.) : **Le Roman d'un brave homme.** 1 vol. illustré de 52 compositions par Adrien Marie.

—— **L'Homme à l'oreille cassée.** 1 vol. illustré de 64 compositions par Eug. Courboin.

CAHUN (L.) : **Les Aventures du Capitaine Magon.** 1 vol. illustré de 72 grav. d'après Philippoteaux.

DILLAYE (Fr.) : **Les Jeux de la Jeunesse.** 1 vol. illustré de 205 gravures.

DRONSART (Mme M.) : **Les Grandes Voyageuses.** 1 vol. illustré de 75 gravures.

DU CAMP (Maxime) : **La Vertu en France.** 1 vol. illustré de 57 gravures d'après Duez, Myrbach, Tofani et E. Zier.

—— **Bons Cœurs et Braves Gens.** 1 vol. illustré de 50 gravures d'après Myrbach et Zier.

FLEURIOT (Mlle Zénaïde) : **Cœur muet.** 1 vol. illustré de 57 gravures d'après Adrien Marie.

—— **Papillonne.** 1 volume illustré de 50 gravures d'après E. Zier.

LA VILLE DE MIRMONT (H. de) : **Contes Mythologiques.** 1 volume illustré de 50 gravures.

LEMAISTRE (A.) : **L'Institut de France.** 1 vol. illustré de 85 gravures d'après les dessins de l'auteur.

MAËL (P.) : **Une Française au pôle Nord.** 1 volume illustré de 52 gravures d'après A. Paris.

—— **Terre de Fauves.** 1 vol. illustré de 52 gravures d'après A. Paris.

—— **Robinson et Robinsonne.** 1 vol. illustré de 52 gravures d'après A. Paris.

MANZONI : **Les Fiancés.** Édition abrégée par Mme J. Colomb. 1 volume illustré de 57 gravures.

MOUTON (Eug.) : **Voyages et Aventures du Capitaine Marius Cougourdan.** 1 vol. illustré de 66 gravures d'après E. Zier.

—— **Aventures et mésaventures de Joël Kerbabu.** 1 vol. illustré de 64 gravures d'après Alfred Paris.

—— **Voyages merveilleux de Lazare Poban.** 1 vol. illustré de 54 grav.

ROUSSELET (Louis) : **Nos grandes Écoles militaires et civiles.** 1 vol. illustré de 169 gravures d'après A. Lemaistre, Fr. Régamey et P. Renouard.

—— **Nos grandes Écoles d'application.** 1 vol. illustré de 135 gravures d'après Busson, Calmettes, Lemaistre, Renouard.

TOUDOUZE (G.) : **Enfant perdu (1814).** 1 vol. illustré de 52 grav. d'après J. Le Blant.

WITT (Mme de), née Guizot : **Les Femmes dans l'histoire.** 1 vol. illustré de 80 gravures.

—— **La Charité en France à travers les siècles.** 1 vol. illustré de 81 grav.

—— **Père et fils.** 1 vol. illustré de 80 gravures.

29070. — Paris. Imprimerie Lahure, 9, rue de Fleurus. — 12-95.

www.ingramcontent.com/pod-product-compliance
Lightning Source LLC
Chambersburg PA
CBHW050148030726
47505CB00005B/1275